講談社文庫

新装版

軍師二人

司馬遼太郎

講談社

目次

雑賀《さいか》の舟鉄砲　7
女は遊べ物語　91
嬖女守り《めかけもり》　135
雨おんな　181
一夜官女　229
侍大将の胸毛　277
割って、城を　355
軍師二人　387

軍師二人

雑賀《さいか》の舟鉄砲

一

「海が、よう見えまするな」

栃《とち》村ノ平蔵がいった。市兵衛は返事をしなかった。摂津《せっつ》石山本願寺は、はるか西にちぬの海を見おろす台地のうえにある。寺というより、城といっていい。四方八丁の城郭のうち、雑賀《さいか》市兵衛たちがこもるこのやぐらのあたりが、とくに高い。平蔵のいうとおり、ここから見はるかすと、中洲の突端のむこうの海面が、その部分だけ、しろがねを鋳流したように奇妙にかがやいてみえた。

そのくせ、空には陽がなく、灰色の厚い雲が摂河泉《せっかせん》の野をおおっているのである。天正七年の三月のなかばのことであった。

めずらしく朝から合戦がなかった。城をかこむ織田勢は、どうやら陣替えをしているらしく、しきりと旗指物がうごいているのがみえたが、鉄砲の音ひとつきこえなかった。

「妙な空模様でござりまするな。かわったことでもなければよいが」

平蔵はおだやかにいった。

「むしろ、あればよいわ」

市兵衛は、ちかごろ、妙にいらだっている。

「入城して、ちょうどきょうで三年目になった。なるほど、小ぜりあいではお味方がいつも勝ってきたというのに、かんじんの寄せ手は、ますます人数がふえ、勢いも猛《たけ》るばかりではないか。顕如《おしようにん》さまは、どうなさるおつもりかい」

「そう猛だけと申されるものではありませぬ。なるようにしか、なりませぬわ」

「なにをいう。それゆえ、お前は痴《こ》けと言われるのじゃ」

「こけのほうが、生きるのに都合のよいこともござりまするよ」

平蔵は、相手にならない。この男は、紀州雑賀郷の市兵衛の屋敷の地子である。平素は、畑をうち、猟をし、若いころは、市兵衛の守りをしてくれた。本願寺門主顕如《けんによ》が織田信長と事をかまえるにあたり、雑賀門徒のひとりとして、市兵衛に従ってこの石山に入城したが、もともとは武士ではない。

平蔵には、てっぽうごけというあだながあった。痴《こ》けだが、鉄砲がうまい、というほどの意味だ。が、当時、射撃の技術集団として天下に畏れられていた雑賀党にあっては、これは侮蔑の意味はない。雑賀の里では、愚鈍も一つの才能だった。

愚鈍な男ほど射撃がうまいとされていた。鋭敏な男なら、つねに眼はしが動き、心がうごき、ひきがねをひく指が、わずかな心のかげりにでも動揺する。——

「平蔵、なるようには、ならぬぞ。こんな戦さ、百年つづけてもなにになる」

金にも、米にもなるものか、と市兵衛はいった。武士の珍重する名にさえならぬではないか。

市兵衛のいらだちには、理由があった。

世に、雑賀党という。

紀伊国海部郡《あまごおり》雑賀ノ荘一帯に住み、妙見堂山に居館をきずく雑賀（鈴木）佐大夫を盟主として、一向念仏《いっこうねんぶつ》を信ずる郷士集団である。早くから鉄砲に習熟し、その技術を諸国の武将から買われ、集団として諸方の合戦にやとわれることが多く、いわば、それをもって衣食の道としてきた。

ところが、かれらが本山とたのむ石山本願寺が合戦をおこした。この合戦は、もともと、織田内大臣信長が、海内《かいだい》経営の要地として摂津石山の地に着目し、本願寺上人顕如に立ちのきをせまったところから端を発している。本願寺は拒絶し、戦端がひらかれた。顕如は、諸国の門徒に号令して石山本願寺に籠城《ろうじょう》するよう命じた。この寺に参集した軍勢ほど、ふしぎな集団はない。

かれらは、武士としての欲求を、みずからの意思で断《た》っていた。合戦で手柄をたてても領地をあたえられるわけでもなく、金穀を供せられるわけでもなく、位階をもらえるわけでもなかった。それどころか、諸万から集まってきた数万の門徒は、すべて弾丸糧秣《りようまつ》を自弁していた。かれらが欣然《きんぜん》として死についたのは、ただひとこと、

「働かば、極楽浄土に連れまいらすぞ」

という本願寺上人のことばであった。

雑賀郷は、ふるくからの浄土真宗の法義の地である。本山は頼みとした。当然かれらは動員された。

雑賀市兵衛基定が、一万ちかい雑賀門徒のひとりとして石山本願寺に入城したのは、天正元年の三月である。若い市兵衛はべつに阿弥陀如来の本願を信じていたわけではなく、雑賀家の本家、分家がこぞって出陣したため、当然のこととして石山へ送られた。それが初陣だった。

はじめは、無智だった。必死に働いた。

働けば、金穀をもらえるかと思った。武功をかせがなければ、分家をたてられないのである。雑賀は土地が少ない。自力で分家をたて、自力で嫁をむかえるというのが、雑賀党のならわしであった。それでこそ、この里の次男坊以下は懸命に鉄砲の技術をみがき、諸国の大名にやとわれて出かせぎをした。合戦によって嫁を得、子孫を

つくるためであった。

ところが市兵衛の場合は不幸だった。まるで無償だとわかった。信心にあつい郷士たちはよろこんで働いたが、無縁の市兵衛にとっては意味がなかった。

あるとき、矢狭間《やざま》からはなった市兵衛の一弾が、細川勢の侍大将貴島権兵衛宗勝という聞えた者を、鞍《くら》つぼから真さかさまに射おとしたことがある。そのみごとさは、敵味方とも一瞬鳴りをひそめ、やがて味方がどっと歓声をあげた。働きによって、門主から感状が出た。文意はこうだ。

「そこもと働き、殊勝である。いよいよ精を出さば、極楽往生は決定《けつじょう》であろう」

市兵衛は、拍子ぬけがした。死んで極楽往生はいい。しかし、生きて嫁をもらわねば、人としてうまれてきたなんの甲斐があろう。二十歳の春に入城した市兵衛は、籠城に歳月をかさねるにしたがって、十分に成長していたのだ。この合戦が、ばかばかしくなっていた。

「そうではないか、平蔵。この合戦は、働いたところでなるようにはなるまいぞ」

といったのは、このことだった。平蔵は、入念に銃をみがきながら、市兵衛の不平の相手にはあまりなりたがらない。

「そのうち、よいこともござる。われら雑賀者は、ただ鉄砲をうっておれば、それでよいのじゃ」

「ただ鉄砲をうって殺生《せっしょう》をするだけでは詮《せん》がない。この殺生には、報酬《むくい》がないわ」

「いや、極楽往生というむくいがござるそうじゃ」

「おのれは、おれと同様、法義もわからぬくせになにをこくか」

「平蔵などには、ご法義はわかりませぬがな。ひとにきけば、いこう、ありがたいそうじゃ。鉄砲をうって極楽へゆけるなら、地獄へゆくよりもわるいはなしではない。わかはいらだちすぎる。年ごろではあろう。嫁もほしかろう。分家もたてたかろう。しかし、いまは夢中で鉄砲をうっていなさることじゃ。いずれ、よいこともござる」

「ない」

とは言わず、市兵衛は口をつぐんだ。ありそうにも思えたのだ。ない、といってしまえば、歯の間からせっかくの幸運が逃げそうにもおもわれた。市兵衛は縁起かつぎではなかったが、まだ夢をみることの多い年ごろだった。

偶然だが、門主の侍僧が、その日の午後、その刻限よりもほんの直後に会いにきた。阿弥陀堂の横にある門主の館へ参上せよ、という。

市兵衛のような者が、一族の代表者にも伴なわれずに門主に拝謁《はいえつ》できるなどは、ありうべからざることだった。

「まことでござりまするか」

と侍僧に念をおした。

「市兵衛どのは、信心も薄いと聞くに、果報なことでござる。ご門主とご家老の下間《しもつま》どのがひそかにお言葉をくだささる。ただし、このことは余人にもらしませぬように」

「なぜであろう」

「あまり果報ゆえ」

「果報ゆえ？」

「洩らせば、聞く者の耳がつぶれましょう」

侍僧は薄くわらって、たち去った。

二

市兵衛には、小さな期待があった。本願寺上人のかおをおがめると思ったのだ。しかし、顕如はくらい御簾《みす》のなかからは出ず、本願寺家を家宰する下間法橋《ほっきょう》頼廉が、縁側まで出て、白洲に伏している市兵衛の耳に、低い声で話しかけた。

「猊下《げいか》のお言葉として聞くがよい。そなたは、ひそかに城をぬけ出よ。播州《ばんしゅう》へ参る」

「播州へ？」

「播州三木城の別所侍従どのがもとじゃ。大役でありますぞ」

三木城主別所長治《ながはる》は、東播州の豪族で、領国は二十五万石にちかい。

ここも、織田内府がさしむけた中国征伐の大将羽柴筑前守秀吉のために、年余にわたって攻められている。攻撃は天正六年六月二十九日にはじまり、迎えうつ別所方は、支城三十、砦百をあげて、文字どおり、死山血河の戦いをつづけていた。

別所、毛利、本願寺は、織田方に対して攻守同盟で結ばれている。いずれが滅亡しても他の二者にとって致命的な打撃をうける運命にある、と法橋頼廉は言い、

「別所殿は、当山に、後巻きの援兵を送れといってきている。しかし、われらとしては、これが筒いっぱいの合戦じゃ。とはいえ、むげにはことわれぬ。せめて、鉄砲、弾ぐすりなりとも送ろうということになった。さて、たれに宰領させるか」

「拙者でござるな」

「いかにも。去んぬる日に、貴島権兵衛をうちとめたそなたじゃ。しかし、宰領はそなたではない。そなたは、荷駄を宰領する。が、当山の使いとしては、俗人ではははかりもあるゆえ、僧がゆく。名を、義観という」

「等岳坊さまでござりまするか」

「存じておるのか」

「いや、お言葉を賜わったことはござりませぬ」

「義観が」

と法橋は、たんを切って、

「すべてを宰領する。あすの子《ね》の刻《こく》、中洲の突端より舟を出す。手はずは、義観からきくように。ほかに訊くことはあるまいな」

「――」

市兵衛は、これだけの大役に、どれほどの褒賞が約束されるものかとたずねてみたかったが、きくだけ無駄であろうと思いかえした。下間法橋は市兵衛の不得要領な顔をのぞきこんで、

「ないな」

「いや、申しあげまする。もどりの舟は、ご用意くだされているのでござりまするな」

「ない」

「それは。――」

市兵衛は、おどろいた。往路の海上は、毛利の水軍が織田方を制圧している。一応

は安全であったが、帰りが陸路《くがじ》だとすれば、摂津、播州路の要路は織田勢がかためているために、これは死ねといわれるにひとしかった。

「委細は、義観よりきくがよかろう。すべては仏徳報謝のためじゃ。よし命をおとしたところで、如来は照覧されてある。お浄土に詣れること、ゆめ疑いない。ありがたくお受けつかまつるがよい」

（ばかな）

なにがお浄土まいりかと思ったが、この石山城にいるかぎり、門主の命をこばめるほどの勇気は、市兵衛にはなかった。館をさがって、二ノ丸の加賀門徒の屯所のそばを通ったときに、にわかににぶい怒りがこみあげてきて、かたわらの百姓兵の鉄砲をとりあげた。

「貸せ」

空を見あげた。いらかのはるか上に、とびが大きく輪をえがいて舞っていた。市兵衛は無造作に鉄砲をかまえると、カチリとひきがねをひいた。照準はあきらかにとびの心《しん》の臓を射ぬいていた。しかし、とびは相変らず悠々と舞っていた。市兵衛は、狼狽した。加賀百姓がわらって、

「落ちませぬな」

「あたりまえだ。火縄がない」

「雑賀衆ともあろうお人が、お心得のないことでござりまするわな」

(ふん)

と鉄砲をかえし、逃げるようにその場をはなれた。おれだけではない、と思った。おのれらもそうではないか、寺方の戦さは、火縄をつけずに獲物をうつようなものだ、いくらひきがねを引いても、一頭一羽の獲物もない。

夜、市兵衛の陣所に義観の使いがきて、煙硝蔵の東の榎《えのき》の下までござれ、といった。

気が重かったが、結局は、案内《あない》の者に引きずられるようにして、夜の城内の道をおりて行った。榎の根もとまでくると、不意に、

「市兵衛どのでござりまするか」

とひどく鄭重《ていちょう》な声がきこえた。

「そこでは顔がみえませぬ。近く寄りなされ。——その火を」

義観らしい影は小者のたいまつを取り、市兵衛のびんが焦げるまでに火を近づけ、舐《な》めるように眼鼻だちをみて、まるで瓜《うり》の品さだめでもするように、

「紀州顔でござりまするな」と、鄭重にいった、「ひと目みればわすれぬお顔でござ

る。わしの顔をお見おぼえでござるかな」

「覚えませぬ」

「ごろうじなされ」

と義観は、自分の顔にたいまつを近づけゆっくりとそれをまわした。

「ここに、眼がおじゃる」

と、笑いもせず、指で自分の眼をしめした。ひどく吊り眼で、ほとんどねむっているような細い眼だった。ついで、自分の大きな鼻を照らし、さらに、魚のえらぶたのように薄く大きくひらいたあごをたたいて、

「腮《あご》ひらきたるはそのこころ奸悪なり、と物の本にもござりまする」

顔が若いわりには、声がひどく老人じみていた。

市兵衛の聞きおよぶところでは、この僧は、播州高砂のうまれで、土地の寺院等岳院の次男だった。義観が使僧にえらばれたのは、播州の地理にあかるいところを見こまれたのだろうか。

「荷駄は、すでに他の者の手で舟積みされておりますでな。あなたは、百姓の風体《ふうてい》をして、あす子《ね》の刻《こく》に松ノ丸の播磨《はりま》門徒の陣所の前へ来てくだされ」

その刻限に、市兵衛は平蔵をつれて指定の場所にゆくと、すでに義観のほかに十人

の人影があつまっていた。

「この者どもを宰領していただきまする」

いずれも播磨の百姓門徒だった。この夜、三月というのに、ひどく冷えたが、十人の門徒は、足先きでもこごえるのか、しきりと足ぶみをしながら、くちぐちに低声で念仏をとなえていた。

中洲の突端から、舟に乗った。舟のなかでも念仏の唱和が絶えなかった。唱名《しようみよう》をきくことは、石山の寺で十分耳なれてはいたが、たかだか三十石積みのこの狭い舟のなかできくと、広い城内のあちこちできくような印象とは、まるでちがっていた。十人の門徒は、南無阿弥陀仏の唱名によって、いっぴきのいきものになりおわってしまうようであった。

「雑賀さまも、お念仏を唱えなされや」

とすすめてくれたが、市兵衛には、どうしてもその六字の名号が口もとからすらすらと出てこなかった。しかし、この集団では、念仏をとなえることが正義なのである。唱えないものは悪人であり、場合によっては仏敵であった。雑賀市兵衛は仏敵にはなりたくなかった。ときどきそらぞらしく念仏をとなえ、平蔵にも、

「お念仏せよ」

と、小声で命じた。とはいえ、十人の門徒は、なにかの勘が働くらしく、市兵衛のから念仏にはだまされなかった。

「雑賀さまは、ご信心がうすいのう」

と小声で囁《ささや》いているのを、市兵衛は耳にした。そのせいか、市兵衛に対する態度がどことなく他人行儀で、ときに、荷駄について指示をあおぐのも、市兵衛を黙殺して義観に訊いたりした。

舟は、北にむかっていた。風むきがいいらしく、舟足が早かった。門徒のひとりが、

「このぶんでは、夜あけには兵庫の湊《みなと》につきましょうな」

「なに、兵庫へ行くのか」

市兵衛は知らなかった。

「義観どの」

と袖をひいた。

「拙者は知らなんだが、荷揚げは兵庫でござるか」

「伝えるのをわすれていた。兵庫、兵庫でおじゃる」

義観は正直にあやまった。べつに隠しだてしていた様子ではないだけに、市兵衛は

やりきれなかった。忘れられていたのだ。自分がただひとりでこの集団のなかにいることを感じないわけにはいかなかった。

（しかし。……）

妙なことに気付いた。

（義観は、ただの一度も念仏をとなえた様子はなさそうだが）

舟は、予想どおり、翌朝の四ツに兵庫の浜についた。

本願寺方が兵庫の湊をえらんだ理由は、簡単だった。この浜のそばにある花隈城《はなくま》が、伊丹《いたみ》の荒木村重の属城だったからである。かつて織田家の被官であった村重は、天正六年、にわかに信長に抗し、毛利、石山、三木の連合軍の一翼となっていた。

一行は、揚陸した荷を六台の車に積み、その日は花隈城に入って休息した。

三

月が明るすぎた。花隈城で数日すごしたのは、月がほどよく欠けるのを待つためだった。夕月が白く淡路島の空にあがった夜、一行は、薪で擬装した六台の車をひいて、城を出た。

花隈城から三木城へいたる間道は、土地では丹生山道《にぶさんどう》といわれているが、まだ織田方には知られていない。義観は、

「途中に丹生山という山があり、山上に明要寺という大寺がござりまする。欽明帝の二年、百済《くだら》からきた童男行者という韓人がひらいた古刹《こさつ》でな、寺領五百石。扶持《ふち》は別所家からうけてきた。ために、この合戦では別所の隠し城になっております。われわれは荷駄をここまで送りこめばよろしい」

間道だから、ときに道がない。そのときは義観は容赦もなく荷を解かせて、ひとの背に負わせて山の谷を歩かせた。

「市兵衛どの、あなたも、運びなされや」

「拙者は武士でござるぞ」

「武士でも背がござりましょう。背がござれば、負うことでござりまする」

「義観どのは、なぜお運びなさらぬ」

「わしには、せいぜい楽をさせておくことでござりまする」

「なぜじゃ」

「智がござる」

ひどく明るい声で笑う。事実よく笑った。声をたてて笑うときには、急にあたりに

日が射すように明るくなる。その声をきくと、市兵衛は、この薄気味わるいほど鄭重な男に、なにかあらがえないものを感じてしまうのである。

僧正谷という谷にさしかかったときに、義観は急に一行をとめた。

「人がくるようでござりますな」

なるほど、人の群れが谷川を渡ろうとしていた。物の具をつけているところからみれば武士だろう。十二、三人はいた。義観は門徒のほうをむいて、

「まさか織田方ではあるまいが、しかし、物見が道に迷ってまぎれこむということもござる。わしの指図どおりになされ」

荷を解かせて、十五梃の鉄砲をとり出させると、

「市兵衛どのの位置は、そこ」

と付近の松のそばへ連れてゆき、

「平蔵は、むこうへかがめ」

門徒のほうへは、

「この二人に、鉄砲をつぎつぎと渡してやるがよい。わしは、あの者どもが別所家の者かどうかをたしかめてくる。もしそうでなければ、わしは笠をぬいで合図とする。お二人は容赦なく射ちなされ。仕損じてわしを射ちなさるなよ」

義観はゆっくりとした足どりで坂をおりてゆき、谷川のふちで相手の渡ってくるのを待った。

「胆のふといお方じゃ」

と門徒のひとりが感嘆した。

武者たちは、義観が僧形《そうぎょう》であるのに安堵《あんど》したらしく、義観の問いかけに、なにやら笑いざわめきながら答えているのが、市兵衛のかがんでいる場所からも見えた。

やがて義観は、ごく自然な動作で、あごの紐に手をかけ、それを解き、笠のふちに手をかけ、ゆったりとあげた。

同時に、市兵衛と平蔵の指が、ひきがねをひいた。せまい谷間に、轟々たる破裂音がつづき、硝煙が流れ、武者はつぎつぎと倒れては谷川へ流された。

義観は悠然と立っていた。市兵衛と平蔵の弾が義観の首すじをかすめ、袖をうちぬいたが、この男はほとんど身動きもせず、倒れてゆく織田勢の兵をながめていた。最後の一人が、悲鳴をあげて河原に倒れたとき、

「市兵衛どの、大儀でござりましたな」

とはじめてふりむいた。唇が、赤かった。顔がたったいままでいたずらに熱中していた小児のように明るかった。その明るさに、市兵衛は思わずおぞ気が立つような怖

れをおぼえた。

二日目は、きこり小屋に夜営した。相変らず門徒衆は、和讃や正信偈《しょうしんげ》をとなえたりしていたが、市兵衛がふと気づくと、義観は一団から離れたすみで、毛ずねを立て、小柄《こづか》を掌に入れて器用に足の爪を削《そ》いでいた。

「義観どの」

と小声でそっと、

「お手前だけは、なぜお念仏をなさらぬ」

「唱えておりまする」

「しかし、いっこうに聞えませせぬな」

「市兵衛どのは、鉄砲をうちすぎて、耳がお悪いのでござりましょう」

義観は、相手にならず、

「が、鉄砲と申せば、昼の働きはおみごとでござりました。さすが雑賀衆でござりまする」

「お浄土にまいれましょうかな」

市兵衛は皮肉って訊くと、義観はきこえないふりをして、余念なく爪を削いでいる。その横顔をみるうち、市兵衛は、この男について少しでも多く知りたい衝動がにわかにおこった。

「義観どのは、高砂のおうまれでございましたな」

高砂の城には、鎌倉の家人《けにん》梶原平三景時を遠祖とする平三景行が別所氏の被官として在城していたが、去年の十月十八日、織田勢のために落ち、景行も討死した。

「ご自坊の等岳院は、焼けませなんだか」

「焼けました」

「ご縁類は？」

「死にましたな」

父も兄も、一向宗徒として高砂城に籠《こも》っていたために落城とともに討死したという。

(なるほど、そうであったか)

市兵衛は読めたような気がした。僧正谷で織田方の物見をみなごろしにしたとき、いくら敵とはいえ、義観の態度は常軌ではなかった。おそらく復讐の気持がそうさせたのだろうと思ったのである。

が、義観は市兵衛の想像を読みとったように、眼をのぞきこみ、ふと、わらった。ひやりとするような微笑だった。そのわらいは、市兵衛の眼の底に残り、まどろんだ夢のなかで、義観の声が耳にひびいた。

「市兵衛よ」

と、その声がいった。

――人間がそのように単純なものじゃと思うゆえ、おのれはご法義がいただけぬ。この等岳坊義観は、父兄の仇にむくいるために、あの河原で笠をぬいだのではない。笠をぬぎとうて、ぬぎ、殺しとうて、殺した。人間はおそろしい。

「市兵衛よ」

といった。

――おのれもまた、あの者どもを殺せば極楽に往生なしうると思うて撃ったのではあるまい。ただ、撃つがために撃った。

――あの門徒どもも、念仏をとなえるためにはるばる摂津まで籠城しにきたのではない。国にいて畠を打って地頭に年貢をしぼられているよりも、城に籠って戦さ騒ぎをしているほうが面白いゆえ、ああしている。

「市兵衛よ」

といった。

――そのおそるべき人間といういきものをすら、救うて進ぜようとおおせらるるのが阿弥陀如来の本願というものじゃ。弥陀の願船《がんせん》のありがたさはそこにある。おのれの底のおそろしさを知らぬ者に、弥陀のまことのありがたさはわからぬ。ねんぶつを申す資格もない。

「義観どのは、どうじゃ」

「わしか」

うずうずとわらって、

「知らぬな」

市兵衛の眼がさめたとき、義観は白い脚絆《きゃはん》を締めて出発の用意をしていた。

四

丹生山明要寺の別所方の守将に、無事鉄砲荷駄一さいを渡しおわると、義観らは道案内されて、その足で三木の野へくだった。野に、三木城がある。

城は、釜山城《ふざんじょう》ともいう。名のとおり釜を伏せたような丘陵のうえにある。城は本丸、二ノ丸、新城の三城郭よりなり、西北方は断崖としてきり立ち、そのむこうを美《み》嚢《のう》川がながれ、塁高く堀は深い。築城五十年このかた、よく世の乱れに耐えて、いちども敵に堀を越されたことのない堅城とされていたが、いまは城をかこんで数万の織田方が野に満ちている。

市兵衛らは、搦手《からめて》の裏の山中で日没を待ち、夜霧にまぎれて川をわたり、ようやく城に入った。城内ではすでにかれら石山本願寺の使者をむかえるために準備はできていた。

城門を入ると、あちこちにたむろしている城兵が、いっせいに歓声をあげた。声に、はるばる摂津石山から鉄砲弾薬を運んできた同盟軍の使者への感謝があふれていた。おどろいたのはそれだけではない。そのうちの数人が、いきなり義観のもとに走りよって土下座をしたのである。

「南無阿弥陀仏」

と唱和した。おそらく、この城内にも、いくにんかの信者がいるらしかった。義観は、湧くような念仏の声のなかをゆったりとあるいてゆく。

篝火《かがりび》の火影でみるどの城兵の顔も痩せこけて幽鬼のようにみえた。しかし士気だけはなお軒昂《けんこう》としていた。士気の盛衰は、城将の将器によるとすれば、市兵衛は、この城のぬし別所侍従長治という若者を見たいとおもった。

「まず、ご本丸へ」

先導の武士がいった。北播州の山里のなまりがつよい。なまりよりも、武士の装束をみておどろいた。とくにその兜《かぶと》が異様であった。ちかごろは、どの土地の武士でも、「当世兜」というのをかぶっている。頭形《ずなり》、篠鉢《しのばち》、桃形《ももなり》、とっぱい、一ノ谷、貝《ばい》形《なり》、なまず尾、唐冠《とうかんむり》、羽頭《うとう》などといった種類であり、市兵衛のは頭形のかぶとだった。おそらく南蛮かぶとの影響によるものか、どの型も形が単純で、鉢がすべすべとまるく、鉄砲の弾をはねそらせるようなかたちをもっていた。が、先導の別所の武士のそれはちがっていた。たとえば、右大臣頼朝のむかしに熊谷次郎直実《なおざね》でもかぶっていたような古色蒼然たる型であった。

(さすがは、田舎ながら名家であるな)

市兵衛は、妙なことで感心した。

別所家は、村上天皇の第七皇子具平《ともひら》親王より出ている。親王数代の孫頼清という者が六条判官源為義の娘をめとり、播州別所に住したため別所氏を称し、のち三木郷を領してここに城をきずいた。

その後、数百年を経た。この戦国の世に、諸国の名家のほとんどはほろびつくし、かわって卑賤から身を起した実力者が諸国をきりしたがえて覇をとなえつつあったが、この別所家のみは畿内《きない》随一の武門の名族として、古格な威信をたもっていた。

（まるで、鎌倉の世にまぎれ入ったような気がする）

先導の男の大兜だけでなく、すれちがう武士の武具が時代めいていた。むろん諸国とおなじく、槍と鉄砲が主要武器ではあったが、すでに五十年前にほろんだ長柄《ながえ》をかついでいる者もあり、なぎなたをもっている男さえいた。

「さすがは別所でありまするな」

市兵衛は義観にささやいたが、義観はひややかな笑いをうかべただけでだまっていた。

本丸の城門を入ると、すぐそばに、団々たる大篝火にかこまれて、床几《しょうぎ》に腰をおろしている大男がいた。先導の武士は、

「山城守様でござる」

といった。

別所山城守吉親といい、城主長治の叔父で後見役をつとめている。長治は二十四歳の弱年であったため、三木城で事実、采配をとるのはこの男であるときいていた。四十五、六である。容貌は仁王のようにいかつい。

男はゆっくりと立ちあがり、

「山城守、これにてお出迎えつかまつった。鉄砲のこと、侍従よりじきじき御礼申し

たいとのことゆえ、ただいま、館でご来着を待ちかねてござる。いざ」

と先きに立った。この大男の装束にいたっては、市兵衛など見たこともない古風なもので、ふつう「式正《しきしょう》の鎧《よろい》」といわれ、室町の将軍家などが儀式のときに着用する程度にしか利用されていない大鎧であった。

本丸のなかに林にかこまれて寝殿造りの古風な館があり、城主の居館になっているらしく、蔀戸《しとみど》から、灯が噴きこぼれるように洩れている。

「たいそうな御殿でござりまするな」

田舎者の平蔵は、おびえるような眼で建物をながめている。

なかへ通され、待つうちに、しずかな足音がして、長治があらわれた。

「別所の長者でござる」

叔父の山城守吉親が紹介し、市兵衛が平伏し、義観は浅く頭をさげた。

「お役目ご苦労にござった」

細いが、美しい声だった。市兵衛はそろそろと眼をあげ、正面をみた。白い陶器をおもわせるような若者が、端然とすわっていた。軍使という特別な役目があってこそ、市兵衛のような身分の者が長治に拝謁できる。畏れに眼が痛むような思いがした。その眼へ、長治の視線が不意に出遭った。視線は微笑を送っていた。

「そこもとのことは聞いている。雑賀党のなかでも、とりわけのじょうず、であるそうな」

「へっ」

市兵衛の体が、他愛もなくふるえた。幼いころからひそかに想像してきた侍の大将とはこのような人であろうか。

「よければ、ゆるりと逗留《とうりゅう》しやれ」

籠城戦の真最中なのである。しかし長治の様子には、ひとを花見にでも誘うような駘蕩《たいとう》としたものがあった。

そのとき、廊下で数人の気配がして、ふすまがしずかにひらいた。

「ご両所」

と、山城守がひくく言った。

「北の方さまでござる」

五

ふたりは宿所として城主の居館の一郭をあたえられ、義観、市兵衛のそれぞれに、侍五騎、徒士《かち》二十人を与力として付けられた。市兵衛の与力には、例の大兇がまじっていた。この男は西播州の郷士で、名を軽部宇兵衛といい、市兵衛の世話をこまごまと焼いてくれた。

「雑賀様、鉄砲を教えてくだされ」

「鉄砲もよいが、北の方のことを、すこし話してたもらぬか」

あの夜から、市兵衛の脳裏に北の方の容姿が焼きついて離れない。ひょっとすると、慕情といえるかもしれなかったが、劣情ではない証拠に、この思いは、城主長治に対しても同質のものであった。

軽部宇兵衛は、北の方が、丹波の名族波多野秀治の妹で年は二十一歳であり、すでに四人の子をなし、嫡女《ちゃくじょ》五歳は竹姫といい、ついで虎姫、千松丸、竹松丸と申しあげる、と教え、

「くわしゅうは、拙者の妹が奥に仕えておりまするゆえ、いずれお引きあわせして、物語などさせましょう」

と親切にいってくれた。

「おそれながら、拙者はあのように美しいお方を見たことがない」

「さもござろう。殿と御台《みだい》さまは、われら播州の侍の自慢でござる。あのおふたりの

ためならば、旗本、被官をとわず、籠城の士は命をすてて惜しゅうはござらぬ」

　幾日か逗留するうちに、別所長治という若者が、将士のあいだで信仰にもちかい尊敬をうけていることが次第にわかってきた。いわば城は、長治夫妻を教主とする信仰集団に似ていた。

　別所家の奇妙さは、同時にその強さでもあるのだが、この合戦の前に当然、織田との間に外交折衝があり、かれらの考えは事ごとに織田家を戸惑わせた。

　もともと別所家は、中国の毛利家とのあいだの隣好のよしみがあった。しかし、信長は、毛利を討つにあたり、まず別所を味方にひき入れようとしていた。事のおこりはそこから始まる。

　織田家の使者は、江州小谷《ごうしゅうおだに》二十二万石の城主羽柴筑前守秀吉だった。使者とはいえ、かれはすでに中国討伐の総帥に任命されていたから、天正五年の秋十月に播州姫路に来着したときの軍容の壮観は、山陽道の住民を驚倒させた。

　羽柴秀吉はひとまず姫路城に逗留して、播州国内の諸豪族と会見し、できれば血ぬらさずして、毛利への進攻路をひらきたいと考えていた。

　別所家からは、長治の名代として、山城守吉親、および孫右衛門重棟《しげむね》の二人の叔父が姫路へ参着し、秀吉の器量を観察する一方、織田軍の軍容を見物した。装備、装束のことごとくが、かれら田舎土豪の眼には異様とみえるほど、あたらしいものであった。

秀吉は二人へ引出物をあたえ、

「別所家は播州の名族であり、お味方なさるにおよんでは、国中の侍、こぞってわれらが側になびくことは必定《ひつじょう》でござる。お味方なされば、播州一国は申すにおよばず、功に従って恩賞はあつく行なうでござろう」

といった。

その秀吉の物の言いざまを山城守吉親は軽侮した。土民あがりとはきいていたが、物腰がどことなく卑俗であった。秀吉はなおも織田につくことの利を説いたが、それは小商人《あきんど》が物を売る口上に似ていた。三木へ帰る道中で、吉親は、

「織田方は合戦をあきないと心得ている」

といった。

帰城後、別所方では、評定が割れた。

吉親の弟別所孫右衛門重棟は、強硬に織田方加担《かたん》を説いた。重棟は、京や安土《あづち》に旅することが多く、見聞もひろかったから、すでに天下の覇権が右大臣信長の手に落着しつつあることを見ぬいていた。

「家を守るには、右府にお味方申す以外に道はござらぬ」

が、多数は頑固に首をふった。その意見の多くは、織田と毛利の戦力を冷静に算定したものではなく、新興の武門に対する嫌悪と恐怖が支配していた。かれらにすれば、家門の名誉をもたぬ者ほどおそろしいものはない。それらは、名を惜しまぬために何を仕出かすかわからないからだ。げんに、信長は、長治に播州一国を約束している一方、秀吉にも、内々播磨をあてがう旨の朱印を下付しているといううわさもあるではないか。

評定が決せぬまま、天正六年三月、秀吉は安土へ帰り、ふたたび来播して加古川城に入った。

山城守吉親は宿老三宅肥前守治忠とともに秀吉に対面した。別所方が反織田方にふみきったのは、この会見の直後だった。

吉親と治忠は、多年戦場を往来してきた老将である。毛利攻めの戦法について献策した。かれの場合は、献策というより議論で、いちいち秀吉の戦術思想を批判し、自説を主張した。秀吉はその田舎者の頑固さに手を焼いたらしく、

「ご教示はありがたい。が、お手前がたは、双方が存国のまま合戦する場合のことばかりを申さるる。われわれは遠征軍である。自然、人数にも、合戦の日数にも制限が

あり、悠長な戦いはでき申さぬ。それにはそれの仕方がござる。われわれは若いころから遠征の軍略には馴れてきた。ことにお手前がたは先き手であり、この秀吉は大将である。われらにおまかせ願うことにしよう」

この会見は、ひどく吉親と治忠の誇りを傷つけることが多かった。帰城して、

「われわれは、下人《げにん》のごとくあしらわれた。別所の家門の恥はこれにすぐるものはない」

三木城の評定が沸騰したことはいうまでもない。日を重ねたあげく、ついに長治が裁断をくだした。長治のこのときの言葉をいまも籠城の士の一人一人が記憶している。

長治は、

「心をきめた」

といった。

「きのうきょう、信長の取り立てにようやく侍の真似をする秀吉を大将に、別所家が先陣にて戦さをすれば、天下の物笑いとなろう。このうえは信長と手を切り、手はじめに秀吉と戦ってみよう」

別所家は、ただ家名の誇りのためにかなわぬ敵を相手に合戦をはじめた。市兵衛に

はひどくめずらしかった。

さらに、市兵衛のような当世武者のおどろく話があった。軍議が開戦と決定した席上、城主の舎弟で十七歳になる小八郎治定が、

「そうと決まった以上、それがしに人数五百騎を貸し候え。秀吉が気づかぬ間に今夜にも加古川の陣に夜討ちをかけて、六方に火を放ち、一挙に本陣に斬り入って秀吉を討ち取るべし」

「それは待った」

と山城守以下の老将がおさえた。夜討ちは卑怯だというのだ。

「敵は天下の信長でござる。秀吉づれの代官を討ちとったところで痛痒を覚えまい。別所家も隠れない名家ゆえ、武門の名誉にかけて堂々の陣を張らねばなるまい。敵は他国、味方は自国ゆえ、城に籠って時に攻め、縦横になやますならば、敵は兵糧《ひょうろう》に疲れ、やがて毛利の加勢をも得て一挙に討ちくずすこともできよう。秀吉が敗走せば、あとにつづいて京へ攻めのぼり、一日なりとも天下に旗をたつるならば、たとえ屍は戦場にさらすとも、名は後世にのこることだ」

そのときの吉親の言葉を、軽部宇兵衛のような末輩の侍までそらんじており、かれらは別所の家名の美しさをまもるために、まる一年の籠城に堪えつづけてきた。

(妙な戦さじゃな)

妙であるといえば、石山の合戦も市兵衛にすれば珍異であった。これは家名をまもるためであり、かれは念仏をまもるためである。市兵衛のように合戦の手柄によって分家をたて嫁をもらおうと思っている者には理解しがたかったが、いずれかといえば、別所のほうに好意をもった。市兵衛は、顕如上人のような皺ばんだ老人をまもる戦さには情熱はもてなかったが、おなじ無償の戦さなら、美しい城主夫妻をまもる戦さのほうに血がわきたちそうに思えたのである。

ある夜、義観が、「申したき儀がある」と、市兵衛をその房室によんだ。この僧は三木城にきてから、にわかに目上めいた口のききかたをするようになっていた。

「おぬし、やはり石山へ戻るか」

唐突であった。

「わしはもどらぬぞ。仔細あって、この城にとどまることにする。おぬしはどうする。もっとも、戻ろうにも、あのころとは違うて織田勢の見張りがきびしゅうなったゆえ、途中で命をおとすかもしれぬ」

「わしは、石山へはもどりませぬ」

市兵衛は、きっぱり言った。むしろ、ほっとした。あの念仏の城にもどったところ

で、なんの利があろう。それよりもこの城で、長治と北の方のために働いたほうがよい、とおもった。――しかしそれとは別に、

(義観が城にとどまらねばならぬしさいとは、どんな事であろう)

興味をもった。訊いてみた。が、義観はただ、

「法橋《ほっきょう》(下間頼廉)どのに含められている」

とのみ言った。

「その事は?」

「菩薩行《ぼさつぎょう》じゃ」

義観のいう菩薩行の意味がわかるまでに、市兵衛は一年を要した。

六

義観の菩薩行とはなんのことかはわからなかったが、市兵衛の毎日は、その半生でかつて味わったことがないほどたのしかった。

城にとどまるときめた翌日、長治によばれたのである。

「三木で働いてくれるそうであるな。雑賀衆一人は侍百人に価いするときく。鉄砲組

の者に、雑賀のわざを教えて呉《く》りゃれ」

「はっ」

「重畳《ちょうじょう》におもいますぞ」

引きつづき石山本願寺の使者という資格で、義観ともども宿所は、そのまま城主の居館とされた。

市兵衛は、平蔵を助手にして、毎日鉄砲組をまわっては、わざを指南する。

「おぬしは、左こぶしに力を入れすぎはしまいか。左掌は、鉄砲の受け皿ぐらいに思えばよい」

雑兵のはしばしにまで、丁寧に指南してやるのである。

「狙いを見詰めすぎぬようにせよ。眼が疲れる。息をつめすぎるな。血がのぼって、引きがねをひく指がふるえるからじゃ。引きがねは、引こうと思うて引いてはならぬ。月夜に霜のふるごとく、という。おのれも気づかぬうちに落せ」

寄せ手の接近する日は、市兵衛と平蔵がならんで、城壁から実地に射撃してみせた。鉄砲というものは四十間以上の距離には、効力がない。その射程内に目標がちかづくまで待ちこたえる根気も、技術のうちなのだ。

市兵衛は、義観が僧正谷で案出した戦法によって、鉄砲足軽に火縄を点じた鉄砲を

用意させ、つぎつぎに受けとっては、それを連射する仕組みをとっていた。城内では、

「雑賀衆の鉄砲うちがはじまるぞ」

といううわさがひろがれば、士分、足軽、小者をとわず、城内の婦女まで見物にあつまってくるようになった。

その朝、市兵衛と平蔵は、相並んで銃を東のほう平井山の方角にむけて、目標の接近するのを待ちかまえていた。

平井山のふもとには秀吉の本陣があり、金瓢《きんぴょう》の馬じるしが、きらきらと陽光にかがやいていた。

眼下には、城門をひらいて押し出して行った城方千騎ばかりが、美嚢《みのう》川の西岸で敵に食いとめられ、激闘のすえ、新手《あらて》を加える敵に押されて、引きさがって来つつあった。

鉄砲組は、その退却を援護すべく城壁に待機している。市兵衛らの鉄砲も、その方角にむかっていた。

城門に近づくにつれて味方の殿《しんがり》の足なみまでが崩れおち、騎馬も徒士も狂うように逃げてきた。それに追いすがって、寄せ手はさかんに首かせぎをする。

敵もおろかではない。鉄砲の射程をよく心得ていた。ある程度まで追いすがると、さっと馬頭をひるがえしてしまう。それでも、手柄をあせって深追いしてくる者もある。

「きたきた」

待ちかねた鉄砲組がでたらめにうつのだが、弾はいずれも敵までとどかず、どの弾も失速して敗走してくる味方の頭上に落ちた。味方の弾にあたって落馬する者もあった。

(ばかめ)

まるで鉄砲のあつかいが下手なのだ。が、指揮権は鉄砲大将にある。市兵衛はなにもいえなかった。うたずに構えていると、無智な見物衆が、

「雑賀衆、いかがいたした。そこに敵がおるぞ」

などとはやしたてた。

(当らぬものを撃てるか)

と思ったが、ついに腹にすえかねて、平蔵へ命じた。

「七十間撃ちをしよう。鉄砲が割れるまでに弾ぐすりを強くせよ」

「かしこまった」

ふたりは、硝薬を詰めなおした。どちらも悠然と鉄砲を構えなおしたが、これは雑賀衆だけがもつ勇気といわれ、いかに剛勇の武士でもこの芸だけはできない。十に一つは鉄砲が破裂して、おのれが即死するからである。

ちょうどそのとき、敵の集団のなかから、黒革おどしの鉄丸胴に頭形《ずなり》のかぶとを猪首にかぶり、芭蕉葉の指物をなびかせた一騎が、雑兵五人を馬側に従えて、敗走する味方のなかに縦横に駈け入っては、しつこく槍を入れはじめた。見物の者にはいかにも憎々しげにみえたのか、

「あれを射とめなされ」

とけしかける者があった。

が、その武者の前後に味方が入りみだれているために、狙いが容易につかない。市兵衛は、

「平蔵、どうじゃ」

「わかは、眉庇《まびさし》の下に決めなされ。わしはのど輪をつかまつろう」

「では、よいな」

轟然と同時に鳴った。二つの弾は七十間を飛び渡って、みごとに武者を馬上から落した。あとでしらべてみると、この男は仙石権兵衛麾下《きか》で、糟谷四郎左衛門という聞

えた者であった。弾は、狂いもなく、兜の眉庇の下とのど輪をつらぬいていた。

「市兵衛どの」

「なんじゃ」

撃ちおわった市兵衛は、すすにまみれた顔をあげてふりむいた。いつのまに来たのか、楓《かえで》の模様の小袖をきた女が、唇をひきしめて立っている。

「なにかご用か」

「おみごとでございました。と、みだいどころ様のお言葉でございます」

「北の方さまが？」

市兵衛はうろたえた。眼でさがすまでもなく、そこに長治の夫人が、侍女を従えて立っていた。

長治の夫人は、ほとんど毎日、本丸の郭内をまわって味方を鼓舞しているときいていたが、姿をみるのは、これがはじめてだった。

平伏している市兵衛の眼に、紅緒の草履をうがった北の方の小さな素足の爪がみえた。うすく血の色を帯びていた。市兵衛は食い入るように見た。その眼の表情が、夜まで残った。

その夜、義観が、

「北の方にほめられたそうじゃな」

なじるようにいった。

(この男は、不服なのか)

不快に思ったが、さりげなく、

「あのかたは、美しい女性《にょしょう》であられまするな」

「うわさにたがわぬ」

「やはり、うわさが高うございましたか」

「当節、万石以上の城主国主の北の方のなかでは随一じゃというわさがあった。かつて京から勅使として下向した冷泉《れいぜい》なにがしという公卿が、帰洛してから恋わずらいで寝ついたというほどのものだ」

「なるほど」

「まさか、おぬしが恋わずらいはすまいな」

「めっそうもござらぬ。拙者などには、雑賀の田舎娘が相応でござる」

「いや、その眼つき、わからぬことよ」

「なにを申さるる」

「三木城にあつまった八千の播州侍は、ことごとくあの女性《にょしょう》にこがれておるということじゃ。この城の強さもそこにあるらしい」

「不謹慎な」

「むきになるものではない。わしも惚れている」

「卑猥なことを申されるな」

市兵衛は腹がたってきた。

「ご坊は、僧の身ではござらぬか」

「わが宗門は、立宗以来、肉食妻帯《にくじき》をゆるされておる。わしの等岳院は、代々、古義真言宗の僧が住持をしたが、父の代に浄土真宗に転宗し、妻をめとってわしがうまれた。女ずきな血すじじゃ。……それはそれとして」

と義観はあごをあげて、

「鶴に会うたか」

「なんのことでござる」

「まだ会うておらぬとみゆる。いずれ、使いがおぬしのもとにゆく」

「鶴とは、たれのことでござるか」

「いずれわかる」

義観はそのまま背をみせて看経《かんきん》の支度をしはじめ、あとは市兵衛の相手にならなかった。

七

平蔵がその光景を目撃したのは、その日から十日ばかりの夜であった。煙硝蔵での用事が意外に手間どったために、太鼓櫓《たいこやぐら》のあたりを通りかかったときは、日が暮れていた。

(おや)

首をかしげた。耳を圧してくる響きがあった。響きは、うしおのようにたゆたい、ときどき消え、また高くなった。

(なんであろう)

身をかがめて近づいた。太鼓櫓の東南に樹齢三百年をへた楠がある。そのさらに東南は地が傾斜して窪地になっていた。ひびきは窪地から這《は》いあがってきている。近づいて、

(これは。――)

と、眼をそばだてた。暗い窪地のなかに、灯もつけず、ざっと二百人ばかりの男女

の影が押しかたまって念仏をとなえていたのである。

その中央に義観がいた。念仏の声がとぎれると、義観の説法がはじまる。説法がとぎれると、念仏の声がわきあがった。

平蔵の影をみつけて、一人が、

「おぬしも入りなされ」

と座をあけてくれた。

義観の声はひくい。

ほとんどききとれないほどだったが、集まった男女は聞えても聞えなくてもただ義観の姿がそこにあるだけでうれしいらしく、地に身をこすりつけて随喜している者もあった。

「これでわしが往生が決定《けつじょう》した」

という者もあれば、

「罪障消滅じゃ」

と、うめき声をあげる者もいた。

会合は半刻ほどして果てた。帰路、たれかが平蔵を、

「お同行《どうぎょう》」

とよびかけた。同行とは、この宗門で他力本願の信者というほどの意味だ。

「今夜で何度目か」

「何度？」

ずっと以前からこの会合は行なわれてきているらしい。

「わしははじめてじゃ」

「毎夜戌《いぬ》の刻からはじまるゆえ、あすから参りなされ。念仏は、念仏講で申さねばありがた味がわからぬ」

戻って市兵衛にそのあらましを伝えると、市兵衛はしばらくだまった。

「どうなされた」

「ふむ」

義観がこの城でなにをくわだてているかがわかるような気がしたのである。

城は、城主と城兵とが、主従というタテのつながりでむすばれている。義観は念仏講によってヨコに組織しようとしているのであろう。

（いやなやつだ）

つきあげてくるような感情があった。いまこそはっきり義観の存在を嫌悪することができた。また、

(大変なことになるぞ)

と思った。

念仏講のなかでは、俗世の階級というものが消滅する。武士も足軽も百姓も弥陀への信仰で統一され、同行《どうぎょう》というひとつの色彩でぬりつぶされてしまう。ついにはこの組織は、城主さえも否定することがあった。

たとえば文明年間に加賀門徒が守護富樫《とがし》氏を倒し、二十年のあいだ一揆の首謀者の手で加賀一国がおさめられた例がある。また、徳川家康が二十代のころ、家康の家臣が三河の本願寺末寺に侮辱を加えたということから、宗門一揆がおこり、家康の家来のうち門徒の大半は一揆方に奔《はし》ったこともあった。その最大の規模が、いま石山で戦われつつある合戦だった。本願寺は、あたらしい天下の統一者たろうとする信長に対し、全国の門徒を動員して血戦をかさねつつあった。かれら門徒は、君主よりも弥陀を尊しとし、君主が念仏を弾圧すれば槍をさかだてて討ちかかることも辞さない。

「講か」

市兵衛はつぶやいた。この城の場合、講という念仏教団の教主は、義観なのである。城内で、別所長治のほかに、あたらしい君主が誕生しつつある、といえた。

市兵衛は、それが不快だった。理屈はなかった。城主夫妻の権威がそれによって堕《お》としめられるような気がする。

「おれは、念仏はきらいだ」

と平蔵にいった。

「石山に籠っていたときでさえ、おれは念仏信者にはならなんだ。そのわけが、いまこそようわかったわ」

「どのようにでござる」

「口ではうまく言えぬ」

「わかは、きっと石山城で働いても、嫁はもらえぬゆえきらいなのでござろう」

「それもあるな」

市兵衛は笑わずにいった。

「平蔵もきらいじゃ。大勢あつまって一つことを呟《つぶや》いているのは薄気味がわるうござりまするよ」

「平蔵。――」

市兵衛は身を乗り出して、

「義観をひそかに見張っておるがよい。あの坊はなにをたくらんでおるかわからぬぞ」

「この城までが、念仏の法城になれば大変でござりまするな」

「なぜじゃ」

「わかが、いよいよ嫁をもらえませぬわ」

平蔵はくすくすと笑い、

「この城で鉄砲をうっておれば、いずれは侍従さまはわかに田地なりとも扶持なりとも下さりましょう」

「恩賞が目当てではないわ」

「ならば、なんでござる」

「申しても、お前なぞにはわからぬ」

といっても、市兵衛は、自分でもこの気持の説明はつかないのである。

六月になった。

秀吉は、三木城をとりまく支城二十数ヵ所をつぎつぎに攻めつぶす一方、本城に対しては包囲のまま動かず、輸送路を絶って兵糧攻めにしようとしていた。

城内は次第に飢えつつあったが、飢餓よりもおそろしかったのは、敵が持久戦策をとっているために、戦闘がないことだった。戦いがないために城内は毎日の単調をくりかえすことに倦《う》み、兵気はだれ、士気が沈滞しはじめていた。

「頼みがある」

と、山城守吉親が市兵衛をよんで気をひそめたのは、そのころであった。

「お手前は別所家の家士ではないゆえ、断わってもらってもよい。話にきけば、雑賀には舟《ふな》鉄砲というものがあるという。いかがであろう」

「それを？」

「お手前にやってもらいたい」

舟鉄砲とは雑賀衆のみがもつ特殊な鉄砲戦術で、若い市兵衛はその方法を話にはきいていたが、実際には見たことはなかった。

「舟鉄砲は」

「おお、やってくれるか」

「いや」

知らぬ者はたやすくいう。しかし、雑賀の舟鉄砲は、雑賀でさえあまり行なわれたためしはなかったのだ。なぜなら、試みた者の十人に九人までは死ぬからである。

平蔵はそれをきくと、

「おことわりなされ」

と言下にいった。

「わかをそのようなことで死なせたとあっては、わしは国へもどれぬ」

「返事はせざった」

「それでよろしゅうございましょう。舟鉄砲と申しても、お味方の士気を鼓舞する慰みのようなものじゃ。そのようなもので、あたら他郷で死んではつまらぬ」

その夜、与力の軽部宇兵衛がやってきて、妹めに会うてくださらぬか、といった。

市兵衛が、かねて、北の方のことをさまざまと聴きたいと言っていたからである。

「ここへ参らるるのか」

「奥に仕える者ゆえ、侍の溜り場に参るのは遠慮すべきでござろう」

子《ね》の刻、イヌイの蔵の前で待つ、ということになった。

その刻限に市兵衛は外へ出た。星が、つかめるほどに近い。昼間の暑気がようやく冷え、草の上に露が散り布いている。イヌイ蔵は、城の居館から乾《いぬい》のほうにあり、かつては米を収めていたが、いまは一粒もない。あき蔵になっていた。

道のりは半丁ほどもあった。そのあいだに、櫓があり、林があった。樹の下を通るときに、ときどき草が動いた。人がいた。籠城で徴用されてきた百姓の男女が、抱きあっていたのだ。

勝利の希望がうすれると、籠城戦というものは、人を快速に生物にさせてゆくものらしい。日に日に風儀がみだれつつあった。

市兵衛はいままで気づかなかったが、その光景がおどろくほど多いことを知った。

さすがに武士は居まい。足軽、小者、土民なのであろう。

宇兵衛の妹は、壁の落ちた兵糧蔵の前の草むらに身をかがめて待っていた。眼だけが光っているのが、狐のようだった。市兵衛は相手の吐く息が匂える所まで接近して、

「雑賀市兵衛でござる」

「存じあげておりまする」

声で、ああこの女は、と思った。糟谷四郎左衛門を討ちとったときに声をかけたあの女ではないか。――女は、まるでこの草の中が自分の部屋であるかのように、

「かような所まで、よくお出《い》でくださいました。お敷きくださいまし」

と、自分の敷いているムシロの半ばを、市兵衛にゆずった。市兵衛はすわりながら、

「名はなんと申される」

「鶴と申しまする」

「鶴と」

市兵衛は腰を宙にうかした。義観が口にしていた女は、たしかその名だった。

「義観どのをごぞんじか」

「あのかたは、奥にも表にもお出入りなされ、ご法義をお説きあそばします」

「鶴どのは、念仏講の者じゃな」

「念仏とやらの声を、きくのも厭でございます。義観さまは、石山の内意をうけて、このお城を乗っ取ろうとされているのじゃ」

鶴の語るところでは、城主も北の方も、義観をひどくきらっているという。山城守吉親などは、義観を斬るとさえいった。城衆は、別所家への累代の恩義を感じて播州一円から集まってきているのに、義観の念仏講がこのまま勢いを得てゆけば、いつのまにかこの籠城戦は、主君への忠義が弥陀への恩にすりかえられ、三木城は本願寺の意のままになる、というのだ。

「義観さまは、殿さまのご威光をないがしろにするなされかたでございます。それにひきかえ、殿さまも北の方さまも、常日ごろ、雑賀さまのお名をお口になされ、いこう頼みになされているようなご様子に見えまする」

(おれに、義観を討てというなぞか)

市兵衛は、鶴をみた。鶴は、星あかりのなかで、ほのかに微笑んでいた。

「拙者は、殿を、おそれながら好き奉っている」

「北の方をも、でございましょう」

「北の方は、拙者のことをどう仰せられた」

「たとえば」

と、鶴は、市兵衛に関する北の方の言葉のはしばしを、こまごまと伝えた。市兵衛は気も動顚《どうてん》する思いだった。それほどまでに、とおもった。貴人に愛されれば下人はその生命をもって酬《むく》いねばならぬという。市兵衛は鶴の肩をつかんで、

「拙者はあのお二方のためなら命もいらぬつもりでいる」

「鶴たちもおなじことでございます。お二方が死ねと申されれば存念もなく死にまする。では市兵衛さまは、舟鉄砲を試みていただけますするか」

(なんだ、そのことを指図されてきたのか)

かすかに拍子ぬけがしたが、鶴の肩をつかんでいる手を離さなかった。放せなかった。市兵衛が気づいたときには、鶴を押し倒してその唇を吸っていた。鶴には、なまぐさい口臭があった。

八

雑賀の舟鉄砲は、まず舟を作ることから準備しなければならなかった。市兵衛と平蔵は図面をひいて、城内の大工に渡した。

舟は、城内に何艘かある。そのうちの二艘に、大工は図面どおりの造作を加えた。

市兵衛は、

「かんじんなことは、鉄砲衆の人えらびでござる」

と山城守吉親にいった。これに乗り組む者は必ず死ぬといっていい。武士が合戦に出る目的は、功名をたてて知行をふやすことがすべてであり、死ねばもとも子もなかった。剛強をほこる三木の城衆でさえ、例外ではない。もし日本国で不惜身命《ふしやくしんみよう》の武士団があるとすれば、それは、摂津石山にたてこもっている本願寺門徒のほかになかったろう。

「それは」

と、この軍議に顔を出していた義観が、待ちかまえたように口を出した。

「拙僧におまかせありたい」

このころすでに、義観の手もとには、穢土《えど》を厭離《おんり》し浄土を欣求《ごんぐ》し、織田方を主命の敵というより弥陀の仏敵と見、死をおそれず、死はむしろ往《ゆ》いて生くることなりと信ずる念仏講の男女が、千人の多数にのぼっていた。義観はその法王といってよく、義観の指示一つで、狂喜して死におもむく者もあるはずであった。

山城守吉親は、不快な顔をした。城兵を死に追いやる権利は、もしあるとすれば主君かその補佐役たる自分にある。客分のこの僧侶にはないはずだった。が、現実の問題としては、城主といえども家臣のたれそれを指名して、「そちは死ね」とはいいがたい。いいうるのは、刑罰として切腹を命ずる場合だけなのである。が、この僧侶は、その権利を確信をもってにぎっていた。吉親は、憤怒をおさえ、しばしは義観に従うしか手がなかった。

二十人の男が念仏講から指名され、市兵衛のもとで訓練を受けることになった。その夜、市兵衛は義観にひさしぶりで会った。

「おぬしが申した菩薩行《ぼさつぎよう》とはこれか。わかったぞ」

「わかるものかよ」

義観は、あわれむように薄く笑った。市兵衛は、わかっておるわ、といった。

「三木城は、石山本願寺とは唇歯輔車《しんしほしや》の関係にある。三木が敗れれば本願寺があぶない。それゆえ、三木の城衆に浄土を欣求《ごんぐ》させることによって城を強うしようとした。法橋《ほっきょう》(下間頼廉)にいいふくめられて来たのであろう」

「等岳坊義観が、ひとにいいふくめられて動く男と思うか。わしの申す菩薩行とはそのようなものではない。おのれらのごとき、人間の悲しみを知らぬ男にはわしの心は計れぬ」

九月になった。

舟の造作が思うままにゆかぬまに、別な事態がおこり、舟鉄砲の決行はつい延びのびになっていた。

別の事態とは、九月のはじめ、同盟軍の毛利家から、桂兵助という忍びの名人が、使者として三木城に入ったことから起った。毛利家の申しぶんは、

「きたる十日の丑《うし》の刻、当方敵陣へ押しよせ合戦つかまつるべく、その合図としての、ろしをあげ候ゆえ、同時に貴城より押し出し候え。両方よりもみあい、手痛き戦さして敵を一挙に覆滅仕《つかまつ》らん」

毛利は同盟軍とはいえ、これほど積極的な提案をしたのははじめてだったから、城方では狂喜した。しかし、そのときには三木城の戦力は尽きようとしていた。

城兵八千のうち、立って五丁も歩ける者は数えるほどしかいなかったのである。こ

こ半月ほどの間は、一日二椀のひ、え、が、ゆ、があたるのが、やっとだった。二ノ丸では九月一日の夜、八人の餓死者が出たという。舟鉄砲の計画が遅れているのは、この事情によるものでもあった。

三木城ではやむなく返書をあたえて、

「委細よろこんでうけたまわった。しかしすでに城中に米麦が尽き、思うさまに働けぬによって、まず総攻撃の前夜、案内の人数を出しますゆえ、兵糧を入れる手だてを頼み参らせる」

いわゆる大村の合戦は、この兵糧導入をもって端を発した。

無敵の水軍毛利といわれた毛利軍は、生石中務を大将にして、軍船を仕たて、海路高砂の浜から加古川をさかのぼり、加古・美嚢《みのう》の両川の合流点である室山に出た。ここに着船して兵糧をおろし、八百人の人夫に五百騎の精兵を警護させて、攻囲軍の手薄な平田方面へ迂回《うかい》した。

平田の砦には、秀吉の部将である谷大膳がまもっていた。毛利は虚をついて攻めかかり、払暁《ふつぎよう》までに大膳の首をとり、砦を攻めつぶした。

毛利軍が平田攻めをしているすきに、三木方では兵糧隊を誘導して逐次城内に入れつつあったが、気づいて秀吉の軍が動きだしたため、ついに小人数の武力輸送では間にあわず、城門をひらいて、山城守吉親みずから千騎従えて打って出た。天正七年九月十日の朝である。

激突は、美嚢川の北岸の野で行なわれた。城方は野陣を鶴翼《かくよく》の形に展開し、秀吉は鉾矢《ほこや》の隊形で突入した。体力の差が勝負を決定させた。半刻もたたぬまに城方のほとんどは屍となり、名ある武士は多く討死した。城内に逃げ帰った山城守の前後には、わずか数騎が従っているのみだった。

この敗北は、三木城を地獄におとし入れた。兵糧輸送ののぞみが、まったく絶たれたのである。城中で、ねずみを食い、乗馬を食い、草木を食いはじめたのは、この日からだった。

その後一月のあいだ、市兵衛の舟鉄砲の訓練は中止された。兵の体力が訓練に堪えられなかったのだ。毎日戦闘もなく、市兵衛は平蔵と一緒に鉄砲狭間のそばで、うつうつと居眠る日が多かった。

戦死、餓死者が続出しているために、城内で立って歩く者が少なく、空谷のように静かだった。そのころになって、長治は、士気を引きたてるためか、毎日数度は、本丸の郭内を巡視するようになった。あるとき、居眠っている市兵衛のそばへ寄ってきて、ゆりおこし、よく通る低い声で、

「市兵衛、そちにも苦労をかける」

といった。

「いずれ、毛利が救援に来ることであろう。それまではなんとしても城を持ちこたえねばならぬ」

毛利はそれなりに多忙だった。三木の救援に兵を割ることができない現状にあったが、長治は、あくまでも毛利の盟約履行の誠意を信じていた。長治だけでなく、三木の重臣のことごとくが律義に信じていた。

「市兵衛、たのみまするぞ」

「は」

と平伏してから、これは舟鉄砲のことだ、と気づいた。はっと顔をあげると、長治の眼と合った。まるで少年のように黒い瞳をもった眼が、すがるように市兵衛をみていた。市兵衛の眼に、にわかに涙があふれた。気付いたときは、地に伏して泣いていた。涙の生温さが快かった。人間は、ときに、何かのために死ぬと考えたとき、潮のような快感がつきあげてくるものらしい。こんにちの男なら、市兵衛は内心、おれは美しいものに殉じたい、と叫んだに相違なかった。

しかし、平蔵だけは冷静だった。

あとで市兵衛の袖をひき、白い眼をむき、

「わかはあほうじゃ」

といった。舟鉄砲はすでに中止同然になっているのだ。いまさら自分から申し出ることはなかった。平蔵にすれば、市兵衛のような小さな実利家が、故郷へ帰って分家することも嫁をもらうこともわすれ、なに血迷ってこのような他郷の城で死ぬことを宣言する気になったのか、その変心が解《げ》せなかった。

平蔵が解せぬのは当然だった。なぞのかぎは、べつにあることを知らなかった。平蔵は、市兵衛があの夜以来ほとんど毎夜、兵糧蔵の草むらの中で、鶴と忍び会っていることを知らなかったのである。

九

鶴という女は、大きな潤いのない眼ととがったあごをもち、見かけは骨ぼそかったが、情欲のつよい女だった。

鶴は一度嫁したことがあった。不縁になってもどったのは、その歯ぎしりをするような情欲のつよさのせいだったのかもしれない。すべては鶴が誘導した。市兵衛は年も若い。それに、女に対しても不器用なたちだった。

二人は、一枚のムシロの上に臥《ふ》し、そのことがおわると、すわった。荒れはてた城域のなかで、この闇の草むらの中だけが、生きもののにおいが、むれるようにこもっていた。

寄せ手の叫喚もきこえなかった。城兵の声も遠い。古ムシロは、鶴と市兵衛にとって、夫婦の家に似ていた。

抱擁がおわると、鶴はきまって、

「市兵衛どの」

と、一枚の干からびたものを渡した。市兵衛は奪うように取り、のどを鳴らして食うのである。鶴も用意の一枚を食った。干魚である。どこから手に入れてくるのか、かならず鶴は二枚のそのものを用意していた。

「奥では、このようなものを給《たま》わるのか」

ときいても、あいまいに笑うだけだった。

そういえば、鶴は顔色がいい。城中で見る顔のなかで、鶴だけが普通の血色をもっていた。鶴は、市兵衛にこそ一枚しか与えなかったが、平素、このような干魚をふんだんに持ち、ひそかに食べているのかもしれなかった。

「鶴どの、話をしてくれ」

と、市兵衛はいつもせがんだ。鶴は腹這いになりながら話をした。東播の山里訛りがつよかったが、鶴は話のうまい女だった。話の内容は鶴の生活報告のようなもので、そのほとんどは、長治夫婦のうわさだった。

「鶴は神さまというものを見たことはございませぬが、おそらく、あのお二方のような方なのでございましょう」

鶴は、よくそんなことをいった。「鶴は、あのお二方のおそばに仕えることだけが生甲斐でございます」ともいった。鶴は、長治に恋をしているのかもしれなかった。いや、事実、

「お前が、殿ならば」

といきなり市兵衛に手足をからませてきたことさえあった。鶴は、長治へのあこがれを市兵衛によって代替しているのかもしれなかった。

二人は、あきもせず長治夫婦の事を語りあった。市兵衛自身は、自分の気持を、

(おれは郷士のうまれで、主君というものをもたぬ雑賀衆ゆえ、長治殿が慕わしくなるのであろう)

雑賀衆は、個人のあつまりで、いわば傭兵であったから、風習といい、精神とい

い、武士らしい美しさがない。市兵衛は武家の古格な美しさを、遠い源平の世の絵巻でも見るような気持で、幼いころはあこがれた。

しかし、それもうそかもしれない。

二人の話の内容は、おなじことを繰りかえすために擦りきれて角がとれ、つるつるまるくなり、いまではまるで唄のようなものになっていたのだ。行為のあと、唄を歌うように長治夫妻を讃美するのである。これは、念仏の信者が、弥陀にあこがれて六字の名号を唱えるに似ていた。長治夫妻は念仏信者における弥陀にすぎないのではないか。

念仏とやや似ている点は、もうひとつあった。どちらも、それを唱えれば自分の罪が救われ、美しい世界へ自分が往けるという甘美な快感が味わえた。

城兵のすべてが餓えつつも戦っているときに、鶴と市兵衛だけは、特別の草のなかで暮らしていた。一種の裏切りといえはしまいか。罪の呵責《かしやく》を、二人はたがいに口に出しては言わない。しかし心の底にはあった。それをねむらせるために、というより、その罪の気持から遁《のが》れたい一心で、かれらは長治のうわさを語り、鑚仰《さんごう》しているのかもしれなかった。

念仏と似た点は、もう一つある。それは死を欣《よろこ》ぶことであった。鶴も市兵衛も、長治のために死にたいと、唄のように歌いかわしていた。死という火は、それを欣求《ごんぐ》する瞬間瞬間で、罪障を浄化してくれるような気がしていた。あるいは、真の武士道とはこういうものかもしれない。とにかく、長治の前で泣き、舟鉄砲を誓った市兵衛の奇妙な感動は、兵糧蔵の前の暗い草の中の事実を知らない平蔵には、理解しにくいことであったろう。

十

すでに人選されていた舟鉄砲組が、人数の中で餓死する者があったり、立てない者がいたりしたので、市兵衛はあらためて義観に人選をねがい出た。

「なんにんじゃ。人はおる。三十人でも、五十人でも出そうぞ」

「十人でよい」

「たったそれだけでよいのか」

念仏講の人数は、もう二千人に達しようとしている。かれらは、仏敵を倒すことで仏恩に報謝できるならばと、相ついで義観のもとに志願してきているという。

「十人でよい。わしと平蔵を入れて、総勢十二人になる」

「いや」

と口をはさんだのは平蔵だった。

「わしはことわる。念仏信者でもないわしが行かねばならぬ道理はござらぬ」

「平蔵、わしはお前のあるじじゃ。連れてゆく」

「いやでござりまするよ」

眼を光らせて梃《てこ》でも動かぬ顔をした。義観はそれを憎々しげにみて、

「地獄に堕ちるだけであろう」

「ならば、ご坊はどうなさる」

「わしは行かぬ」

「なぜじゃ」

「わからぬか。わしが居らねば、この城の衆は、弥陀の本願も知らず、無明《むみょう》の長夜に迷うことになろう。わしはその導師である」

「ご坊」

と、市兵衛はけげんそうに、義観の色つやのいい頬をみつめて、

「おぬしは、ふしぎと痩せておらぬな」

「布施がある」

「たれの」

「門徒たちが、ひえがゆの汁を分けてくれたり、木の実を見つけてくれたり、馬の肉をわけてくれたりする。布施行《ふせぎょう》は門徒衆の法楽じゃ」

天正七年の暮、舟鉄砲の準備が成ったときは、秀吉の包囲陣はさらに縮んで、城から二、三丁のところに陣所を置き、逆茂木《さかもぎ》を引き柵をむすび、夜はあかあかと篝火《かがりび》をたいた。

平蔵は、

「わか。もはや城も陥《お》ちるが必定じゃ。三木の衆は、毛利が救援にきてくれることを夢みているようでござるが毛利は来ますまいぞ。わかが舟鉄砲で攻めかけて城衆の士気をあおったところで、毛利が来ねば城はいずれ陥ちる。わかは、犬死になる。それでも舟鉄砲をなさるか」

「やる」

とはいってみたものの、市兵衛の声にどことなく元気がなかった。平蔵のいうところには、一理も二理もあるからだ。毛利の動きをみていると、織田との衝突をできるだけ避け、自家の領国をまもることに汲々としているようだった。平蔵のいうとおり、毛利の援兵はついに三木へは来ないだろう。

「わかい、やめなされ、雑賀の者は鉄砲を持って諸国にゆき、さまざまの合戦にやとわれはするが、きまった主君は持たぬ。持たぬはずの主君のために死んだとあれば、くにの衆はわかいを物笑いにするでござろう」

「笑われてもよい」

「よい料簡《りようけん》がある」

と平蔵がいった。

「舟鉄砲がそれほどこの城にとって肝心なものなら、おやりなされてもよい。それは城の念仏講の人数だけでやることじゃ。わかいは、仕方を教えるだけでよろしいではござりませぬか」

「指図するだけでわしは行かぬのか」

「左様」

「それなら義観とおなじじゃ」

「あのご坊はお利口者でござる。利口の真似をなされて、悪《あ》しゅうはない。――東村の治郎次どのは」

「くにの話か」

「治郎次どのは、岬《みさき》の根にある田を三枚売ってもよいと申しておられた。この合戦がおわれば、どこぞ銭の出る合戦にやとわれてあの田を買いなされ。分家をたて、嫁をもらうことは忘れてはなりませぬぞ。治郎次どのの田がいやなら、栃の木の嘉兵衛どのが、ひょうげ山の南側の山田を四枚、手放してもよいと申されているそうじゃ。どちらの田になさる」

「田の話はするな」

不快そうにいったが、市兵衛の心が揺れはじめていることは、その顔つきでも知れた。

その夜も、鶴に会いに出かけた。市兵衛はこの数日来、体のシンから情欲の火種が消えてしまっていることに気づいていた。餓えが、歩行をさえおぼつかなくしていた。

それでも鶴に会いにゆくのは、めあては鶴の体ではなく、鶴の物語でもなく、鶴が用意しているいっぴきの干魚であった。もはや、鶴を抱く能力をなくしていた。鶴の顔をみると、すぐ、

「干魚をくれ」

と手をだした。いつもとは順序がちがっていたが、鶴はだまって手渡した。しかし、眼だけは冷たく光っていた。

「市兵衛どのは、いけぬのじゃな」

「餓えた」

「この前も、そう申してわたくしにおなさけをくださらなんだ。わたくしを、可愛ゆいとは思わぬのか」

「おもう。が、もはや、物をいう気力も無くなっている」

夢中で食っていたが、ふと顔をあげて、

「これは、するめじゃな」

食べるのに急であったために、干魚が、今夜からするめに変わっていることに、いままで気付かなかった。

「するめじゃ」

「これは妙じゃ。干魚とおなじにおいがするわい。このにおいは、壁土のにおいではあるまいか」

そのあと、鶴が体を寄せてきたが、市兵衛は応えてやるだけの力がなかった。

ふたりは、だまって立ちあがった。その夜は、長治の話をするのも物憂くて、ただするめを食っただけで別れた。

雑賀市兵衛が舟鉄砲の準備を終え、その奇態な物体を月見櫓のそばの大工小屋から引きおろして大手門の内側に置いたのは、天正七年十二月のはじめであった。一台である。当初は二台の予定だったが、市兵衛は、一台にした。一台が二台でも、戦局を好転させるのに、どれほどの役にたつか、疑問だったからである。

舟鉄砲の本体は、変哲もない、長さ五間の古い川舟にすぎなかった。古舟の上に、カマボコ型の厚い木製の覆いをかぶせて閉じてしまうのだ。一見、いも虫にみえた。この奇妙な建造物は四輪の車がつき、二頭の馬で曳かれる仕組みになっていた。

このなかに、人が入るのである。うち一人は、外で馬を御する。銃眼が左右に三点ずつあけられ、内部の人員は、鉄砲をうつ者と、一発うつごとに新たな鉄砲と交換させる人員とにわかれている。

舟鉄砲は、鉄砲を乱射しつつ一挙に敵の本陣に突入して大将を討ちとめるために使われるものだ。本陣に突入すると、内部のかんぬきを外して舟のふたをはねのけ、それぞれ槍を手にして躍り出るのである。天正のはじめ、紀州雑賀郷の鈴木清兵衛という人物が考案したものという。しかし、実戦に用いられたことは一度もなかった。

「万に一つも生きてはもどれませぬな」

市兵衛の組下の軽部宇兵衛は、その怪奇な物体をみながら、おびえたようにいった。武士にあっては、死は敗北なのである。はじめから敗北を基礎とした戦法などが諸国の武将に採用されるはずがなかったのだ。やがて義観がやってきた。ほう、と声をあげた。

「これこそ、浄土を欣求《ごんぐ》するわが念仏門の行者にあらずば乗れまい。市兵衛どのは、どこに乗る」

「まだきめておらぬ」

市兵衛は、不得要領な顔をした。

「どこに乗らるるとしても、往生のことは早う肚にかためておいたほうがよろしかろうぞ。今夜にもわしが念仏講に来るがよい。とくと聞かせて進ぜたい」

「ご坊」

と横からいったのは平蔵だった。

「ためしに、一度この舟に乗ってみなされ。わしがふたをして進ぜる。お浄土へ参る舟じゃ。弥陀の願船《がんせん》ほどにありがたいものではないかもしれぬが、乗り心地を味わってみるのも、お念仏を深めるよい行《ぎょう》になるかもしれませぬぞ」

「なるほど、乗ってみるか」

などといっていたが、結局乗るのがおぞましいらしく、義観は舟のまわりを仔細らしくながめただけで、いつのまにか姿を消していた。

十人の念仏講の男がきた。足軽もおり、士分の者もいる。それぞれ、ひまがあればしきりに念仏をとなえている。どの顔も、ふしぎなほど穏やかだった。市兵衛は、それらの者の位置をきめ、役をきめなければならなかった。

「では、雑賀どのは、馬を御しなさるか」

この死兵のなかでも、馬に乗る者はとりわけ勇気の要《い》る仕事だった。市兵衛は、蒼い顔をして首をふった。

「わしは馬は下手じゃ。雑賀者ゆえ、なかで鉄砲をうつ。たれぞ、馬に乗る者はないか」

「わしが仕ろう」

即座に名乗り出た者があり、さすが念仏講だけに役割をきめるのに難渋はなかった。

そのあと市兵衛は山城守吉親によばれ、発進はあすの払暁といい渡された。中途まで、住江外記が率いる五十騎が護衛してゆくということだった。

「承知つかまつりました」

「どうかしたか。顔の様子が冴えぬようにみゆるが、腹でも痛むのか」

「いや、ひもじいせいでござりましょう」

「今宵は、舟鉄砲の組にのみ麦をふるまうゆえ、たんと食して力をつけておくがよい」

「――――」

「きこえたか」

念を押されて、はっと平伏した。やがて頭をあげて、山城守の顔をぼんやり眺めた。奇妙なことだが、市兵衛は、自分があす舟鉄砲に入れられて城を出ていくとは、どうしても実感としてせまって来ないのである。山城守の話をきいている間も、鮮やかな緑と青の色彩をもった二つの風景が、脳裏に明滅した。一つは治郎次の田であり、いま一つは、ひょうげ山の南側にある嘉兵衛の山田だった。

その宵、市兵衛は満腹した。子の刻前、例によって臥床をぬけ出て外へでた。鶴に会うためである。

(なぜ、鶴に会うのか)

市兵衛にもわからない。習慣のようなものだった。腹がみちていたため、今夜は干魚がさしてほしくはない。長治の話もさして聴きたくはなかった。実をいえば、長治の顔を思いだすたびに、身のうちが慄《ふる》えてくるのである。長治と死とは、いつのまにか同じ語感のことばになっていた。そのくせ、明朝、舟鉄砲に乗る、ということは、なまなましくは胸に響いて来なかった。

(いったい、どういうことなのか)

闇を歩いてゆく市兵衛は、呆《ほう》けたように唇を垂れていたはずだった。市兵衛は歩いた。いつのまにか、兵糧蔵まで来ていた。

闇をすかした。草をわけ、そこここを踏みしだいてみた。しかし、鶴は居なかった。足にまつわる物があった。夏から秋にかけて、鶴と市兵衛の家だった古ムシロが、霜をのせてひえびえと横たわっていた。秋から冬にかけては、鶴と市兵衛は、兵糧蔵のひと隅を家にしていた。

市兵衛は兵糧蔵の戸に手をかけ、

「鶴」

と小さくよんでみた。返事のかわりに、蔵の中で人の動く物音がした。市兵衛は、ぐゎらりと戸をあけ、一歩なかへ踏み入れた。戸口から射す月のあかりが、片すみでうずくまっている人影をうかびあがらせた。

「鶴、来ていたのか」

近づこうとすると、人影は這ったまま逃げようとした。その身ぶりが、鶴のようではなかった。はっと気づいて、刀のつかに手をかけた。

「たれじゃ」

返事はない。市兵衛は膝がしらがふるえた。市兵衛は戦場にはもはや馴れてはいたが、なま身の人間と斬りあったことはなかった。怖れが、刀を抜かせた。鞘走る大きな音がした。

その勢いに、相手は立ちあがりざま、

「待て、義観じゃ」

といった。

「義観？」

「うそではない。ほれ、わしじゃ、まず、その刀をおさめよ。おさめて、ここへ来るがよい。よいものを呉れてやる」

市兵衛は、なおも刀を収めず、呆然と立っていた。膝頭が鳴るほどにふるえている。

そのとき、不意に義観の右手が動き、黒いものが飛んで、市兵衛の顔にあたった。市兵衛は、ぎゃっと、叫んで動顚し、刀をふりかぶって突進した。

眼をつぶったまま、夢中で振りおろした。が、刀は壁にあたって、拳がしびれた。そのすきに、義観が組みついてきた。刀が、音をたててゆかの上に落ちた。同時に、市兵衛は義観の力に堪えかねて、あおむけざまに倒れた。

「はなせ」

いつのまにか、市兵衛は、上に重なっている義観ののど輪を、両手で必死に締めあげていた。

「あほう、市兵衛、はなせ。あれは、干魚じゃということがわからぬのか」

「干魚？」

おどろいて、手をゆるめた。

「この臆病者めが、折角親切で投げてやったのを、なにをおびえるのじゃ」

「干魚じゃと？」

義観が、市兵衛の上から離れた。市兵衛はゆかを手さぐって、干魚をつまみあげた。ひと口、噛んだ。ほのかな日和のにおいのほかに、記憶のある匂いがした。壁土のにおいであった。市兵衛は、眼を光らせた。これは、鶴から与えられたものと同じではないか。

「これは、どこに？」

「ここへ来い」

義観は念のため市兵衛の刀を遠くへ蹴りやって蔵の片すみへ案内した。壁をたたい

て、

「ここにある。見えぬなら、手でなでてみることじゃ」

壁の下方が一部掘りむしられて、市兵衛が手を入れると、何枚もの干魚やするめを引っぱり出すことができた。――義観は、

「こういう築城の古法がある。籠城の場合を思いはかって、塗りこめておくのだ。この城の者は、遠い先祖が用意しておいたものを、伝え忘れてしもうたのであろう。わしはこの城に入ったときからこれを見つけ、蔵が空き蔵になったときから、掘って食いはじめた。食え、何びきでも食わせてやる。取りだしたあとは、空き俵を積みあげておけばたれにもわからぬ。――市兵衛」

「なんじゃ」

「味に憶えがあろうが」

「あるわ」

「あれは、わしが鶴に与えていたものじゃ。この魚でわしは鶴を飼っていた。奥むきの様子を知りたいがためじゃ。鶴はまた、その魚で、市兵衛を飼うていた。まこと多淫なおなごじゃな」

「さすれば、おぬしとも、まじわっていたのか」

「知らぬ」

義観はなにを思いだしたか、くすくすと笑い、急に言葉をあらためて、

「この蔵へはたれも来ぬ。あすの夜がふけるまで、ここにひそんでおるがよい。おぬしは舟鉄砲がこわいのであろう。わかっている」

「――――」

「逃げかくれしたとて、おぬしはこの城にとって他所者じゃ。たれも、とがめはせぬ。それより、舟鉄砲をすすめたことが、おぬしやわしの主筋である石山本願寺にとって途方もない手柄であったぞ。あれをやれば、自然士気もあがり、この城もいましばらくは持つことになろう。わしも、石山にもどってよい顔ができる」

「それが、おぬしの言うた菩薩行であったのか」

「菩薩行？　はて、そんなことを申したことがあったかな」

義観は忘れていたらしく、しばらく考えていたが、やがて顔をあげて、腮《えら》の張り出たおのれのあごを叩き、

「わかった。これよ。――おれは悪人じゃでな」

「と申すと」

「雑賀市兵衛などには、おれのかなしみはわからぬ。おれは、下間法橋に、おぬしが

気づいているこの城への工作を命じられた。城を強うするため、すべてを念仏の門徒にする。が、考えてみればこの仕事は悪どいな。善人では、この仕事の悪どさに堪えられぬ。おれは、幼いころから、おのれは人とちごうて、いかい悪人じゃと秘かに想い暮らしてきた。この城に入り、この悪を行《ぎょう》じながら、おのれの悪の底の底を見きわめたかった。見きわめることが、おれの場合、おれのいう菩薩行じゃ。わかるか。わかるまい。おれは、つくづくとおのれが悪人じゃと思うた。しかしその悪人でさえ、わが一向念仏宗の教えにあっては、如来はお救いくだされるというぞ。おれは、おのれのお念仏を深めたい。深めるためには、おれにとっては、おのれの悪の底をつきとめることであった。ようやく、つきとめ得たような気がする。その証拠に、ここ二、三日来の念仏が、雀躍《こおど》りするように楽しゅうなった」

義観は、低い声で、南無阿弥陀仏、ととなえ、唱えおわると、

「しかし」

と苦笑した。

「これも、どうやら、おれという悪人の、おのれを飾る法螺《ほら》かもしれぬな」

市兵衛はなんのことやらわからず、義観のゆがんだ泣きだしそうな顔を、奇妙な動物でも見るように、茫然と見つめていた。

市兵衛は、そのまま兵糧蔵にひそみ、数日のちに出た。罪は、別所家の家臣、被官でないということで不問に付された。雑賀の舟鉄砲が、そのまま沙汰やみになったのは、指揮者の市兵衛が、その任務を放棄したことにもよるし、また、戦況はそれどころではなくなっていた。市兵衛が兵糧蔵に入った日から四日目に、本丸、二ノ丸とともに連立する新城が、寄せ手のためにおちたのである。

天正八年正月十五日、別所長治は、城内の飢餓の惨状を思い、これ以上家臣、庶人に苦悩を与えるのは罪であるとして、近侍宇野右衛門佐に書状をもたせ、秀吉の部将浅野弥兵衛長政の陣に降伏を申し入れた。その条件は類がすくなかった。

「来る十七日申《さる》の刻、長治、吉親、友之ら一門ことごとく切腹仕るべく候。然《しか》れども、城内の士卒雑人は不愍《ふびん》につき、一命を助けくだされば、長治今生の悦びと存じ候」

秀吉は、「別所侍従こそ武士の鑑《かがみ》である」としてその申し出をゆるし、長政に命じて酒肴を送った。十六日、長治は城内の士卒のすべてを本丸大広間にあつめて袂別し、十七日、郭内三十畳の客殿に座を設け、白綾の敷物を血に染めて自害した。

山城守吉親、彦之進友之これにつづき、さらに、長治の夫人は男児二人女児二人をつぎつぎに引きよせて刺し、最後にみずからのどを貫いて死んだ。吉親の夫人とその子はもとより、長治の舎弟彦之進友之の新妻も十五歳の若さでその夫に殉じている。

「いまはただ　うらみはあらじ　諸人《もろびと》の　命にかはる　わが身と思へば」

というのが、長治の辞世であった。夫人のそれは、

「もろともに　消えはつるこそ　嬉しけれ　後れ先立つ　習ひなる世に」

雑賀市兵衛の心をこがれさせたこの城主夫妻の美しさは、ふたつの辞世のなかに凝結していた。東播の名族として、歴世十四代の家門をほこった別所家は、ここにほろんだ。

開城後、義観と市兵衛は、石山城にもどった。等岳坊義観はその後、石山城で負傷し、播州に隠れた。義観を開基とする寺院がいまでも兵庫県のどこかにあるはずである。石山の落城後、雑賀市兵衛は、平蔵をつれて紀州へもどった。治郎次の田を買ったか、それとも嘉兵衛の山田にきめたかは、つまびらかでない。

女は遊べ物語

一

七蔵《しちぞう》は、グミのタネを舌の上にころがし、ぺっと吐きすてると、

「小梅、小梅」

と女房の名をよんだ。その拍子に、果汁の酸味が、口中にひろがった。つばがあふれ出て、あごにしたたった。

顔をしかめ、手の甲であごをぬぐい、西の空を見た。

屋敷の塀のむこうに、岐阜《ぎふ》金華山城《きんかざんじょう》の白いやぐらがみえる。

「小梅、おらぬかよ」

返事はない。

七蔵は所在なく、城を見た。が、すぐ顔をしかめて眼をそらした。

(きょうは、お城を見るのもいやじゃ)

伊藤七蔵政国《いとうしちぞうまさくに》は、織田《おだ》上総介信長《かずさのすけのぶなが》の馬まわり三百石の身上《しんしょう》である。

戦場からひさしぶりで帰ってきたのは、まだきのうのことであった。こんどの戦場はながかった。元亀《げんき》二年五月、にわかに、陣触《じんぶ》れをうけて岐阜城を発ち、五月には伊

勢の長島でたたかい、九月叡山《えいざん》で戦った。戦場から戦場への毎日をかさね、気がついたときは、家をはなれて半年になっていた。

（やっと、これでひとやすみじゃ）

本丸下の広場で部隊の編成をとかれたのは、きのうの午《うま》の刻さがりである。

七蔵は、血さびのついた槍をかつぎ、馬のあしをはやめて西ノ丸の城外にある屋敷の門をたたいた。そのとき、小梅が出てくれば、玄関で押したおしてでも、七蔵はつもる情をとげたであろう。

しかし案に相違した。屋敷のうちには小者《こもの》の吉次のほかたれもいなかった。

「奥方様は、きのうからご実家におもどりあそばして」

「なに？」

「お留守でございます」

「それはけしからぬ。あるじがながい戦場ぐらしからもどってきたと申すのに、またあのおなごはなにを遊びほうけておるのか。どういう了見《りょうけん》なのであろう。吉次、この馬に乗れ、鞍にしばりつけてでも、つれもどして来ねば、おのれの首をはねるぞ」

ところが、小梅がもどってきたのは、きょうの陽もだいぶ高くなったつい先刻のことだった。

七蔵の居間に入ってきた小梅が型どおりのあいさつをし、ぶじを祝おうとした。しかし七蔵は気ぜわしくさえぎった。

「なにをしておった」

「法事《ほうじ》に」

けろりとして言った。童女のような表情である。小梅は、妻になって十年にもなるのに、まだオトナになりきれないところがある。もっとも、そういう所が、七蔵の気に入っている点でもあった。

「法事はわかった。しかし、そちの実家は、ここから二里とは離れておらぬぞ。なぜ、ゆうべのうちにもどらなんだか」

「でも、ひさしぶりにあつまりました姉妹やいとこたちが、貝おおいをしようと申して放しませぬ」

「ほう、貝おおいをしたのか」

七蔵は、急に顔をやわらげて、眼をほそめた。小梅が、子供っぽい動作で貝おおいに夢中になっている姿を想像したのだ。小梅を食いころしてやりたいほどの可愛さをおぼえた。

「勝負はどうであったか」

「はい。小梅が勝ちました。それはそうと、このたび、旦那様は、たんとお手柄をおたてあそばしたそうでございますね」

「雑兵首《ぞうひょうくび》が一つ、兜首《かぶとくび》が一つであった」

「まあ、それならば、ご加増がございましょう」

「あろうな」

「小梅には、無心がございます」

（またか）

七蔵は、うんざりした。いつも、この調子だった。小梅は、七蔵が戦場からかえってくるたびに、加増をあてこんだ買い物を、ねだるのである。

「よいかげんにせぬか。おれが命をマトにして働いたのに、そのねぎらいもそこそこにして、買い物をねだるとはなんと可愛げのないことを申す。だいいち、おれがとった首どもこそあわれではないか。そちの小袖《こそで》や髪かざりになるために、あの者たちは首をわたしたのではあるまい」

「左様でございますか」

小梅は、ぷいと横をむいた。七蔵は、またか、とおもうのだ。いつものでんであった。つぎのことばは、きまっていた。

（小梅はこのところ疲れておりますゆえ、夜のお伽《とぎ》は辞退させていただきまする）

七蔵は、いつものとおり、ついつい折れざるをえない。

「わかった。勝手にせい」

いまも、そう言って折れた。が、折れたものの、腹の底にいったん湧いたキナくさい怒りだけはどうしようもない。

七蔵は庭へとび出し、グミの枝をとった。それを縁側へおき、夢中で食いついているのは、そうする以外にこのやるせない気持を消す方法がなかったのだ。

「小梅、おらぬのか」

また呼んだ。さきほどから七蔵は何度もよびつづけている。やっと小梅の遠い足音がきこえた。次第に近づき、顔を出した。作法だけは折目ただしく、

「およびでございますか」

「グミが酸《す》い。茶をもて、茶を」

「あの、お床の支度ができましたが、いかがいたしましょう」

ああ、と七蔵は、うれしそうに立ちあがった。

「できたか」

七蔵のかなしいところである。茶のことをわすれた。

「お茶はどうなされます」

小梅は、皮肉そうに眼もとで笑った。

「それは、あとにまわそう。まず床じゃ」

「まだ、陽が高うございますのに」

「よい。戦場からもどった武士に、夜も昼もないものぞ」

小梅が思わず眼をそらしたほど、七蔵は間のぬけた顔になっていた。

一刻ばかり小梅を愛しつくしたのち、ようやく起きあがった。あぐらをかき、手拭いで汗をぬぐい、ゆっくりと小梅をみおろした。

七蔵の眼の下で、小梅は、息がたえたように臥している。

(よいおなごじゃな)

わが女房ながら、つくづくと思うのだ。なるほど、色は浅黒い。やせすぎてはいる。しかしこの女房のよさは、床のなかでしかわからない。

(やすいものじゃ。無心ぐらいは、なんなりともきいてやろう。また戦場でかせげばそれですむことじゃ)

七蔵は、そのまま、もとの縁がわにもどった。そこにグミの残りがあった。ふたたび、夢中でそれを食いはじめた。

二

岐阜《ぎふ》へもどってから、ひと月たった。

毎日、グミを食い、小梅と寝た。小梅のほおに、ようやく疲れがみえはじめてきた。

ある日、七蔵は城からもどってきて、

「よろこべ、二百石のご加増じゃ」

（そう）

といった顔で小梅はうなずき、

「おわすれではございますまいね」

「忘れてはおらぬ。いったい、なにが所望《しよもう》じゃ」

「もう、購《もと》めました」

小梅は、いったん奥へさがり、やがて目もまばゆい白絹の小袖をきてあらわれた。

「ほほう、すさまじいものであるな」

七蔵は諸国をあるいてきたが、このように豪華な小袖はみたことがなかった。すそに、銀糸をもって浪《なみ》がえがかれ、しぶきをあびて金糸の旭日《きよくじつ》がかがやいている。

「いかがでございます。小梅に、よう似合いませぬか」

「似合いはするが……」

と七蔵はしばらく絶句した。

凱旋《がいせん》部隊のふところをあてこんで、この岐阜城下には京や堺《さかい》から、さまざまの商人が入りこんでいる。小梅は、その者どもに売りつけられたものであろう。七蔵は、われながら情ないほどに声をふるわせ、

「いかほどのあたいであったな」

「金三枚でございます」

あっ、と思ったが、さすがに声には出さなかった。しかし金三枚もあれば、そこそこの具足が買えるではないか。

「小梅」

顔色が、青ざめていた。

「申しきかせるゆえ、怒るなよ。そちは在郷の庄屋の家にうまれたゆえ武家の内緒がまだわからぬ。二百石の加増は、そのまま懐にねじこめるものではない。加増にともなうて、おびただしい出費がいる」

「…………」

小梅は不機嫌そうに横をむいた。

「たとえば、家来もあらたに幾人か召しかかえねばならぬ。それもはだかでは使えぬ。槍、刀、具足をととのえてやらねばならぬ。おれの乗りかえの馬も、あと一頭はほしい。それに、具足もいままでのものではみすぼらしすぎる。五百石の分限《ぶんげん》の手前、せめてカブトだけでも、南蛮鉄《なんばんてつ》にしかるべき飾りを打ったものにせねばなるまい。こう数えてくれば出費はかぎりない。あとあとのためにいうておくが、武士の加増は、ぜいたくをせよとのことで行なわれるのではない。身上相応の物主《ものぬし》（小部隊の長）らしく、兵馬をととのえよという意味じゃ。わかったか」

「わかりませぬ」

「こまったのう」

「この小袖が、旦那様のお気にそれほどめしませぬなら、吉次をつかわして只今でも返しに参らせましょう。そのかわり」

「言うな」

七蔵は、にがい顔をした。小梅のいうことはわかっている。過労ゆえふしぎ、しどのつとめができかねまする、というのだ。

「旦那様」

「申すな。わかった。買え」

(家来も馬も、あきらめよう)

とおもった。そのかわり、つぎの合戦で首を余分に獲ればすむことではないか。

数日たって、朋輩《ほうばい》の石黒助右衛門があそびにきて、不審顔でたずねた。

「七。おぬしは、ご加増の祝いをせぬのか」

「物入りがかさんでおるゆえ、せぬ。不義理じゃが、加増はこんどで最後というわけではあるまい。このつぎの合戦まで、義理を借りておくことにする。みなにも、よしなに伝えてくれぬか」

「承知した」

助右衛門はうなずいて、どうやら、またちかぢかに陣触《じんぶ》れ(動員)があるらしい、といった。

「おお」

七蔵は、うれしそうに膝をたたいて、

「ひと月も合戦に出ねば、血が鬱《うっ》してならぬわい」

「合戦をよろこんでいるのは、おぬしぐらいのものよ」

助右衛門は、人のいい七蔵を軽侮《けいぶ》したように笑った。

「われわれ直参はよいが、陪臣《またもの》がかわいそうじゃ。織田家は人使いが荒いというて、他家へすみかえる小者が多い。ここ数年、戦さから戦さへの連続ではないか。殿への苦情を申すわけではないが、ちと多すぎるな」

「がまんせい、助右。殿は、天下をおとりなさるおつもりじゃ。もしわが殿が天下とりになれば、われらはうまくゆけば大名ぞ」

大名、大名、と何度も言いかさねているうちに、七蔵のひげづらが、しだいに笑い崩れてきた。

「ところで、七。大名の件はそれぐらいにして、きょうは、すすめたい儀があってまいった。きいてくれるな」

「おぬしのことじゃ、なんでもきこう」

「めかけをもてい」

「え？」

七蔵は、口をあけた。

「おれが？」

「あたりまえじゃ。おぬしが女房には、子ができぬ。あれでは、もはや一生できまい。武士の家に相続する者がないのは、殿への不忠のひとつぞ。行くさき大名になったところで、子がなければ、世をゆずる楽しみもあるまい」

「道理じゃ。よいことを申すではないか」

七蔵は眼をかがやかした。

「しかし、これには相手が要《い》る。助右、おぬしに心あたりはあるか」

「無《の》うてか」

助右は、ひざをすすめた。

「年はすこし行きすぎて二十二じゃが、おぬしの女房殿とちごうて、色がぞんぶんに白い。肉づきもよい。顔も、お宮の巫女《みこ》にもまれな目鼻だちをしておる」

「それは見たい」

「見せてやるゆえ、あすのひるさがりまでに、越前街道の稲葉ノ宿の播磨屋《はりまや》五兵衛という茶屋へ来い」

「稲葉といえば、小梅の実家にちかいな」

「まずいか」

「かまうことはない。側女《そばめ》をおくのは男の甲斐性《かいしょう》じゃわい」

といってはみたが、小梅がどうでるかとおもうと、つい心が重くなった。

その夜、小梅を寝床によび、よほどこのことを打ちあけようとおもったが。

(まあ、よい。いずれ、屋敷につれてきてからのことにしてもおそうはあるまい)

小梅は、七蔵のうかぬ顔をみて、

「なにか、お心にかかることでもおありでございますか」

「いや、傷がいたむ。さきごろ受けた傷が、まだ癒《い》えきらぬ」

うそではなく、右の草ズリの下に負うた槍傷が、また化膿《かのう》しはじめていた。

「強いお酒で洗うて進ぜましょう」

「洗うてくれるか。めずらかなことじゃな」

「だいじな旦那様でございますもの」

耳だらいに焼酎《しょうちゅう》をみたして、もってきた。平素は、いっこうに情のうすい女が、みちがえるほどかいがいしく介抱してくれるのである。

小梅は、ハマグリのフタを割って、黒い練薬をとりだし、

「御岳の修験者《しゅげんじゃ》から買いもとめました金創薬《きんそうやく》でございます。いこう、よく効《き》きまするそうじゃ」

傷口にぬりはじめた。

「すこし滲《し》みるの。かように痛い薬なら、そちのいうとおり効くかもしれぬ」

七蔵は、がまんしたが、痛みはしだいにひどくなってきた。ついに堪えきれなくなり、

「これは、肉も骨もくだけそうじゃ」

「がまんなされませ。あなた様は、織田家の数ある物主のなかでも、先駈けの七蔵という異名《いみよう》できこえた武士ではありませぬか」

「いかにもその七蔵であるが、この薬には勝てぬ。せっかくじゃが、洗いながしてくれ」

「それは、なりませぬ。この薬は十薬《じゆうやく》と石楠花《しやくなげ》を煮つめてあぶらで練り、南蛮渡来の胡椒《こしよう》とかもうす香薬を加えたもので、膿《う》み傷にはいちばんと申しまする」

「胡椒」

七蔵は無智でも、その香薬の名は知っている。名をきくだけで痛みが加わり、気をうしないそうになった。

「洗うてくれ。たのむ」

「なりませぬ。旦那さまは、石黒様のおとりもちで、側女をもとうとなされておりましょう」

「た、たれからきいた」

「おてんから」

「なに、おてんとは、どこのおなごか」

「存じませぬか。あなた様の側女になるおなごでございますのに。おてんが、きょう屋敷にまいって、左様申しました」

（し、しもうたわい）

これは小梅の耳に入るはずだった。おてんは、稲葉の近所の百姓のむすめで、その付近は助右衛門の知行地になっている。しかもその近郷一帯の大庄屋が、小梅の実家なのである。おてんは、下百姓のむすめとして小梅への遠慮から、あらかじめあいさつにあがったのは、むりからぬすじみちだった。

「そ、それで、そちはてんにどう申した」

「早う来よ、と申しておきました。子をなさぬのは、小梅の罪でございますもの」

「そち」

七蔵は、痛みにあえぎながら、

「おてんを、もとから知っていたのじゃな」

「知るも知らぬも、このあいだの法事の夜に貝おおいをした仲間のひとりでございます。ずいぶんとにぎやかな子でございますよ」

「小梅、このことは、そちがたくらんだな」

ホホ、と小梅はわらいころげて、

「いまごろ、お気づきあそばしましたか。小梅が石黒様にたのんで、おてんをそのようにはからったのでございます」

「なぜじゃ。なぜ、はかろうた。そちは悋気《りんき》を病まぬのか」

「まあ、りんきなど、わたくしが。——なにもかも、伊藤のお家のためでございます」

「う、うそじゃ。そちは、おれの留守がさびしさに、おてんと一緒にあそび呆《ほう》けたいのであろう」

「まあ」

笑っているが、どうやら図星らしい。

「念を入れて申しておくが、おてんが奉公にあがれば、おれはおてんとも寝るぞ。よいのか」

「よろしゅうございますとも」

小梅がうなずいた。そのほうが楽だというのかもしれない。小梅の態度は、七蔵がむしろ拍子ぬけするほどであった。

（こいつ、まだ子供なのか）

十年つれそっても、見当のつかないのは女房というものである。

が、七蔵は、小梅のことなどは、もう考えていない。かれのとぼしい想像力をせい一ぱいにはちきらせて、あすは会えるというおてんのことばかり考えていた。

「お痛みは、うすらぎましたか」

「しずかに」

七蔵は、急に顔をあげた。

（きこえる）

遠く金華山のあたりから、降るように太鼓の音がきこえてくる。七蔵は、眼をひからせながら音をかぞえた。もはや、まぎれもない。がば、とはねおきた。

「小梅、陣触れじゃ」

叫んだときは、すでに具足ビツのふたをはねあげていた。

三

その後、諸方に転戦《てんせん》のあげく、七蔵政国がびわ湖をみおろす江州《ごうしゅう》横山城《よこやまじょう》に入ったのは、天正元年八月のことである。

(あれが、音にきく浅井の小谷《おだに》城か)

湖北の空に凝然《ぎょうぜん》としてそそりたつ近江の強豪の居城をみて、七蔵は武者ぶるいした。

小谷城をかこむ織田軍の司令官は、木下藤吉郎秀吉であった。

藤吉郎秀吉は、すでに早くから小谷城攻撃のために、むかいあう横山に城をきずき、持久戦《じきゅうせん》のかたちをとっていた。

ところが、この八月の二十日をすぎて戦況は一変した。小谷城の浅井氏の同盟軍である越前朝倉氏が越前で信長にほろぼされ、小谷は孤城となった。織田方は、総力をあげて小谷城を攻めることになり、七蔵はその作戦にともない、信長の命で藤吉郎に付けられ、他の増強部隊とともに横山城に入ったのである。

ある日、城内を巡視していた藤吉郎は、乾櫓《いぬいやぐら》の下で居ねむりしている伊藤七蔵をみて、

「あれは、たれか」

とおどろいた。近習《きんじゅう》の者が、

「例の編笠《あみがさ》七蔵どのでござりまするよ」

「なるほど」

うわさには、秀吉もきいていた。

この男は、さきの越前一乗谷の合戦で、乱戦中に城から射ちだす鉄砲にカブトをはねとばされ、その後はやぶれ編笠をかぶって鬼神《きじん》のはたらきをした。そうきいている。

そのとき信長は七蔵の働きをほめ、こう言ったという。

「七蔵、これからは、編笠という異名でよぶぞ」

主人から異名をもらうのは、非常な名誉とされていた。ひとによっては、それを姓にしたり、指しものにした。

が、七蔵は浮かぬ様子で、

「異名を頂戴《ちょうだい》するだけでござりまするか」

「不足か」

「めっそうもない。しかし、そのうえにご加増たまわれば、仕合わせでござる」

「強慾《ごうよく》なおとこよ」

信長は苦笑した。かれは癇癖《かんぺき》のつよい男とされているが、侍あつかいがうまく、部下の慾をたくみにあやつった。このときもすぐ祐筆をよび、百石の加増を即刻にきめた。

「あとあと、手柄の次第では、さらにふやしてやるぞ」

慾をあおることをわすれない。

「いかにも、ありがたし」

こおどりしてさがったが、越前の陣中では、このとき以来、伊藤七蔵の評判はひどくわるくなった。

「主人に禄《ろく》を強請《ゆす》った」

というのである。

その翌日、朝倉家の侍大将平野《ひらの》修理《しゆり》東一《ひでかず》という者を討ちとったときも、信長は七蔵にかぎって即刻行賞《こうしよう》し、さらに二百石を加増した。

これがまた、悪評のタネになった。

「あの男は禄をゆするばかりではない。物乞いをしているのじゃ」

みな、名誉の「編笠」でよばず、

「物乞い七蔵」

とよんだ。

(その男が、あれか)

藤吉郎は、ひどく興味をもってしまったようだった。

「呼べ、これへ」

と近習に命じたが、すぐ「わしから出むこう」と言いなおした。七蔵は秀吉の家来ではなく、主人信長からさしまわされた与力衆だから、呼びつけにするのを遠慮したのである。

近づいて、

「起きよ、編笠」

と肩をたたいた。

眼をひらいた七蔵をみて、秀吉は、おもわず吹きだしそうになった。

(なにかに似ている)

小さな眼、まるい顔、とがった唇、まばらなヒゲ。すこし間のぬけた、あどけない顔。どこか、ムジナに似ている。

「わしは藤吉じゃ。おぬしの名はきいていた」

秀吉は、しゃがみこんで顔をのぞきこみ、

「殿(信長)にはわしからねだるゆえ、わしの家来になる気はないか」

「陪臣《またもの》になれと申されるのでござるな」

「そのかわり、禄は、はずむぞ」

秀吉は、信長の部将のなかでも短期間に出世した男だから、手飼いの家来というのが少い。自然、これはという男をみつけては、召しかかえようとしている時期だった。

七蔵はだまっていた。

思案のしどころだと思った。

「まあ、ゆるりと考えおくがよい」

秀吉は即答をもとめず背をむけ、本丸のほうへ気ぜわしく立ち去りながら、近習の平田与作に耳うちして、七蔵のうわさを集めるよう命じた。その夜、与作は、

「きけばきくほど、評判のわるい男でござりまする」

といった。まず女房の小梅というのがよくない。非常な浪費家で、七蔵はその費《つい》えをかせぐために、必死の戦場ばたらきをせざるをえないのだという。

「その女房殿と申すのは、どのようなぜいたくをするのか」

「七蔵の留守に、親戚縁者の女どもをあつめては馳走《ちそう》して遊びさわぐのが好きじゃそうでござりまする」

「わしが女房の寧々《ねね》もにぎやか好きじゃ。それだけのことなら大したことはあるま

い」

「そのうえ、途方もないおごり口でありまするそうな。伊勢の鯛《たい》、近江の鮒《ふな》、丹波の山芋などをはるばる取りよせたり、夏は、飛騨《ひだ》の氷室から高価な氷を購《あがな》うそうでござりまする」

「ほほう」

秀吉は、七蔵よりも、女房のほうに興味をもってきたらしい。

「それに、ちかごろ、その女房殿は、側女をめしかかえたそうでありまする」

「おなごが、側女を召しかかえるのか」

むろん七蔵の夜伽《よとぎ》をするための女だが、かんじんの七蔵がにわかに出陣したために、まだ女を見ていない上に、もともとその女は小梅の遊び友達らしい。どうやら小梅は自分の退屈しのぎのために召しかかえたようなものだ、と与作はいった。

「おもしろい女房殿じゃな。いちど会いたいものじゃ。実家は、どこか」

「稲葉の多治見《たじみ》家じゃそうでござりまする」

「おう、その家のことはきいている。百姓とはいえ、先祖の清和源氏の傍流《ぼうりゅう》多治見四郎国長このかた二百年を数える旧家というぞ。小梅の血のなかには、旧家の子孫にありがちな遊びごころがあるとみえる」

「しかし、悪妻ではありまするな」

「悪妻なものかよ。その女房殿が浪費をすればこそ、七蔵は働くという仕組みではないか。いわば、殿（信長）にとっては大そうな忠義者であるわい」

月が出た。山上からみると、眼下の湖が闇のなかでにぶく光りはじめた。

そのころ、七蔵は、先手組のたむろする西ノ丸の陣屋で、息をひそめていた。

小梅から、手紙がきたのだ。意外なことが書かれていた。

（巫博奕《みこばくち》。……）

そんなあそびが、かつて京や堺で流行した。それがいまごろになって岐阜につたわり、城下の色街などで女どもがそれに興じているというはなしは、七蔵もきいていた。

要するに、カルタあそびの一種である。モトは南蛮人がもちこんできたものだが、厚紙でフダをつくり、さまざまな絵がかかれている。それをならべ、べつに社寺におかれているミクジ箱を用意し、箱をふって竹フダを出し、竹フダの記号とカルタとを符合させるあそびだ。勝負には、小銭をかける。

女ばくちだから、ふつう、大金はかけない。が、おそらく小梅は天性賭博ずきなのだろう。夢中になりすぎた。手紙によると、銀五十枚も負けたというのである。

「――によって」

と手紙で、小梅は七蔵をはげましている。

「このたびの小谷攻めには、神かけて大手柄を願わしゅう、さもなければ、ちょうさん（逃散）いたさねばなりませぬ」

（これは、おどしじゃ）

七蔵は、岐阜の長良川の鵜匠《うじょう》を思いうかべた。小梅は鵜匠であり、おのれは鵜である。鵜匠が、舟べりをたたいて、鵜をはげましているのであった。

翌々日、秀吉は諸隊を部署して、総攻撃にかかった。

秀吉は、小谷城の大手門ちかくまで馬じるしをすすめて、

「押せ、押せ。ただ一文字にかかれ」

城取りの名人といわれたこの男が、これほどはげしい下知をくだしたことがない。かれの戦法は、つねに無理おしを避け、持久法をとってきた。この小谷攻めを信長に命ぜられたときも、ただちには攻めず、小谷城に対する横山城を急造して、一年も対峙《たいじ》したほどなのである。

しかし、いまは事情がちがっていた。すでに浅井氏の同盟軍である越前の朝倉氏を信長自身が潰滅《かいめつ》させたいまとなっては、秀吉の名誉にかけて信長の来着までに小谷城

をつぶさねばならない。

ところが、籠城《ろうじょう》の敵は、北近江に三代の武門を張った浅井家の強兵であり、かれらはすでに死を覚悟していた。

いわば、死兵が相手である。

攻城は、容易でなかった。

何度押し出しても、寄せ手は、城門の下で矢鉄砲、落石をあびせられ、おびただしい死傷をのこしてはひきさがった。

ついに、秀吉が声をからして下知しても、織田兵は城門から一丁半ひきさがった所で馬をひしめかせたまま進まなくなってしまっている。秀吉は、夢中で咆《ほ》えた。

「競え。一番乗りはいまが好機ぞ」

そのときだ。

軍勢のなかから、スイと一騎だけ、馬をあおって駈けだした者がある。

「あれよ。行くわ。あれは物乞い七蔵ではないか」

あいかわらず編笠をかぶり、桶側胴《おけがわどう》の具足は、剝《は》げおちて色もさだかでなく、左袖はちぎれて肩があらわになっており、それが痩せ馬に乗って走る姿は、乞食芝居の武者に似ていた。

従者がひとり陣笠をまぶかにかぶり、顔を伏せて七蔵の馬を追っていた。たれしもがおもった。

（あいつ、慾に呆けたな）

いま城にむかって駈けるなどは、よほど命知らずでもできるわざではない。

が、秀吉は、そうは思わなかった。

（人間に勇怯《ゆうきょう》のちがいはない。慾に駈りたてられた男だけが勇者になる。七蔵は、まぎれもなく勇士じゃ）

七蔵は、城壁の下にとりついた。

石や矢が無数にかれの頭上を見舞ったが、ふしぎと体にあたらなかった。

「あれをみよ」

と秀吉は、怒号した。

「勇士には、神仏の加護《かご》があると見ゆるぞ。七蔵は毛ほどの傷も負わず石垣をのぼりおるわ。七蔵を討たすな。二番を馳《か》けよ」

「うけたまわって候」

数騎が勢いよく突出した。

それにはげまされて、寄せ手の総軍が、わっとどよめきながら押し出した。

八月の太陽は、城の真上にかがやいていた。石垣をはいのぼる七蔵のてのひらが、ただれそうになるほど熱かった。

「源次、はなすな」

七蔵は見おろして、若党にどなった。若党の源次は、七蔵の具足の上帯をつかんで這いのぼっている。

「旦那さま、重うござろうな」

「要らざる口をきくな」

源次をぶらさげながら這いのぼってゆく。

その度はずれた大力と豪胆《ごうたん》さに、敵も味方も声をのんで見まもった。そのうち、右側の狭間からのぞいた鉄砲が二十間の距離で、轟然《ごうぜん》と火を噴いた。とたんに源次は、

「ぎゃっ」

とさけんだ。

「どうした」

「だ、だいじはございませぬ。右のスネアテにあたってはねかえっただけでございます」

が、そのために源次は足場をうしなって完全に宙ぶらりんになった。

「旦那さまにお気の毒じゃ。げ、源次は、これにておいとまをつかまつりまする」

「どうするのだ」

「落ちまする」

「ばかめ。そのまま、ぶらさがっておれ」

七蔵が大声をだしたとたん、そのハズミで上帯がプッツリ切れた。帯が古すぎたのだ。

「わっ」

と源次の体も、上帯に差していた刀も脇差も、ひとかたまりになって、はるかな城壁の下に落ちて行った。

(しまった)

七蔵は、素手になってしまった。せっかく、九分九厘まで成功した一番乗りの功名を、ここで捨てる気にはならず、

「銀五十枚」

七蔵は、夢中でさけんだ。小梅が作った借財を、この功名で返済しなければ、凱旋したところで夜逃げせざるをえない事情が、七蔵を鬼神にした。

「ぎんごじゅうまい、ぎんごじゅうまい」

まるで念仏のように銀に祈りながら、七蔵は石垣をのぼりつづけ、ついに城内におどりこんだ。

「敵も味方も、眼で見、耳でたしかめよ。一番乗りは、伊藤七蔵政国であるぞ。後日の詮議《せんぎ》にあとさきを争うな」

たちまちむらがってきた敵兵を、ひとりは素手でなぐり倒し、ひとりは、そばにあった柵の杭でたたきふせ、

「名ある者は、わが前に出よ」

わめきながら杭をにぎって走りまわった。どっと雑兵が崩れたった。

七蔵に続いて城壁をよじのぼった寄せ手がつぎつぎと乗りこみ、ついに城門が内側からひらかれ、放火する者があって、城内の各所が火をふきはじめた。

その火炎の中を、七蔵は修羅《しゅら》のように駈けまわった。

(名ある相手はおらぬか)

雑兵には目もくれなかった。ついに二ノ丸の下まできたとき、きらびやかな唐冠のかぶとに銀色の南蛮鉄の鉄胴をつけ、皆朱《かいしゅ》の槍をかかえて、石段に腰をおろしている由緒《ゆいしょ》ありげな武士を見た。

「よき敵なり」

七蔵は狂喜した。わめくように名乗りをあげると、武士は低い声でしずかにいった。

「朝からの合戦で疲れている。城もこれまでであろう。槍をあわせるのも憂《う》し。そのまま突き入れて来よ」

「名をお名乗りあれ」

「名か――」

武士は七蔵の風体をじろりと見、どうやら雑兵とおもったらしく、

「ない」

といった。

七蔵はとびこんで刺し通し、首を掻いた。顔に、まだ、さきほど七蔵にみせた冷笑がのこっていた。あとでしらべると、ただの首ではなかった。城主長政の甥で、浅井新三郎重満という武者であった。七蔵は、これで銀五十枚、とおもった。

四

その後しばらくして、七蔵は、岐阜へ帰陣《きじん》した。若党の源次も、傷が癒え、七蔵に

従って城下に入った。

「こんどのご武功で、いよいよ旦那さまも千石取りになられまするな」

「そうか。そちは千石とみるか」

下郎の推量とはいえ、うれしくないことはない。

「千石と申せば、足軽ひと組をあずかるひと手の大将でござりまする。家来もずいぶんと新規にお召しかかえなさらねばなりますまい」

「そちにも禄を分けて、侍にとりたててやろうわい」

「あれ、うれしや」

屋敷の前へきた。門前に水がうたれ、門が威勢よくひらいていた。親類縁者の者がむらがって祝辞をのべる中を、七蔵は屋敷に入り、小梅のあいさつをうけた。

小梅の顔をみるなり、七蔵は気ぜわしく、

「例の銀五十枚の借銭の儀、このたびの合戦でカタがついたぞ」

「申しわけござりませぬ」

「おてんは、達者か」

それらしい姿がみえないのである。もっとも側女といっても奉公人にはかわりないから、親類縁者のあつまる席には、連らなることはできなかった。

(早うすがたをみたいものよ)

夜がきた。

小梅とのあいだにみょうとの事があったあと、おてんのことを訊きただすと、小梅はさりげなく、

「明夜、作法させるでありましょう」

作法とは、奉公のはじめのあいさつである。

つぎの夜、七蔵は、はじめておてんのすがたをみた。小梅がつきそい、型どおり「作法」させたあと、おてん一人をのこして引きさがった。

「おもてを、あげよ」

七蔵は、のぞきこむように見た。存外《ぞんがい》美人でなかった。この程度の田舎むすめなら、どの屋敷の台所にも下女として働いていそうだった。期待していただけに、だまされたような気がした。

「なんぞ、物語せよ」

人のよさそうな女だった。しかしよほど無口らしく、眼ジリにしわをよせたまま、だまっている。

(よい肉付きじゃな)

膝のあたりが、小袖を通して肉のあたたかみが盛りあがっているような女だった。いかにも、子を生むために奉公にきた、という露骨な印象を七蔵はうけた。

翌朝、小梅は、小ばなにきなくさい笑いじわをよせて、

「ゆうべは、いかがでありました」

ときいた。

「おてんのことか」

「おとぼけなされてはいけませぬ」

「まず、子だけは生むであろうかい。それだけのことじゃ。わしには、やはり小梅のほうがよい」

「しかし気だてのよい者でございますよ」

「いかにもそうであるな。気ごころだけは、小梅よりもよいようじゃ」

ところが、そのおてんが、たいそうな道楽の持ちぬしであることが、ひと月ほどしてわかった。

七蔵が、城中で、にわかに痢病をやみ、早々に下城した日のことである。屋敷に入ると、あっと立ちどまった。中庭のあたりから、鉦《かね》、太鼓、笛のいりまじったにぎやかな囃《はや》しが湧くようにきこえた。七蔵は、不覚にもうろたえて、

「なんじゃ、あれは」

若党の源次も首をかしげた。

「どうやら、田植え田楽《でんがく》のようでござりまするなあ」

中庭へまわってみると、いよいよおどろいた。いつ呼び入れたのか、旅の田楽法師が三人、夢中でおどりくるっていた。

おどりのなかに、おてんもまじっていた。というよりおてんが、踊りの中心だった。田植え姿をして紅ダスキをかけ、尻をはしょり、背をかがめ、両手を宙にふりながら、見るも卑わいな身ぶりでおどっている。

小梅もいた。

さすがに小梅だけは踊りに加わらず、えんにすわり、片ひざを立て、手をたたいて笑いころげているのである。

「や、やめい」

七蔵は、とびあがって地駄ン太ふんだ。

(なんというおなごどもであろう)

なさけなくて、涙がこぼれそうになった。

「おてん、来い」

居間で待っていると、おてんは来ず、かわりに小梅が入ってきた。

「おてんをお叱りあそばすおつもりかもしれませぬが、田楽法師をよび入れたのは、小梅でございます。どうぞ、おゆるしなされてくださりませ」

「しかし、踊っていたのは、おてんではないか」

「ごらんあそばしましたか。あの者の田楽おどりは、近郷でも一番といわれたほどのものでございます」

「おれは、叱っているのだ」

「申しあげておきますけど、小梅は、おてんの田楽がみたさに、お屋敷に奉公させたのでございます。小梅がおてんの田楽を見、旦那さまがおてんを夜伽にお用いになれば、それでよいではありませぬか」

そのとおりだ、とおもった。くやしいが、口では、小梅にかなわない。

七蔵は、なんとなく気弱な表情になって、

「それはそれでよいとしても、このたびの行賞《こうしょう》でおれがもし千石取りになれば、いろいろと物入りじゃ。田楽などになけなしの金を費《つか》われては、おれがたまらぬぞ」

「そのことなら小梅がこう申しましょう」

唇をまげて、すわりなおした。

「旦那さまの不足を申しあげるのはもったいないことながら、あなた様ほど、もののやさしさをお知りなさらぬかたはございませぬ」

「おれは、そちにやさしいつもりであるわい」

「そのことではありませぬ。もののやさしさとは、詩歌管弦《しいかかんげん》の心得ということでございます。それが無うて、ただ戦場で首をとるだけの武士なら、けものも同然ではございませぬか」

（その首のおかげで、そちらは遊びほうけておられるのではないか）

とおもったが、七蔵はだまっていた。それをいえば、小梅がどう荒れるかわからない。

「まあ、よいわ。おれは一年じゅう合戦に出かけている身じゃ。せめて屋敷にいるあいだなりとも、静かに暮らさせてくれぬか」

それから三日たち、七蔵は、小谷攻めの功によって予想どおり千石の知行をうけた。役目は足軽大将である。

あらたに屋敷地をもらい、さっそく普請にとりかかったが、金を借りあるいても大工にはらう手間賃が半分もあつまらず、邸内の長屋までは手がまわらなかった。やむなく、材木を積んだままにしておいた。

長屋がないというのは、家来をもつ意思がないことだ、といわれても仕方がない。

つまり、主人からもらった禄を私有にすることなのである。

うわさをきいた信長がひどく立腹し、森武蔵守長可《もりむさしのかみながよし》をして詰問《きつもん》せしめた。

七蔵は、小梅に教えられたとおりの申しひらきをした。

「材木も貯えおりまするゆえ、長屋はおいおいに造りまする。禄相応の人数の儀も、一人でも良き者をとおもい、日かずをかけて吟味《ぎんみ》しておりますゆえ、いましばらくお目こぼしを願わしゅう存じまする」

森武蔵守は、そのとおりに信長に報告したが、信長はなおも機嫌をあらためず、

「そのうちそのうちと申すが、そのうちに合戦でもあれば、あの男はどうするつもりであるか」

そこへ、秀吉が伺候した。

すでに秀吉は、小谷攻めの成功以来、木下藤吉郎をあらため羽柴《はしば》筑前守と名乗り、浅井氏の旧領二十二万石をあたえられて、小谷城主になっていた。

信長は、

「そちは、伊藤七蔵を存じていたな」

「存じておりまするどころか、小谷攻めのとき、あの者があらねば、城の陥ちるのは

半日は遅れ、筑前も、こうして殿の御前で大口はたたけなんだでござりましょう」

「あの男の女房が家を修《おさ》めぬというのは、まことか」

「うわさでは左様にききまするが、まことはいかがでありましょう。拙者の見るところ、あの女房は無類の武功ずきにて、亭主を責めたてては、武功をたてさせておるように思われまする。七蔵の武功の半分は、あのおなごがたてたようなものでござりましょう」

七蔵のためにうそをついて弁護してやった。

「しかし、まだ分限どおりの人数を召しかかえぬというぞ」

「いや、それも、殿からあずかった知行地の百姓から年貢《ねんぐ》の先きどりをして費用をつくるよりも可愛らしゅうござる」

「それほどあの者が可愛くば、そちに呉れてやるゆえ、ぞんぶんに使え」

「これは、かたじけのうござる。秀吉はいま、よい家来がほしゅうてたまりませぬ」

当時、秀吉は、そのころ小谷に居城する一方、信長のゆるしをえて湖畔の今浜という土地に新城をきずいていた。

天正二年、その城が完成し、地名をあらたに長浜とあらためたとき、伊藤七蔵政国は、秀吉の給人《きゅうにん》帳《ちょう》のなかに名をつらねた。役目は、旗奉行である。小梅もおてんも、このあたらしい城下に移住した。

ところが、七蔵の禄高は依然として千石だった。

知行をきめるとき、秀吉は、

「そちは殿から頂戴した家来ゆえ粗略《そりやく》にはせぬが、禄高は千石じゃ。これ以上はやらぬ。女房どのにもそう言うて、千石相応のぜいたくをせいと申しきかせておくがよい」

七蔵は、多少不服だった。直参から陪臣になったのに、禄高がふえないというのは、りくつに合わなかった。

その後、七蔵は、摂津《せっつ》の石山攻め、中国征伐、山崎の合戦などでかずかずの武功をたてたが、秀吉はそのつど最初のことばをくりかえした。

「そちには知行はやらぬぞ。もとどおり千石じゃ」

しかし扶持米《ふちまい》や知行はくれなかったがそのつど過分なほどの金銀を手づかみで呉れた。そのほうが、七蔵にすれば、知行地をおさめる面倒もなく、人数を召しかかえる世話もなかった。むろん、小梅にしてもそのほうがよかったろう。

ところが、女のぜいたくというのは、たかが知れている。合戦のごとに拝領する金銀は蔵に積まれて使いきれなくなり、ついに貯まるいっぽうになった。

長浜に居を移してから十一年たった。

天正十二年といえば、七蔵の四十八歳の年である。

この正月から、七蔵はさしたる病気もなく月ごとに痩せはじめ、ふた月ほど寝て、枯れ尽きるようにして死んだ。最後の脈をとった長浜の町医が、「お若いころからの戦場ぐらしのご無理が、つもりつもったのでござりましょう」といった。見かたによっては、女房という鵜匠《うじょう》にこきつかわれてついに斃死《へいし》した鵜《う》であった。

七蔵は死んだが、かれが武功とひきかえに一代かかってふやした金銀だけは残った。

おてんとの間でうまれた七蔵の子は、治兵衛政友といった。

少年のころから才気があった。七蔵の死後、小梅とおてんは相談して、治兵衛には武士をやめさせ、蔵の中の金銀をもとでに、長浜で絹のあきないをさせた。

この家とその一族は、のちにまで近江の商家として栄えた。近江から出たいまの伊藤忠、伊藤万などの商社は、七蔵の家系となにかのつながりがあるのだろうか。くわしくは知らない。

七蔵は「常山紀談《じょうざんきだん》」の記述ではもとは相模《さがみ》のひとだった。「武者修行し、尾州前田村に居けるころ、信長呼び出されたり」とある。生涯、女房に気弱だったとはいえ、人としてはめだつほどの男だったのであろう。

嬖女《めかけ》守り

一

この朝、家康は暗いうちに起床した。

すでに豊臣家の政権を奪《うば》いとる覚悟をかためている。気運も熟《じゅく》した。準備もととのっている。あとは行動すればいい。

「諸大名の総登城《そうとじょう》、触《ふ》れたか」

と、ふすまのむこうにいる謀臣本多正信に言い、その返事がかえってくると、安堵《あんど》したように立ちあがって、ばらりと褌《ふんどし》をはずさせた。

お梶という女が、家康の腰にとりついている。あたらしい褌を締めるためであった。家康はこのところ腹が異常にふとりはじめたため不自由なことが多い。「御開運の証拠でござりましょう。福腹におわす」と侍臣が追従《ついしょう》してくれるが、臥《ふ》せても寝返りが打ちにくく、いざ立ちあがっても自分の両手で褌をかくことができない。毎朝、伽《とぎ》の女どもがそれを締めてくれるのである。

これが、慶長《けいちょう》五年六月二日のことだ。関ケ原の役よりも三月前になる。

この日、大坂城西ノ丸の大広間に詰めかけた豊臣家の諸大名に、

「会津の上杉を討つ。おのおのお国許《くにもと》にかえり、いそぎ出陣の支度をととのえ、江戸へ集まられよ。攻撃は七月になる」

と、軍令をくだした。この時期、秀吉はすでに亡い。満七つの秀頼が、豊臣政権の当主である。家康は、その大老であった。「秀頼様ご名代」という資格で、豊臣家の大名に動員令をくだした。

これで天下を奪うことができる。豊臣家の主要な大名をひきいて東へ去る。その留守にかねてのうわさどおり、近江佐和山城（現・彦根市）主の石田三成が、反家康の旗あげをするであろう。家康は反転して三成を討つ。その戦勝軍をひきいたまま江戸に幕府をひらく。

「このお策、万に一もはずれることはござりますまい」

と、謀臣の本多正信もいった。ふたりで練りに練った策謀であった。豊臣家の諸大名の大半は、秀吉の死後、

――次の世は徳川内大臣（家康）。

とみて懸命に接近してきている。時運はすでに秀頼を捨て、家康を押しあげようとしていた。家康は、行動を開始した。

この日から十四日後に、家康は手勢《てぜい》をひきいて大坂を去っている。

ただ、女どもを大坂城内に残した。置き捨てた、と客観的にはいえるかもしれない。

家康は、侍妾が多い。

古くからの侍臣でさえ、家康の伽をつとめた女が何人いるか、正確にはかぞえられぬほどであった。そのうち多少知られた名前だけでも、お丁《てい》、お万、お竹、お茶阿《ちゃあ》、お亀、おむす、おなつ、お六、お八、お梅、お梶。……などがある。正室はすでにない。

家康は女にはさらりとしていた。しかし体だけは毎夜それを必要とした。一夜でも婦人を添い寝させずには寝られぬ習慣をもち、戦陣にも連れてゆき、鷹狩りにも連れて行った。半生のうちかぞえきれぬ子がうまれ、そのうち十二人の子女が育った。

この当時、好色な大名は多い。

家康はそれが甚《はなはだ》しかったが、ふしぎなほど好色の評判も立たなかった。かれ自身、秀吉のように好色なふんい気を持たなかったからであろう。ひと前で好色な戯談《ざればなし》などいっさいせず、その点ではけろりとしていた。ただ他の好色漢とちがう点は、女の美醜をかまわなかったことと、女を詩的な存在とは見ずめしのようにそれを必要とし、日常、めしのようにそれをあつかった。

(はて、女どもをどうするか)

というのが、大坂を離れるにあたっての家康の思案のひとつであった。

残さねばならない。

これは政治的に残さざるを得なかった。

豊臣家の不文律では、諸大名の妻子は大坂城下に置く、ということになっている。人質であった。国許《くにもと》で謀反《むほん》をおこさせぬためのもので、秀吉以来の法である。

その法に従って、こんど家康に従軍して会津征伐にゆく諸大名も、みな妻子を大坂に残した。当然、心が残る。

従軍するほとんどの豊臣大名は、こんどの上杉征伐についての家康の真のねらいを知っていて、

(じつは家康《ないふ》一世一代のご謀反)

と見ており、それに荷担《かたん》するうえは、大坂の妻子をあるいは見殺しにせねばならぬかもしれぬ、と覚悟していた。家康の天下取りにそれぞれの家の運命を賭けている以上、これは目をつぶらざるをえないことだった。

たとえば家康に荷担した加藤清正は大坂を離れるにあたって老練の家老を残し、

「いざというときは、如何にもして奥を脱出せしめよ」

と言いふくめていたし、同じく黒田長政も同様の手段を言いふくめて去った。細川忠興《ただおき》などに至っては家老の小笠原少斎を残し、

「ふびんながら奥を自害せしめよ」

と言い残していた。忠興の妻は明智氏玉子といい、洗礼名伽羅奢《ガラシヤ》である。忠興は病的に嫉妬ぶかい性格だったため、伽羅奢が石田方の手に渡るのに忍びず、いっそ死んでほしいと思ったのであろう。

家康の立場も、かわらない。

かれ自身、豊臣家の大名である以上、かれだけが女どもを連れて去ることはできなかった。そんな自儘《じまま》をすれば、

（素破《すわ》こそ、内府《家康》のご謀反のごしんたんあり）

と反家康派の大名から反撃をくらうにきまっていた。

女を残すことは、かれの謀略を完全なものにするために最も必要なことだった。

が、すべての女を残す必要がない。夜ごと必要な女達は、戦場への旅に連れてゆかねばならなかった。

お茶阿《ちゃあ》

お万

お梶（お勝）

の三人を残すことにした。お茶阿は家康の後房の取締りをする女性であり、お万は家康のために二人の男児を生んでいるし、お梶は家康が他の女に生ませた子を養子にしている。いずれも他家にも知られ、いわば妻に権《つ》ぐような存在といってよく、彼女らを関東へ連れ去れば当然、家康が世の指弾《しだん》をうけねばならぬ存在である。

残す、ときめた家康は、江戸へ発《た》つ当日の朝、浅黄《あさぎ》の帷子《かたびら》に広袖の黒羽織、といった地味の旅装のまま西ノ丸大広間に出、さまざまの指示をしたあと、

「佐野肥後守《ひごのかみ》はいるか」

と、思いだしたような顔でいった。佐野肥後守綱正は三千石、家康にとっては新参の家来である。

思慮ぶかげな顔で、綱正が進み出た。

「いたか」

家康はさりげなく、「そのほう、この大坂の留守居をせよ。女どもはあずけおく」

そういった。それだけであった。あとはもう忘れたかのように家康は別の指示を別の人物たちにし、それがおわると座を立ち、本丸の秀頼に出陣のあいさつをする、ということで西ノ丸を出てしまった。

（なんと）

佐野綱正は、おのれのこのにわかな運命にぼう然とした。やがて敵地となるはずのこの大坂に、おのれ一人が残されるというのである。

戦陣につれてもらえぬというのは武士として喜ばしいことではなく、残されるのは人としても心細いかぎりのことだった。それに、口うるさい女房衆のお守りをせよ、と家康はいうのである。戦よりも困難なことではないか。

「おことわり申す」

と、譜代《ふだい》の三河者ならいうであろう。家康も譜代の家来に泣きつかれれば、「達《たつ》て」とこの役は命じきれまい。新参の綱正なればこそ家康は平然と命じもし、綱正はことわりきれずにただ無言でうなだれたのである。

「くわしくは佐州（本多正信）に相談せい」

と家康は最後に言った。そのことばどおり綱正は駈けだし、混雑する玄関口で本多正信の老いた姿をやっと見つけた。

「御留守居、大儀じゃな」

正信はしわだらけの顔で笑い、いきなり機先を制した。鷹匠《たかじょう》からのしあがって二万二千石の直参大名になった男だけに、人のあしらいはうまい。

（この男、不満らしい）

正信は、佐野綱正を別室につれこんだ。

この人選は、正信から出たものだ。数日前家康から相談されたとき、

「佐野肥後守綱正が適材でございましょう」

と、正信はいった。

理由は、綱正が上方《かみがた》侍である、ということだ。三河者なら、依怙地《いこじ》で頑愚《がんぐ》で朴強《ぼっきょう》だからいざとなれば融通がきかず奮戦して討死してしまうであろう。当人の死はいいとしても、女どもまで殺してしまってはなにもならない。

その点、佐野綱正ならいい。

とおもわれる。綱正は、家康の家来にはめずらしく上方出身者である。

河内の産であった。誉田《こんだ》村の領主の家にうまれ、戦国の争乱のなかを生きぬいてきた。信長の近畿制覇以前に阿波（徳島県）から進出して河内を斬りとっていた三好氏に属し、秀吉の代になって主人三好笑巌《しょうがん》とともにその幕下に入り、のち綱正は秀吉の養子秀次の重臣になった。

「肥後守」

に受領《ずりょう》したのは、秀次が関白になってからである。秀次が謀反《むほん》の疑いで没落してか

ら、家康に望まれてその家来になった。

家康にすれば、綱正のような男は必要であった。家康は関東八州の大名で、その家来は三河衆、甲斐衆が多い。軍陣では強いが、いわば田舎者で、上方での殿中社交にはふさわしくない。

その点、綱正は豊臣家の殿中で知人が多くかつ摂河泉《せっかせん》三州（大阪府）の地理にあかるい。

（一人は飼っておく必要がある）

というのが、家康が綱正を召しかかえた理由であった。事実、家康は綱正のために豊臣家の殿中での情報をどれだけ多く知ったかわからない。

綱正は、四十三になっている。思慮の熟した年頃であり、しかもなによりもいいことには「金仏を鋳《い》つぶしたような面相」をしていた。この面相では女房衆とあやまちをおこす心配はないであろう。

「なるほど、よう見た」

と、家康は笑い、正信の人選をほめた。

二

残された者の綱正は肩衣《かたぎぬ》をつけた礼装姿で、家康の出陣を大坂城市橋口の城門外で見送った。

家康は無造作ないでたちを好む。平装のまま「越前戸ノ口」とよばれた笠をかぶり、島津《しまづ》駁《ばく》と名づけた薩摩《さつま》産《さん》の肥馬に乗り、大百姓の隠居のようなかっこうで城門を出て行った。

(わがほうへ一顧《いっこ》もなさらぬ)

綱正は、さびしくおもった。さらにさびしかったのは、美々しく軍装した家康の麾《き》下《か》三千がつぎつぎと綱正の目の前をよぎってゆきその最後の一人が去ったときである。

(捨てられた)

と、血の沈むような思いがした。たまりかねてかれらのあとを追い、天満《てんま》の舟着場《ふなつきば》までゆき、御座船が川上へ進むのを追って守口までゆき、やっと城へひきかえした。

大坂城は、二つの天守閣をもっている。

一つは秀吉が建てたものであり、一つは今年に入って家康が西ノ丸に建てたものであった。秀吉の死後、「徳川殿は伏見に」と秀吉が遺言したにもかかわらず、家康は強引に押しこんできて西ノ丸を自分の住まいにし、豊臣家の金銀をもって小天守閣さえ築きあげさせたのである。

今日《こんにち》以後、家康が豊臣家から借家《しやくや》していた西ノ丸の守りを、佐野綱正ひとりがやらねばならぬ。

(やれるか)

本多正信老人は、綱正のために二百人の兵を割《さ》いて与力衆にしてくれた。これに綱正自身の家来をあわせると、ざっと三百人の兵力になる。

戦力というほどのものではない。

(それに)

女房衆がいる。

この家康お手付きの婦人たちを、いざ戦乱となればどう始末すればよいのか、この最も重要なことについて綱正はなにもきかされていなかった。

本多正信も、

「才覚人のおぬしのことだ。上様も、肥州か、肥州なら安心じゃとおおせられていた。才覚せい」

といったのみである。

(才覚せい、か)

なるほど、綱正は、河内誉田村から身をおこして才覚よく世を游《およ》ぎ、三好家、関白家と二つの潰《つぶ》れた家に仕え、最後に徳川家にひろわれて三千石の身上《しんしょう》を得ているいわば小さな成功者である。いかにも上方《かみがた》風な才覚人といっていい。

(しかし、この謎だけはどんな知恵者でも解けぬ)

とおもった。三成が挙兵するとなると、何十万の大軍を大坂に集めるだろう。その大軍を相手に、女衆を、どう保護するか。

綱正は西ノ丸の郭《くるわ》内に入り、その女房衆に御挨拶せねば、と思った。が、奥に入ることは憚《はばか》られるため、茶道の者をよび、お庭に緋毛氈《ひもうせん》を敷かせ、野点《のだて》の用意をさせた。

そういう装置ならば、体面もでき、言葉をかわすこともできる。妙案である。

(才覚人じゃな)

われながら、小知恵のまわる男よ、とおもった。

奥へ招待の手紙を書き、茶道の者に持ってやらせた。やがて奥を代表するお茶阿から、承知した、という返事がきた。彼女らは彼女らで、突如おとずれてきたこの運命に、綱正以上の不安を感じているのであろう。

すぐ渡ってきて、庭に降り、楓《かえで》の下の毛氈を一人ずつ独占してすわった。

亭主は、佐野綱正である。

「肥州めにござりまする。上様ご不在のあいだお世話をつかまつりまするゆえ、なんなりともお申し出くださりまするよう」

と、鄭重にあいさつした。

「苦労である」

と、年頭《としがしら》のお茶阿はひどく権高《けんだか》にいったため、綱正は内心おどろいた。

（たいそうなご権式じゃ）

譜代でもない綱正は、実のところ家康の後宮のことはよく知ってはいない。お茶阿ノ局《つぼね》様というのが、これほどの権式高いひととは知らなかった。家康の子を生んでいるならいざ知らず、お茶阿は、むかし長久手《ながくて》の陣のときに陣中で流産した、というだけの婦人ではないか。

甲斐の出身で、駿河《するが》今川家の家来神尾孫兵衛という者の嬶殿《かかあ》だったという。どこで家康の目にとまったのか、信長が本能寺の変で死んだ翌天正十一年の夏に、家康にひろわれてその伽をつとめるようになった。そのとき二十五歳だったというから、いまは四十二歳になる。

（まさか、いまもお伽は勤めていまい）

顔の下半分の肉がずしりと垂《た》れた女で、なにか動物的な威厳を感じさせる脂肪質の女である。

（上様もお物好きな。なぜこのような牛面《うしづら》のおなごを）

と綱正はおもうが、これは綱正の無智というものであろう。後家でしかも先夫との間に子まであり、さらに長久手の流産以後不妊になったお茶阿は、本来ならそれっきりで影が薄くなるところである。ところがその後二十年近く家康の寵がつづいているのは、男女の愛があってのことではない。

お茶阿は才がある。物を宰領《さいりよう》することがたくみで、しかも人物眼に富み、政治能力さえあるため、家康は彼女を自分の後宮の主婦役にさせ、多くの妾や侍女たちを統轄《とうかつ》させた。自然、権勢ができた。

権勢といえば、いま徳川家での最高の権勢者は、家康より三つ年上の本多正信である。

野戦攻城の士でなく、策謀の担当者で、家康もこの正信にだけは、夜でも寝所に入ることをゆるしていた。

自然、家康麾下《きか》の諸将は、正信を怖れ、かつこの家康に近すぎる男を「佞人《ねいじん》」として憎んでいた。

それほどの正信も、お茶阿にだけは頭があがらず、その機嫌にさからうまいとした。なぜならばお茶阿は、正信よりもさらに家康に近い。彼女が、閨中《けいちゅう》で徳川家の人事のことまで家康に告げていることを正信は知っているからである。

お茶阿には、そういう権勢がある。このため徳川家の諸将や、家康派の外様《とざま》大名たちはひそかにお茶阿に金子《きんす》を贈る者さえあった。

そのお茶阿が佐野綱正の顔つきをみて、

（上方うまれというが、それにしてはなにやら気の利かなそうな男）

と観察した。そのとおりであったろう。綱正は上方衆とはいえ、顔つきがいかつく表情に乏しく、婦人に悦《よろこ》ばれる男ぶりではない。

「肥州殿は、河内であるそうな」

と、お茶阿はいった。

「佐野というから下野《しもつけ》の佐野かと思うた。下野の佐野と申せば鎮守府将軍藤原秀郷《ひでさと》公いらい連綿とつづいた名家、いまの御当主も三万九千石の大名であられる。ちがうの

た。

なにやら佐野は佐野でもにせもののように思えるらしく、お茶阿は声をたてて笑っ

「ホホ、河内の佐野か」

「はい、それがしは河内の」

か」

お万もお梶も笑った。

「ご武功は、どのような」

お茶阿は、なぶりはじめたらしい。綱正には女の声音《こわね》でそれがわかったが、ただうつむいて茶筅《ちやせん》をうごかしていた。

お茶阿にすれば、むりもない。家康・正信のふたりが、自分らを大坂の地に残した、ということはまずまずやむを得ぬとして、問題は護衛者の人選であった。当然、徳川家譜代よりぬきの勇将名士を選ぶのが、置き去りにされる自分たちへのいたわりというものではないか。

（それをどうであろう。このような新参の、武功もさだかでない上方侍をお選びなされたとは。佐州《正信》どのは、われわれを捨て殺しになさるおつもりか）

その、怨みともつかぬ感情が、目の前の佐野肥後守綱正への不満になって出てい

る。

「武功は？」

ござる、と綱正は言いたかった。げんに、豊臣秀次（関白・秀吉の養子）の手に属していたころ、小田原攻めに参加し、山中城の攻撃で首二つを取って秀吉から即座に黄金二枚を頂戴している。武者働きも出来、采配《さいはい》とっての一手の駈引きの手練《てだれ》でもあるから、この男の身上三千石は、武官としての評価で、文官としてのそれではないと彼自身はおもっていた。

が、女を相手の武功自慢ほど愚かしいものはないと思い、

「申しあげるほどの武功は」

ない、と上方言葉でいった。

「されば、そなたの三千石は、お座敷での功名でありますのか」

これをいったのは、お梶という女である。

齢は二十三歳で、この一座のなかではまだしもの容貌であった。小柄で顔に雀斑《そばかす》があり、頸《くび》がいたいたしいほどに細い。

（この方が、お梶様か）

綱正は、家康がこの婦人に対してだけはめずらしく濃厚な気持をもっている、とき

いたことがある。

（そういえば男好きのするような）

お梶は家康の四十九のときに枕席《ちんせき》に召された。彼女は十三であった。露骨にいえば発育がまだしものあんばいだったため、ほどなく家康は家来の松平長四郎（正綱）に下賜《かし》した。むろん正室である。

二十《はたち》前後になって家康はふたたびお梶を見る機会があって、その肉付きのほどよい整いぶりに驚嘆し、とくに内謁《ないえつ》をゆるして物語りなどするうちに、お梶が夫をひどく嫌っているということを知り、

「わがもとに来《こ》よ」

といって正綱から召しあげ、ふたたび伽の奉公をさせた。家康の好みに適《あ》うなにかを、この女はもっているのであろう。その点も、もはや老境に入っている家康の好みにあっていた。

小面憎《こづら》いような才気がある。

お梶には、塩の逸話《いつわ》がある。

去年の冬、家康が伏見屋敷の縁側にすわり、本多正信、平岩親吉、大久保忠常らの近臣にたき火をさせて雑談をしていた。

話題がつきたころ、ふと家康が、

「世の中でいちばん旨いものはなんだろう」

と言い、一同これはと思う食いものをあげてみよ、といった。みなさまざまなことをいった。

その場にお梶もいた。家康の背後にすわって、なにやら賢《さかし》らげに微笑している。家康は、お梶が可愛い。「笑うているところをみると、なんぞ仔細《しさい》があるか。言うてみやれ」とその膝をたたいた。

「塩だと存じまする」

と、お梶は囀《さえず》るようにいった。世の中で塩ほどうまいものはない、というのである。

「そのわけは、塩がなければいかような魚菜でも味が調《ととの》いませぬ。吸物も、ただの湯とおなじことになります。世の中に塩ほどうまいものはありませぬ」

「なるほど」

家康は手を打った。

一同、(話の主題《すじ》とはすこしちがう)と思ったが、家康のよろこぶさまをみて異議も立てかね、

「さすがは」と調子をあわせた。

「されば」

と、家康はますます上機嫌で、「逆に、世の中でいちばんまずいものはなにか」と問いかさねると、お梶はすかさず、

「塩でございます」

といった。意味は、どのような食物でも塩を入れすぎるとからくて食えない、というのである。

一同、なるほどとうなずき、お梶の才智に感じ入ったような風情《ふぜい》をみせた。

この挿話は、綱正も知っている。上方育ちの綱正は、いかにも田舎者が大感服しそうなこの挿話にさほど感心もしなかった。

しかしお梶が利口者であることにはまちがいない。利口者は人の揚げ足をとるのがうまいものだ。だから、

(逆《さか》らうまい)

と覚悟をきめ、「いらい侍の道と申しまするは、戦場であれ、殿中であれ、いちずに運がともないまするものにて」と、いかにも上方風な、要領の得ぬ答えを、ぐにゃぐにゃと口の中で言い、その場をごまかした。

これで、
「愚図《ぐず》」
という決定的な印象を、お梶はうけたらしい。こういう手の男を、才気の勝ったお梶は生理的にいやであるようだ。不幸なことに、佐野綱正は、お梶の前夫の松平長四郎正綱に、名も似ている。印象も似ていた。

彼女の前夫の松平長四郎は、もともと戦場の武功者ではない。相模（神奈川県）甘縄のうまれの人で家康のお鷹《たか》師松平某の養子になり、松平姓を名乗った。ところが鷹のことより、理財の道に意外な才があり、家康は抜擢《ばってき》して山林行政をやらせ、とくに植樹に力をつくさせた。

そのころにお梶は、家康の手もとから下げられて長四郎の女房になっている。

「あのような切れ味のにぶいお人はいやでございます」

と家康にこぼして再び家康の閨《ねや》にもどったのは長四郎の山林奉行のときだ。

余談ながら家康はお梶をとりもどしたものの長四郎をあわれみ、これを加増して五千石にした（家康の死後、さらに累進して相模甘縄二万二千石の大名になっている）。

いずれにせよ、佐野綱正は惨澹《さんたん》たる不首尾《ふしゅび》である。

ただ、お万だけは、ちょっとちがう。

(お万様はいい)

と、綱正もおもった。小肥りの色白で、人の好《よ》げな微笑をたやさず、楓《かえで》を見たり、雲を見たりして終始機嫌がいい。腰のすわりもよく、ほうっておくと何人でも子を生みそうな尻を毛氈《もうせん》に据《す》えている。現にこの婦人はのちの紀州家、水戸家の藩祖を彼女の一つ腹から生んでいるのである。

(ご機嫌のよい方だ)

と綱正はほっとする思いであったが、ただ閉口することができた。

「肥州殿、酒《ささ》が食べたい」

と言いだしたのである。綱正は狼狽し、すぐ酒の支度を命じた。人がよくて上機嫌なところは結構だが、お万は底知らずの上戸《じょうご》であった。

その酒も、長い。飲みはじめると杯をおかずに際限《きり》もなく飲む。杯を干すごとに綱正は進み出て注《つ》がねばならなかった。

お万の酒好きには、お茶阿もお梶もつねづねこりていることがあるらしく、さっさと掻取《かいどり》をはらって立ってしまった。

お万は、ひとり残って飲んでいる。

「肥州殿も食べよ」

とすすめるものだから、さほどに飲めもせぬ綱正はそのつど大苦労して大杯をあけ、ぐずぐず断わりかねているうちに五六杯もあけさせられてしまった。

ついにお万も酩酊《めいてい》し、大機嫌で、

「そなた、座興に舞え」

というのである。それがいかにもしつこく、断わろうが泣こうが、舞え舞え、と言い、上方者であろう、舞は存じておろう、さぞ手ぶりはみごとであろう、と酒で唇を濡らしながらいうのだ。

（お万様も、一癖はおわす）

と綱正は悄然《しょうぜん》たる気持になり、それでもなにかせねばと覚悟し、鉦《かね》を取りよせて立ちあがった。舞はできない。

しかし生まれ在所の百姓どもが踊っていた念仏踊りならできるのだ。

「されば仕りましょうず」

と、鉦をたたき、手ぶり足ぶりおかしく踊りはじめた。

お万は、手をたたいてよろこび、「もっとじゃ、もっとじゃ」とせがみ、せがまれるたびに綱正はおなじ踊りをくりかえし、しまいにはもはや自暴自棄になり、めったやたらと鉦をたたいて阿呆三昧《あほうざんまい》に踊りまわったが、胸中は決して愉快ではない。

(これからさき、このぶんではどうなることやら)

と思うと涙がせきあげてきそうになるほどに悲しくなった。その悲愁がなにやら踊りに光沢《つや》を帯びさせたのであろう、それを肴《さかな》に酒をのんでいるお万には絶妙の芸のようにおもえた。

三

その日から二十日ばかりは、西ノ丸守備の綱正の身は、表面上、平穏だった。

むろん、世上の空気は変わっている。家康が大坂を去って以来、大坂城下の様子はがらりと変わり、反徳川方の諸将がしきりと往来しているようだったが、七月はじめになって、

「いよいよ治部少輔《じぶしょうゆう》(三成)殿、内府《いえやす》討伐のために挙兵なさること、まぎれもなし」

という風聞《ふうぶん》が、しきりと行なわれるようになった。三成はなお佐和山城にいて動かず、その同盟者の奉行(豊臣家執政官)増田《ました》長盛・長束《なつか》正家などの大坂における動きが活潑になった。

（これはいよいよわるい卦《け》が出てきた）

予想があたったのである。わずか三百程度の徳川家残留部隊をひきいて綱正はどうすればいいのであろう。

家康は、上方でいま一つ、「捨て殺し」の戦略的な集団を残していた。伏見城に籠《こも》る家康譜代の部将鳥居彦右衛門以下千八百人である。三成蜂起《ほうき》のあかつきはいちはやく陥《お》ちるであろうと家康は覚悟し、とくに剛直無類といわれる鳥居彦右衛門を守将にえらんだ。

彦右衛門は、家康が少年のころから仕えてきた男で、家康より三つ年上である。家康は東征の途上、伏見城に一泊し、「死士」となるべき彦右衛門とほとんど夜明かしして昔話などをし、何度か涙をながした。その点、新参者の綱正を大坂留守居に命じたときとは、まるで態度がちがっていた。

「人数を、いま少し付けてやろうか」

と家康はいったが、彦右衛門はさわやかにことわり、

「どうせ死ぬ身、無用のことでございます。左様なお人数がござるのなら、来《きた》るべき大合戦にお使いあそばしませ」

といった。家康はさらに、伏見城防衛戦の方法などについてもくわしく指示した。

たとえば、
「この伏見城は故太閤が贅《ぜい》をつくして築かれた城だ。天守閣には豊臣家の金銀なども
おさまっている。鉄丸《たま》が足りなくなればそれを鋳《い》つぶして弾丸とせよ」とまでいっ
た。これほどの懇切さは、大坂城西ノ丸の守備隊長佐野綱正に対しては、毛ほどもな
かった。
綱正の場合は、文字どおりの、
「置き捨て」
であった。彦右衛門は譜代、綱正は新参、という親疎《しんそ》の差別だけではなかったろ
う。
なぜならば、全員死ねばいい伏見城のばあいとちがい、大坂の綱正の使命はそれだ
けでは片づかなかった。女どもを守る、というむずかしい要素があり、これには家康
でさえ、
「こうせよ」
という妙案は湧かなかったのであろう。すべては綱正の「才覚」にまかされてい
た。
(これは解きようのない謎々じゃ)

とおもううちに、七月十五日、奉行方（と当時はいっていた。石田三成を謀主とする西軍）は、にわかに大坂城と大坂城下に戒厳令を布《し》き、家康従軍の諸侯の屋敷屋敷に使者を走らせ、

「秀頼様のご命令でござる。お女性《にょしょう》の皆々様はお国表《おもて》へ立ちのかれまするることは相成りませぬ」

と厳命した。むろん人質である。次の段階で大坂城内に収容する含みがある。

このため――つまり諸侯の妻子脱走にそなえるために、市中の警戒は厳重をきわめた。

大坂の出口、橋々がおさえられた。たとえば高麗橋は高田豊後守、平野町橋は宮本丹波守、備後橋は生駒修理亮《しゅりのすけ》、本町筋橋は蒔田権佐《ごんのすけ》、天王寺口は横浜民部少輔、玉造《たまつくり》口は多賀出雲守、といったぐあいにざっと三千人の西軍将士が市中の警戒にあたった。

脱走した者も多い。

黒田長政の母と嫁は水船の底にかくれて木津川口から脱走し、有馬豊氏の妻は、魚問屋の用いる船に二重底をつくってそれに忍び、川筋から脱出した。さらに世間をおどろかせたのは玉造に屋敷をもつ細川家の場合である。

忠興夫人伽羅奢《ガラシャ》は留守居の家老小笠原少斎に胸もとをくつろげて刺させ、火を屋敷に放って、夫人、家来衆もろとも火中で灰になった。

（やったわ）

と、この夜、大坂城西ノ丸の小天守閣の上から眼下の玉造の火災をみていた佐野綱正は、わが身とおなじ条件下の事態だけに肝が氷のように冷えた。

「来よ」

とお茶阿から急使がきた。綱正は多忙中のことゆえ、家来をやった。

家来がすぐ戻ってきて、「ご自身参られよとのことでござります」と復命した。

（ばかにしてやがる）

場合が場合だけに気が立っていたから、さすがの綱正もかっとして、

「お茶阿様にお伝えせい。肥州はこの西ノ御丸防衛《たてふせぎ》の人数の手配りでいそがしい。御用がおありなら、そちら様から来よ、と申せ」

とわめいた。

（おなじ奉公人ではないか）

そう思うのだ。お茶阿は、家康の正室ならばこれは主人同様である。めかけならば法的には奉公人であり、綱正とかわらない。しかも家康の子を生んでいないから、

「お袋様」という特殊な地位でもないのだ。

（閨《ねや》の伽《とぎ》をする女奉公人がそれほど偉くて、弓矢とる武者奉公のおれは、あのおなごどもの顎でつかわれるほどに下目《したため》か）

平素なら「君寵《くんちょう》がちがう」ということで納得のいくことだが、こうとなってはそんな世俗の通念が働かなくなった。

が、この男は小心である。細川屋敷の火がしずまりはじめると、急に気になりはじめ、肩衣《かたぎぬ》をつけて役所と後宮《おもておく》の間をへだてる杉戸まで伺候した。

「入れ」

というから、奥に進み入り、遠慮をして縁側にすわった。

お茶阿は、岩に壁をぬったような無表情な顔ですわっていた。

「やっとお出《い》でくだされたかや」

と嫌味をいい、「肥州」とするどく呼びすて、「どうなさるおつもりじゃ」といった。

「左様」

綱正は、体がふるえてきた。怒りか、屈辱感であるのか、それとも思案に行きづまって窮したあまりの戦慄《せんりつ》か、この男にもわからない。

が、一瞬思念が失《う》せ、思わぬことを口走っていた。

「死にまする」

万策つきれば武士は死ねばいいのだということを教えられて育った。死ぬ、と覚悟すればもはや思案思慮の苦労はない。

「この西ノ御丸に籠城し、三百人が枕をならべて討死つかまつりまする」

「これ」

お茶阿もさすがにこの剣幕にはおどろいたらしい。急に語気をやわらげ、綱正をなだめすかすように、

「死は、いとやすい。しかしそれでは上様の御指図に違《たご》うはず。それとも上様は肥州殿に死ね、と仰せられましたか」

「いや」

死ねとも生きよとも家康はいわなかった。

「そなたは、御家《おいえ》を思わぬのか」

「御家を?」

侮辱である。武士として主家を思わぬ者はあるまい。が、ここでお茶阿はなぜ「御家」という言葉を出したのか。綱正がくびをかしげていると、お茶阿が斬新《ざんしん》きわまり

ない意見をいった。

「女は主家そのものである」

というのである。ここにならんでいる三人の女の体には、それぞれ家康のこだねが入っている。いつそれが胎内に宿《とま》り、育ち、子をなし、徳川家の御曹司《おんぞうし》をつくるかもしれぬ。それゆえに、女は主家そのものであり、家康そのものである、というのだ。だから、「われらを無事大坂から脱け出させよ、その才覚のみに専念せよ、籠城討死などは思うな、われらを死なせるのは主家の将来をそこなうのと同じであるぞ」という論法なのであった。

「ここまで申さねば」

と、お茶阿はいった。

「上方衆にはおわかりにならぬのか。譜代《ふだい》衆ならば有無《うむ》もなくわかるところであるのに」

「承《うけたまわ》った」

綱正はいった。さればこの身が舎利《しゃり》（骨）になってもお落し申しましょう、と言った。

四

綱正にとって幸運だったことは、細川夫人の自焚《じふん》の衝撃《しょうげき》で、西軍の方針が一変し、「諸侯妻子の身柄を強いては拘束せぬ」ということに一夜でかわったことである。

（しかし大坂城を脱け出してよい、とは言ってくれぬ）

と思っているうちに、この翌朝、西国最大の諸侯である毛利の本軍が本城の広島から海路東走し、大挙大坂に入ったという報を受けた。

毛利家の当主輝元は、家康とともに豊臣家大老の職にあり、中国で百二十万石を領し、その軍事力は徳川家に次ぐほどに巨大である。

その毛利輝元が、奉行衆に請《こ》われ、秀頼の代官として家康討滅の旗頭《はたがしら》の座にすわることになった。

毛利家の屋敷は、大坂の南郊《なんこう》木津村にある。しかし数万の大軍を収容することができないため、当然、つい最近まで家康が豊臣家から借りていた城内西ノ丸を接収し、ここに入ることになった。

この件につき本丸から奉行衆の使者がきて、綱正に立ち退《の》きを要求したのである。

綱正が応対すると、西軍の使者は綱正のふるい知人である豊臣家旗本の垣見備中守で、その態度は気味がわるいほど鄭重であった。

「立ち退けと申されるのか」

「いかにも左様で。お立ち退きなさるうえはあくまでもいざこざのないように取りはからい申す」

要するに、「生命は保証する」というのだ。西軍にすれば、ここで佐野綱正に妙に力《りき》まれて細川家の例を見習い、籠城、奮戦、自焼、ということになれば、西軍最大の軍事拠点である大坂城が焼滅してしまい、戦わざる前から味方は戦意をうしなうことになる。その一事のみをおそれた。

が、綱正にはそれがわからない。ここ一月あまりの懊悩《おうのう》が一時に晴れたように思い、あさましいほどの吐息をついた。

「左様につかまつる」

と、声を落して承《う》けた。正直なところ、わっと躍りあがりたいような気持だった。

すぐ、お茶阿に報告した。

お茶阿はおどろきもよろこびもせずに、

「ここを出て」

と、高低のない声でいった。

「どこへゆくのです」

綱正はそこまで考えていなかった、というと綱正に酷《こく》だが、よい思案があるはずがないではないか。江戸まで百三十里もあり、その間、西軍の軍兵がみちみちているのだ。大坂城下は退散できても、畿内《きない》を出るまでに殺されてしまうだろう。

が、そういう思案をとつおいつめぐらしている時間のゆとりはなかった。すでに毛利の軍勢が、城の京橋門からぞくぞくと入りはじめているのである。

「とまれ、一時も早く」

ということで、綱正は三人の女とその侍女たちを護衛しつつ西ノ丸を出、城内のあちこちを歩き、「玉造御門をあけてある」という奉行方の連絡によって無事城外へ出た。

道を東にとった。

炎暑の日で、東の天に盛りあがっている生駒《いこま》・葛城《かつらぎ》連峰が、目に疲れを覚えるほどの青さで横たわっていた。

「肥州殿、どこへ行きやる」

と、一町ゆくごとにお茶阿から使いの侍女が先頭へやってきて、綱正にきいた。綱正は平装のまま花菖蒲《はなしょうぶ》という栗毛に騎《の》っていた。従う三百人は、騎乗あり歩卒あり荷駄ありで、ことごとく具足を着、鉄砲の者は念のため火縄に火を点じ、火の消えぬようくるくるまわしながら行軍した。

女どもは、中央にいる。

三人の家康お手付きのお茶阿、お梶、お万はそれぞれ金銀の金具を打った華麗な女駕籠《かご》に乗り、侍女の重だった六人は、六頭の乗懸馬《のりかけ》にそれぞれ緋染《ひぞ》めのふとんを敷いて騎《の》り、彼女らは市女笠《いちめ》をかぶり、垂《た》れをおろして顔をかくしている。

——何様であろう。

と、沿道の者はささやいた。荷駄などにもいっさい葵《あおい》の定紋《じょうもん》を用いず、綱正の紋所である梅鉢の紋をめだたせている。

ただひとつ、綱正の才覚によってこの行列の先頭に、豊臣家の定紋を打った挟箱《はさみばこ》を進ませていた。

挟箱のなかには、豊臣家奉行増田長盛の私信が入っている。私信は綱正にあてたものので、

「この御女中衆は秀頼様の御縁辺《ごえんぺん》の者、無礼があってはならない」

という文面である。綱正が出発にさいして増田長盛に頼みこんでむりやりに書かせ

たものである。

長盛は三成が無二の同志と思いこんでいる人物だが、万一の敗戦のときを思い、ひそかに家康にも心を寄せ、さまざまの手を打っている人物であった。だから書いてはくれた。くれたが、奉行連署による公文書ではないため、このさきどれだけの効能があるかわからないが、それでも社寺の護符よりはましであろう。

平野《ひらの》川まで出たとき、綱正は急に心を決して道を南にとり、川沿いの土手を行進しはじめた。

「どこへうろうろと参りやる」

と、またお茶阿の侍女が走ってきた。綱正は、宰領するわれらにおまかせあれ、と馬上から腹だたしくどなりおろした。やがて一行は舎利寺《しやりじ》村、林寺《はやしじ》村に出、いよいよ南下して奈良街道（平野街道）に出た。その街道を東へ。

「お局《つぼね》様がおおせられます」

と、例の老いた侍女が汗をかきながら駈けてきた。

「肥州殿、これは四天王寺南大門《なんだいもん》の前から平野を通って河内・大和へゆく街道ではありませぬか」

「左様、われらの旧領、河内国道明寺《どうみようじ》付近の誉田《こんだ》村へ参る。肥州はそう覚悟した、とお伝えあれ」

河内の誉田村は、誉田八幡宮と応神天皇御陵のある村である。

綱正が三好家に仕えていたころの領地だが、いまは豊臣秀頼の直領《じきりよう》になっており、はたしてむかしの地頭《じとう》の頼みを百姓どもはきいてくれるかどうか。

自信はない。

（本当なら、われわれは鳥居彦右衛門殿がまもる伏見城で雨露をしのぐのが、もっともよいのだが、しかしそれでは御女中衆を殺してしまうことになる。天《あめ》が下、たよれるところはわしの旧領しかない）

平野から竜華《りゆうげ》へ出、竜華から表街道をはずれて田のあぜ道のような道を、一同、馬を曳《ひ》きながら一里も歩き、やがて国分《こくぶ》から堺へぬけている街道にやっと交叉《こうさ》した。

すでに、夜になっている。

（あの森が、誉田八幡の森）

と思うと、綱正はなつかしくなり、行列に停止を命じ、使いを走らせ、誉田村の庄屋四郎左衛門をよびにやった。

やがて四郎左衛門は肩衣《かたぎぬ》をつけ、脇差一本腰にさし、村の年寄百姓四人をひきつれて綱正のもとにやってきた。

綱正は、路上にかがり火を焚かせ、床几《しょうぎ》をすえさせて応接した。

「なつかしや四郎左衛門」

というと、この老百姓は地に身を投げるようにして伏し、「殿様にござりまして
は相変りませず」と、涙声でいった。

誉田村から富田林《とんだばやし》にかけての一帯は人情の濃《こま》やかさで知られた郷である。綱正は安堵
し、安堵するとともに床几からすべり落ち、四郎左衛門の手をとり、

「そちの俠気に頼ってよいか」

と、慄え声でいった。

「なんなりとも」

四郎左衛門がうなずいてくれたとき、綱正は不覚にも涙を落した。

話せる範囲の事情を言い、「それでもよいか」というと、「殿様もお年を召された
か、おくどうござりますな」と、この老人はいった。

綱正が幼いころ、四郎左衛門は野遊びや山遊びに連れて行ったことがある。

「ご因縁、浅からず」

と四郎左衛門は言い、念仏を唱えた。この誉田村はかつての石山本願寺の直《じき》門徒で
いまなお法義の熾《さか》んな里である。

が、三百人という大世帯はとても村に収容することはできないし、ここに駐営すれば西軍を刺激するもとになろうと思い、

「十人でいい」

と、綱正はいった。

お茶阿、お梶、お万、それに三人の侍女を一人ずつ残す。あとはこの場からいずれへなりとも去って貰《もら》うのである。

「それはこまる」

と、お茶阿は甲高《かんだか》く叫んだが、こうとなれば綱正も肚《はら》がすわった。

「いちいち苦情口を差しはさまれては何もできぬ。われらは孤軍でござる。孤軍なれば非常の手段も要る。この一行の指図役はたれか。この佐野肥後守綱正ではないか。無用の差出口《さしでぐち》はつつしまれよ」

これが、お茶阿の自尊心をいちじるしく傷つけたが、この夜中、しかも野道で言いあらそうのもはしたないと思い、お茶阿は不本意ながら綱正の指示に従った。

綱正は、与力衆筆頭の矢野善兵衛に自分の家来をふくめての指揮をたのみ、

「ここで別れ、一同伏見城に入ってくれるか」

といった。来るべき伏見籠城戦で全滅せよ、というようなものであった。

かわした。

綱正は四郎左衛門に頼んで酒肴《しゆこう》を出させ、路上で自分の家来や与力衆と別盃を汲み

善兵衛は簡潔に言い、全軍をまとめた。

「承《うけたまわ》った」

綱正の感情は、名状しがたいものがある。

(わしのみがこの村に隠れ、女どもを保護して生き残る道を歩むわけか)

と思うと、人がましい顔をして盃をふくんでいられなくなった。古今、侍とよばれる男のなかで自分ほどつらいはめにおとされた者があるか、と思い、思いつつ飲みほした盃を善兵衛の懐にねじ入れ、

「この盃、あずける」

と、小声でいった。善兵衛は意味はわからなかったが無言でうなずき、やがて、たしかにあずかった、とこれも小声でいった。

お茶阿、お梶、お万の三人は、綱正とその家来四人に守護されて、誉田村の四郎左衛門屋敷に潜伏した。

「かようにむさい百姓屋敷で」

と、お茶阿は、日に数度は苦情をいい、肥州殿のご才覚のなさよ、と嘲《あざけ》った。

二日目に、お梶が、

「肥州殿は、よいお役目じゃ。われらにかようなあばらやで軒端《のきば》の月を見せ、しかも上様の御運を賭けしこのたびの合戦にも加わらず、いったい御戦勝のあかつきはどのような種類《たぐい》のお手柄になるのであろう」

と、戯《ざ》れながら綱正にいった。

このお梶の不用意なことばが、佐野肥後守綱正に、自分の生涯の結末をどうつけるかを決心させた。

（お梶め、よう申した）

と、綱正はおもった。侍には、自分の生涯を美しくする権利がある。そのためには、主命にも背《そむ》いた例が古今かぎりもない。この役目、やめたわと心底を固めた。

翌日、家来を残し、綱正はこの四郎左衛門屋敷から姿をくらましている。

伏見に入り、城門をあけてもらい、城内松ノ丸に部署をあてがわれ、七月二十三日から開始された伏見城の攻防戦に参加し、八月一日落城の日、奮戦してついに槍をすて、銃をとり、弾を詰めかえ詰めかえして戦ううちにあやまって二重に装薬した。撃発すると火薬の過剰《かじよう》のため銃身が大音響とともに破裂し、手足を四散させて自爆死した。

関ケ原の役《えき》後、家康は大坂城に進出し、ここに駐留して西軍の所領没収と味方の諸将士卒の論功行賞をおこなった。

佐野綱正は所領没収である。徳川麾下《きか》のなかでは唯一の例外といっていい。

「それはあまりに哀れな」

と、野戦派諸将から「佞人《ねいじん》」といわれている本多正信でさえ、取りなした。

綱正は死を覚悟して伏見城に入り、敵兵でさえ賞讃したほどの壮絶な闘死を遂げているではないか。

家康は、きかなかった。

「かの者は一見、忠死に似ている。しかしわしがあずけた女《もの》を疎略にし、それを他人の手にあずけ渡し、自儘《じまま》に伏見に籠って自儘の死を遂げている」

綱正の不幸は、戦後、誉田村から出てきたお茶阿らが、家康に口をきわめて綱正の悪口をいったことであった。

「わたくしども三人《みたり》、何度自害しようかと思いましたるほどに心細うございました」

といったお茶阿の言葉が、家康の心証につよい影響をあたえ、この苛酷な、異例の処断をさせた。

もっとも後年、家康は綱正の立場をあわれみ、その旧領近江野洲《やす》にいた遺児新太郎という者をよびだして、新知八百石をあたえ、直参《じきさん》に復さしめた。

これよりさき、伏見落城の直後、綱正の首は西軍の手で大坂に梟《さら》されたが、誉田村の四郎左衛門がこれを盗み、京へ走り、百万遍《ひゃくまんべん》知恩寺の如意庵《にょいあん》墓地に葬り、小さな五輪塔をたてた。

法名は、常空。

雨おんな

一

そとは雨がふっている。

「与阿弥《よあみ》。——」

と、おなんは、寝床のなかから、ふすまのむこうへ小声でよんでみた。

が、答えがない。旅のつかれで、老人はとっくにねむりにおちてしまったらしい。

「市《いち》」

と、トモの童女の名をよんでみた。しかしこれも答えがない。

（みんな、のんきすぎる）

宵五ツの鐘をきいたのはだいぶ前だから、もう、八時半はすぎているのだろう。慶長五年九月十四日のことだ。

おなんは、さきほどから、薄い夜具のなかで身を折りまげて、ふるえている。寒さもある。しかしおそろしくもあったのだ。

もう半時間ものあいだ、路上にぶきみな物音がつづいているのである。はじめは、

（風の音かしら）

とおもったが、それにしては、重い地ひびきがする。闇のなかでさまざまに想像していると、その物音は、巨大なオロチが、地に腹を引きずりながら果てもなくうねってゆくような感がした。

ときどき、そのウネリのあいだに、ウロコのすれあう音がした。さやさやとかるい金属音がした。やがて、

(あっ)

と気づいた。武者の行軍ではないか、と気づいたのだ。

そう気づいて耳をすましてみると、人数は千人や二千ではない。途方もない大軍が、西から東へ、足音をぬすみ、馬に枚《ばい》をふくませ、隠密《おんみつ》に移動しつつあるようなのだ。

合戦がはじまる、と気づいたとき、おなんは、この仮りの宿が戦場になってはたまらない、とおもった。この空き屋敷をにげだそうと思った。与阿弥と市に声をかけたのは、そのためだったのである。

(しかし、どの街道も村の道も、このぶんでは武者でみちみちているにちがいない。逃げおおせるかしら)

おなんの一行が、美濃《みの》関ケ原《せきがはら》にちかいこの山あいの牧口村についたのは、きょうの

日暮れごろであった。

おどろいたことに、村のどの家も雨戸に釘《くぎ》をうちつけ人影がない、ばかりか、犬や鶏の影さえもみえなかった。

「疫病《えきびょう》でもはやって、隣り村に逃げたのでしょうか」

とおなんは、いかにも厄払《やくばら》いを稼業《かぎょう》とする出雲《いずも》の「歩き巫女《みこ》」らしい見方をした。

しかし与阿弥は、だまったまま、毛の一本もない眉をひそめていた。この世なれた老人はすでにこの地で合戦がおこることを予想していたのかもしれない。

とりあえず、一行は彦右衛門屋敷をたずねた。二年前にこの村にきたときもこの彦右衛門屋敷に逗留《とうりゅう》したから、こんどもそうするつもりでいたのだ。

ところが、この屋敷も、作男ひとり残っていなかった。

日もすでに暮れはじめていたし、それにこのまま歩くにしてもこのさきの大垣までは四里もあった。さいわい、屋敷の長屋の戸があいていることでもあったから、

「あとで彦右衛門どのにおわびをすればよい」

と、無断で入ったのである。二年前にこの村にきたとき、彦右衛門はじめ村人にひどく尊崇《そんすう》をうけたおなんのことだ、あとでよろこばれこそすれ、不快がられることはない、という自信はあった。

おなんは、さきにのべたように、出雲の歩き巫女だった。

おなんよりもほんの十年ほど前、出雲の歩き巫女のなかからお国という舞踊の達者が出て歌舞伎のモトをひらいたように、おなんも諸国を歩いて、求められれば、歌い、舞い、おどった。が、稼業はそれではない。

おなんの母親もそうして一生を送ったように、村々を歴訪《れきほう》して、出雲大社の神符を売ったり、死者に祈禱《きとう》し、口寄せをして金をもらうのである。

ときに、色を売ることもないではない。おなんは備前を歩いているときに女になり、出羽を歩いているときにはじめて男を知った。近江の男にだまされて持ち金をぬすまれたこともあった。駿河の男には、妻にするといわれ、男が待ちあわせようといった京の三条の橋で十日も待った。しかしついに男は来なかった。さまざまなことがあった。おなんは、ことしでもう二十一になる。

(どうしよう)

たまりかねて、おなんは、寝床を出た。厠《かわや》へ行くために雨戸を繰った。

不意に、好奇心がわきあがった。恐怖と好奇心とは、背中あわせにすんでいるのかもしれない。おなんは、そのオロチを見てみよう、とおもったのだ。

納屋の軒下にあったミノを頭からかぶり、広いモミ干し庭を素足で走った。

暗い。

いつもなら今夜は月があるのだが、月は雨雲のなかにかくれていた。

——こまった。塀《へい》はどこかしら。

方角がわからなくなってしまった。雨の庭のなかで立っていると、不意に鼻さきでツルベが鳴った。おなんは、逃げようとした。水を飲んでいる人影があったのだ。

人影は、水をのみおわっても、おなんのほうをじっと見て、立ち去らなかった。

「女じゃな」

いきなり、おなんを抱きすくめた。

二

納屋のワラのうえで、おなんは、この雨にぬれた武者に犯された。

男は、よほど戦場ずれのした男らしく、先を急いでいるはずだのにあわてもしない。左手でおなんのクビの根をおさえ、右手で自分のヒモを解き、具足の草ズリをずらし、その作業がおわると、いきなりおなんの細い腰を大きな両手で掻《か》きつかんだ。

その腰を、無造作に自分の下へ押しあてたのである。

「あ、無体な」

「なにが無体なものか。おれほどおなごにやさしい男はないぞ」

ひどく力のつよい男で、おなんのからだがまるでワラ束のように自在にされた。

おなんは、怖れのあまり、はじめは、からだのひだがひえこごえた。しかし、自分の上に乗りかかっている黒々とした影をみたとき、奇妙な感動におそわれた。

相手は、カブトこそはねのけていたが、具足をつけたその巨大な影は、まるで、十二神将《じゅうにしんしょう》のような威厳があった。おなんは、宗教者なのだ。まるでこの仏法外護《ぶっぽうげご》の神将から甘い笞《しもと》をうけているような奇妙な錯覚におそわれ、ふと、行法を修《ず》しているような気にさえなった。

やがて、男が、おなんを離した。おなんはあわてて身づくろいしながら、

「ひどいことをなされます」

といってみたが、声音にどこか楽しそうな艶《つや》めきがあり、それに気づくと、おなんは闇のなかで、ひとり赤くなった。

「べつにひどいことをしたおぼえはないぞ」

男も、つい吊りこまれたのか、場ちがいなほど明かるい声を出した。ひょっとすると、よほど野放図《のほうず》な男なのかもしれない。

「女は、男に犯されるためにある。おお、名をきくのをわすれたわい。それに、ひと目、顔もみておきたい」

男は火具《かぐ》をとりだし、納屋のタナをさぐって、灯明皿《とうみようざら》をさがして灯を点じた。のびあがって灯を入れている男の背へ、おなんは、小声で自分の名を教えてやると、男は背をむけたまま、

「おお、よい名じゃ」

が、ふりむいたとき、男は、しばらくおなんを見つめて茫然《ぼうぜん》としていた。自分のおかした女が、これほど美しいとはおもっていなかったのであろう。

「そもじ、こ、この屋敷の娘御前《むすめごぜ》か」

「いいえ、旅の者でございます」

「おれは、近頃に無《の》う、よいことをしたわい」

おどりあがるようにいった。その語調に、この男の正直な性格がでている。美人を犯したことを素直によろこんでいるのだ。

「合戦の前におなごができると、よい武運にあたるという。こんどの戦さは縁起がよいわ」

「雨の夜には」

とおなんはいいかけたが、あとのことばを遠慮してだまった。巫女のあいだにも、そういう縁起かつぎのことがあるのだ。雨の夜に見知らぬ男とちぎると、きっといいことがあるというのである。

「お名前はなんと申されますか」

「おれか、おれはな。宇喜多中納言（秀家）様の家来稲目左馬蔵《いなめさまぞう》というわい。この縁でこのたびの合戦に大手柄をたてれば、そちに分け前をくれてやろうぞい」

「まあ」

と、おなんは吹きだし、ついこの楽天家の言葉ジリにのって、はずんでしまった。

「なにをくださいますか」

「京の小袖はどうじゃ」

「小袖ではいやでございます。せめてお側室《そば》にでもしていただきませぬと、ご運をお分かち申した甲斐《かい》がございませぬ」

むろん冗談だ。しかし左馬蔵はマにうけて、

「おお、こちらで頼みたいくらいじゃ。備前岡山のお城下にて稲目ときいてくれればすぐにわかるぞ」

「きっと、参上いたしまする」

「おう、きっとな」

男は灯を消し、戸をひらいて出て行った。外の雨は小ぶりになったようだが、戸口から吹きこんだ風がひどくつめたい。

おなんは、じっとしていた。ワラが温かかった。おなんは、男と自分のからだであたためたワラのぬくもりの中で、朝までねようとおもった。

三

そのまま、ワラのなかでねむったが、あけ方近くになって、またツルベが鳴ったのである。

(たれだろう)

おなんは、はね起きた。稲目左馬蔵がもどってきたのではないか、と思ったのだ。しかしすぐ、馬鹿な、と思いかえした。そんなはずはない。

おなんはなかば無意識で灯を打ち、灯明皿に火を点じた。明かりをつけたのがわるかった。

ツルベの音がやむと、明かりを慕って男が入ってきた。いっぱしの物主らしく頭形《ずなり》のカブトをかぶりクギヌキの指物《さしもの》を背負っていた。

左馬蔵とはまるでちがう男で、背がひくく肩幅がひろい。眼のすずやかな所は女にさわがれそうな男だった。男はやさしく、

「女、逃げおくれたのか」

「はい」

とうなずくしかない。

「べつにわるいことはせぬ。戦場を前に女とちぎると、よい武運がつくという。いやならばたってといわぬが、わしの武運のために契らせてはくれぬか」

と口だけは懇願《こんがん》しているようだったが、手はすでにワラの下に入れて、おなんの腰のあたりをやわらかくふれはじめている。

男は、具足《ぐそく》のままおなんを抱いた左馬蔵とはちがい、手ぎわよく具足をぬぎ素裸かになっておなんを抱いた。

そのくせ、用心ぶかいたちらしく手はおなんの口をふさいでいた。

「左様になさらなくても、ひとはよびませせぬ」

「そうか」

やっと手をのけた。

抱きかたも、せっかちな左馬蔵とはちがって、ものしずかに、しかもゆっくりと時間をかけておなんの体をあしらった。男は、手だれの伶人のように、おなんのどこを押せばどういう音色が出るかを知っていた。

おなんは不覚にも、数度もするどい愉悦《ゆえつ》がつきあげてきた。最後にはあやうく失神しそうになり、

「ああ」

「どうした」

「おなんは、堪えられませぬ」

「そうか。おなんと申すのか。当家の婢女《はしため》じゃな」

「旅の者でございます」

「ふむ」

男は、最後におなんを強く抱擁すると、すぐとびさがるようにして土間に立った。

おなんは、ワラのなかから起きあがれず、そっと眼だけで見送り、

「お名前は、なんとおおせられます」

「福島左衛門大夫様の家来尾花京兵衛という者じゃ。名を覚えて、手柄をいのっておいてくれい」

「よいご武運がございますように」

「合戦がおわれば、尾張清洲《きよす》のご城下にたずねて見えよ。尾花といえば、家中で同姓がないゆえ、すぐに屋敷はわかる」

男は、ふりかえりもせずに立ち去った。

——おなんがあとで知ったことだが、この日の朝から昼すぎにかけて、牧口村から山二つむこうの関ケ原の野で、関東と大坂の十数万の大軍が、天下わけ目の大合戦をしたというのである。

この日、朝の七時ごろになって夜来の雨がやっとあがったが、乳のような霧が山野に流れた。

その霧のむこうから、さかんな銃声がきこえはじめたのは、おなんが、市の給仕で朝がゆをたべているときだった。

「与阿弥《よあみ》、戦さじゃな」

思わず、箸《はし》をおとした。

「これは、途方もない大戦さでござりまするぞ。このあたりまで戦場になるかもしれぬ」

そばできいていた童女の市が怖れて、

「おなん様、逃げましょう」

「子供はおだまり」

と、いつになく声をあらげて叱り、

「与阿弥。いったい、どことどことが戦さをしているのですか」

「まえまえから耳にしていたウワサで察すると、江戸の徳川内府様（家康）と大坂の石田治部少輔《いしだじぶしょうゆう》様とが、それぞれ大小名を掻《か》きあつめて、天下取りのあらそいをなさっているようじゃ」

「それでは、宇喜多中納言様は、どちらのお味方でしょう」

「宇喜多中納言様？　なぜそのようなことをおききなさる」

「答えてください」

おなんの語気に与阿弥はおどろき、

「石田方ときいた」

「それでは、福島左衛門大夫様は」

「たしか徳川方ではおじゃるまいか」

（すると、稲目左馬蔵どのと尾花京兵衛どのとは、敵味方じゃな）

これもあとでわかったことだが、昨日、西軍は日没まで大垣城に集結していたのだ。

評定の結果、関ケ原で野外決戦をすることに決し、日没とともに大垣を発し、牧口村をへて霖雨《りんう》のふりそそぐ四里の道を関ケ原にむかったのである。

行軍の順序は、石田隊を先頭とし、島津、小西とつづき、宇喜多隊が最後尾となった。

行軍は闇夜とぬかるみのために難渋《なんじゅう》をきわめ、隊列もみだれた。宇喜多隊にいる稲目左馬蔵がこの空き屋敷に入ってきたのは、隊列のもっともみだれた殿軍部隊《しんがりぶたい》の自由さのせいだろう。

そのあと、ほんの二時間ほどして尾花京兵衛の属する東軍の兵団の先頭がきた、というわけだ。

「おなん様。この戦さでは、巫女を呼ぶ村もありますまい。さいわい、この道は伊勢へ通じているゆえ、はやばやに退散したほうが利口ではおじゃらぬか。戦さがおわってしまえば、落人狩りなどあって、どの街道も物騒《ぶっそう》で旅をするどころの騒ぎではありませぬぞ」

「そうです。おなん様、早う退散致しましょう」

「与阿弥、市――」

とおなんはむきなおり、

「それほど命が惜しければ、二人だけでおにげなさるがよい。おなんは、ここに残ります」

「妙なことを申される。残るならば、与阿弥も市も残る。しかし、なぜおなん様は、この村に残りたいとおおせあるのか」

「べつに理由はありませぬ」

「左様かな」

与阿弥は、うたがわしそうにおなんをみたが、それ以上のことは何もいわなかった。

濃霧《のうむ》のむこうで午前七時ごろからおこった銃声は、正午になってまばらになり、午後一時すぎには、まったくやんだ。戦いはおわったのだ。

「与阿弥、どちらが勝ったのでしょう」

「はて」

与阿弥がこっそり窓からのぞいたとき、前面の栗原山のふもとから二千ほどの部隊がなだれを打って伊勢街道にむかって潰走《かいそう》しているのがみえた。

「おお、西軍じゃ」

「なぜわかります」

「あの馬ジルシはたしか長曾我部土佐守様じゃ。西軍の負けときまった」

「すると、宇喜多中納言様は」

「おなじことでおじゃるよ。いまごろ一軍潰滅して、野山を分けてそれぞれ落ちて行っていることでござりましょう」

「与阿弥、まことか」

いつのまにか、与阿弥の胸倉をとっている自分に気づいた。

四

それから半年たった。

おなんらは、その後伊勢、志摩、紀州をへて大坂へ出、さらに旅をかさねて備前岡山の城下に入った。

岡山城にはすでに宇喜多秀家はなく、かわって、関ケ原合戦の戦闘半ばで東軍へ寝返った小早川秀秋が、功によって五十七万四千石の大封の主となっていた。

城下の旅籠《はたご》におちついてから、おなんは、岡山城下にきた理由をはじめて与阿弥にうちあけた。が、意外にも与阿弥はおどろかなかった。納屋《なや》での一件をうすうす気づいていたらしいのである。

「ああ、あの仁《じん》は、宇喜多家の家中でおじゃったか」

「あの仁といいますと、与阿弥は知っていたのですか」

「なあに、納屋の中まで見たわけではない」

「まあ」

さすがにおなんは、はずかしくなった。

「知っていたくせにいままでだまっていたとは、与阿弥も人がわるいことです」

「べつに吹聴《ふいちょう》するほどのことでもおじゃるまい。すると、この岡山でその稲目左馬蔵というお侍をさがすのでおじゃるな。しかし、すでに主家がほろんだゆえ、いずれかに退転《たいてん》なされているのではあるまいか」

「とは思うものの、せめてご消息なりともわかればそれだけでもよい」

「いかい、ご執念《しゅうねん》でおじゃる」

「与阿弥、からかうものではありませぬ。おなんは、浮いた心でさがしているのではありませぬ」

そのために、十日ほど逗留した。

しかし、城の内外の武家町のどの屋敷のぬしも、小早川家の家士の所有になっている。旧領主時代の家臣の消息などを知る者もなく、おなんたちは、途方にくれた。

「そうじゃ、おなん様」

と市がめずらしく口を出して、

「宇喜多様の御家中が離散なされたとはいえ、お屋敷に御用達《た》しをしていたあきんど衆は土付の人々でございましょう。稲目様のお出入りであった者をさがせばよいではありませぬか」

「ああ、市もたまにはよいことをいいます」

と早速あたってみると、播磨屋《はりまや》新兵衛というのがそれとわかった。

すぐ、播磨屋をたずねた。

むろん、歩き巫女の身分では相手が卑しむとおもったので、堺《さかい》のさる商家の身内ということにし、服装もそのように変えている。

最初、播磨屋新兵衛は、露骨《ろこつ》にいやな顔をした。

当然なことだ。関ケ原の落人の捜索《そうさく》はすでに打ちきられているとはいえ、すでに城下が新領主の体制下に入っているこんにち、旧領主時代の話題は、武家屋敷出入りの商人としてできるだけ避けたいのである。

「それで」

と新兵衛はいった。

「稲目様とはご縁戚《えんせき》でございますか」

「いいえ。先年、稲目様に親切にしていただいた者でございます。幸いこんにち、お城下に参りましたついでに、御消息をきいておこうと思っただけのことでございます」

「なるほど」

新兵衛は相手が縁戚でも怨恨《えんこん》の筋でもないと知ってほっとしたらしい。急に言葉数が多くなり、

「じつは、あのおひとに、手前どもから銀十枚の御用だてをしたことがございましてな。お返しねがわぬうちに、こんどのお取りつぶしになりました。手前どもとしても、稲目様のお行方をさがしておるのでございます」

「まあ」

どう答えてよいかわからない。

しかしおなんはさりげなく、

「稲目左馬蔵様と申されるのは、いったいどういうお方なのでございましょう」

「放埒《ほうらつ》なおひとじゃ」

と、新兵衛はニべもなかった。

「お馬廻りの平士三百石と申されながら家政をおさめるすべも知らず、屋敷は荒れ放題で、手前どもだけでなく、他の出入りの商人どもからも無担保で金を借りあげて返さず、ずいぶんと商人を痛い目にあわされたお人じゃ。町家だけではなく家中の評判もよいほうではございませなんだな」

(そうだろうか)

おなんがくびをひねったのは、あのとき、納屋を出るときにニヤリとした笑顔が、まるで小児のように邪気《じゃき》がなかったからだ。

(悪いひとであるものか)

おなんのそういう表情を、新兵衛も敏感によみとったのだろう。

「だが、放埒なだけで悪いお人ではございませぬ。あれだけの勇士は、宇喜多様の御家中でも、二十人とはおりますまい。いずれ、生きてさえあればどこかのお大名に拾われることは必定《ひつじょう》でございましょう」

「おなんも、そのように思いまする」

といってから、いちばん訊きたかったことを思いきって質《たず》ねてみた。

「稲目様のお内儀は、どうなされたのでございますか」

「あははは、あのお人にお内儀などがあるはずがない」

「どういうことでございましょう」

驚くような表情をしてみせたが、その実、おなんはひどくうれしくなった。

「もはや三十も越えていなさるゆえ、手前がきき及んでいるだけでも縁談の三つや四つはあったのであろうが、なにぶんあのお人は武家たる者の屋敷に城下の遊び女を引き入れたりするような放埒さでございます。どの縁談もこわれたように記憶している」

よほど評判のわるかった男なのだ。帰路、与阿弥のほうがあきれて、

「おなん様は、いったい、稲目様とやらのどこが良うてご執心なのじゃ。まさか、お内儀になりたいというのではおじゃるまいな」

「ちがいます」

とおなんは笠の下でいそいで首をふったから、虫の垂れ衣がはげしくゆれた。

「武運がよかったかどうかを知りたかっただけのことです」

「ご武運がわるかったことはたずねずとも知れている。すでに関ケ原で敗れて、生死も知れぬお人ではおじゃりませぬか」

「関ケ原の勝ち負けは、江戸の徳川様と石田治部少輔のお二人だけのことで、戦場で働いた両軍のお侍衆には、それぞれ槍先きのご武運のよしあしがあったはずです。たとえばよい敵にめぐりあったとか、一番駈けをしたとか。——つまりおなんの知りたいのは、その御武運のことなのです」

「わからぬな」

「与阿弥などにおなごの心がわかりませぬ」

「さてさて女子衆とはこわいものじゃ。たった一度契った男の後の成りゆきが、それほど気がかりになるものであろうか」

「おなんは、おなごというより巫女です。契ったおとこの運のことが気になるのはあたりまえです」

「それにしてもご執念なことじゃ」

あとはだまって、与阿弥は感に堪えたように首をふった。

その後、おなんは、伯耆《ほうき》、石見《いわみ》へまわり、いったん出雲の簸川《ひかわ》へもどって冬を越した。春になってから、

「与阿弥、そろそろ春も闌《た》けました。また廻国《かいこく》の旅に出ねばなりませぬな」

「こんどは、いずれへ参ります」

「まず、安芸《あき》の広島城下に参りましょう」

「ははあ、こんどは尾花京兵衛様でおじゃりまするな」

「余計なことを申すものではありませぬ」

おなんは、わざとこわい顔をした。

京兵衛の場合は、所在がはっきりしているはずだった。

かれの主人福島左衛門大夫正則は東軍の大名だし、関ケ原での戦勝後、福島家は功によって尾張清洲二十万石の領主から一躍安芸四十九万八千石の大守に栄達している。

城下に入って、おなんの一行は、当時山陽道ではひろく知られていた旅宿筑紫屋次郎兵衛方に投宿し、おなんは例によって容儀《ようぎ》をあらため、出雲大社の社家《しやけ》向井飛騨守の家来斎藤正吉の養女というふれこみにした。

いちいち、そういう配慮をしたのは、当時歩き巫女というのは、傀儡師《くぐつし》、放下僧《ほうかそう》、河原者などと同様、いやしいものとされていたからである。

旅籠の手代にきくと、尾花京兵衛の屋敷はすぐわかった。

手代の話では、尾花京兵衛は関ケ原の功によってすでに鉄砲足軽一組をあずかる足軽大将になっている。千石の知行《ちぎよう》をうけ、大手門の東に屋敷を拝領して、きわだつほどの出世をとげていた。

　むろん、おなんがいきなり屋敷に乗りこむわけにはいかないから、与阿弥に手紙をもたせてやった。

　与阿弥が尾花屋敷をたずね、用人に手紙をわたすと、そのまま返事もなく半日ほど待たされた。

　日暮れちかくなって、やっと用人が、

「主人は、左様な女性《にょしょう》は存ぜぬとおおせある」

「ご無理はありませぬ。しかし、慶長五年九月十五日の未明、関ケ原のひがし牧口村の百姓屋敷にてお会いした旅の者とおおせられれば、思いだしてくだされましょう」

「お待ちあれ」

　こんどは、用人があわただしくもどってきて、与阿弥に口頭で返事を伝えた。

　与阿弥が旅籠の筑紫屋にもどったのは、すでに日が暮れおちていた。

「どうでありました」

　おなんは待ちかねてきくと、

「察するところ、尾花様のお気色《けしき》は快《よ》きものではおじゃりませぬな。おそらくおなん様がたずねてきたのをご迷惑に思われているご様子でありますわ」

「で、お返事は？」

「あす、かかる所で」

と、尾花屋敷の者にかいてもらった地図をひろげた。そこで会うというのである。

その家は、どうやら京兵衛の知行所の庄屋が、城下に御用で出てくるときに使う寮のようなものらしい。京兵衛にすれば、まさか戦場で野合した女と屋敷で対面する気はしなかったのだろう。屋敷を応接に使わないばあいは、たいていは菩提寺をつかうのが常例だったが、それも人目がはばかられると思ったのにちがいない。京兵衛らしい用心ぶかさがうかがわれて、おなんは、不快というよりもむしろあの納屋のなかでの京兵衛を思いだして、ほおえましく思った。

「それならばそこへ、あすその刻限《こくげん》に参りましょう」

「なんと、お物好きな」

与阿弥は、あきれた、という顔をしてみせた。

五

おなんが、その屋敷の茶室で尾花京兵衛に会ったとき、最初は、口もきけずにじっと京兵衛をみつめてしまった。

むりもなかった。

そこに、あの牧口村のときとはまるで別の男がすわっていた。

——細おもてで鼻すじが通っていた。唇があかく、眼もとが暗い。武士というよりも、儒者《じゆしや》のような男なのである。

——このひとが？

京兵衛もだまっている。

「あの、あなた様は、たしかに尾花京兵衛様でございますか」

「お女中、なんの用で参った」

声に記憶があった。おなんは、やっと勢いづいて、

「はずかしながら、あの牧口村でわたくしをお抱きあそばしたのがあなた様でございましたのなら、ご武運はどうであったかをききたいだけのことでございます」

「戦さばなしをすればよいのか」

「はい」

そのあと、なおも京兵衛はさぐるような眼でおなんをみつめていたが、やがて、ゆっくりと語りはじめた。

関ケ原の戦闘が本格的に開始されたのは午前九時であった。

東軍の先鋒《せんぽう》は尾花京兵衛の属する福島隊であった。

主将正則は、猛将できこえた男だから霧の中を猪突し、中仙道を乗りこえて真むこうに布陣していた西軍の大部隊と激突した。

「その西軍はどなた様の隊でございました」

「太鼓丸の馬ジルシじゃよ」

「と申しますと」

「宇喜多中納言じゃ」

「えっ」

稲目左馬蔵の隊ではないか。

――この日の福島隊の攻撃ぶりは激烈なものであったが、それにもまして宇喜多隊の迎撃《げいげき》は凄絶《せいぜつ》をきわめた。

宇喜多隊の先鋒の指揮は、天性の戦さ上手といわれた明石全登《たけのり》である。一万三千の宇喜多隊の先頭に立ち、采配もちぎれよとばかりに振りながら、

「かかれ、かかれ」

と声のかぎりに下知した。

はるか桃配山《ももくばりやま》の本陣からこの乱戦を遠望していた徳川家康は、最初、福島隊の猪突ぶりに満足し、

「戦さは勝ったぞ」

とまで叫んだ。

ところがほどもなく形勢は逆転し、明石全登を先頭とする宇喜多隊は真黒になって福島隊の先鋒を突き崩し、勢いに乗って四五丁も押しかえした。

「いまぞ、内府の本陣まで突きかかれ」

と明石全登は馬上でおどりあがったが、このとき、西軍にとって運命の転機がきた。松尾山の山上で一万五千の大軍を擁していた小早川秀秋が、にわかに東軍に寝返りをうったのである。

このため、西軍は全戦線にわたって崩れたち、福島隊と死闘をかさねていた宇喜多隊もさすがに浮き足だった。

あとは、乱戦だった。

「とにかく、あのようにはげしい戦さは、日本はじまって以来なかろう。わしは運よくカブト首二つ雑兵首《ぞうひょうくび》三つを獲たが、そのあとは夢中でよくおぼえていない。味方の槍で馬の尻を突きさされて落馬し、徒歩で戦った。あやうく敵に組み敷かれたことも

あったが、金吾中納言（秀秋）殿のお裏切りのおかげで敵は崩れたち、ようやくに命びろいをした」

「ご運がよろしゅうございましたな」

「おお、よかったぞ」

「安堵《あんど》いたしました」

「ああ」

京兵衛は、あのとき納屋で話した縁起かつぎのことをやっと思いだしたらしい。

「そうであった。あの武功も、そのひとはしはそこもとのおかげかもしれぬ」

「そうおっしゃってくだされば、おなんもうれしゅうございます」

「褒美《ほうび》になにが所望《しょもう》じゃ」

「褒美など」

「金か。それとも、絹でもつかわそうか」

「要りませぬ」

と不快な顔をした。

「わざわざ参ったからには、それがほしいからであろう。所望のものを申せ」

「おなんは、出雲の神女《かんなぎ》じゃ。神がおなんについているかどうかを知りたいがためにきたのでございます。物がほしゅうて来たのではない」

「これ」

と京兵衛は、いきなりおなんの手をとって膝の上へ引き倒し、

「金も物も要らぬなら、この屋敷に奉公して、わしの夜伽《よとぎ》をする気にはならぬか」

「いやじゃ」

はげしくカブリをふったが、京兵衛は抱きすくめておなんの股に手をさし入れ、

「あのときは、唯々《いい》とわしを迎えたのに、なぜいまになっていうことをきかぬ」

「そのお手を離しやれ」

「はなさぬ」

「お前様の鼻がきらいじゃ」

「鼻が？」

「その高慢な鼻が気に入りませぬ」

「こう、手を焼かせるものではない」

京兵衛は、あのときの納屋でのやさしさにもどって、おなんの体をたくみに愛撫しはじめた。

「駄々をこねるものではない。しばしじっとしておれば、ほどなくあのときのように

厭やでなくなる」

「たのみまする。手をおはなしくだされ」

といったが、無駄だった。おなんの声は次第にかぼそくなり、やがて、不覚にも京兵衛の体を自分から迎え入れてしまっていた。

その日から、おなんは尾花京兵衛の屋敷に住みつくようになり、与阿弥と市を長屋にすまわせ、自分は部屋をもらって京兵衛の女になった。いや、させられたといったほうがよい。

二年すぎた。

六

その春、広島城下にひとりの乞食があらわれた。風変りな男で、猿楽町の西にある相生橋《あいおい》のたもとに高札をたて、その根もとに終日ねころんでいるのである。

高札には、

「この首進上」

とあった。

ただし、やみくもには渡さない。槍で勝負しもし敗ければ、という条件がついている。

男は、いつも長槍《ちょうそう》を掻き抱いて寝ころんでいた。たいていは高いびきをかいている。

一見、関ケ原牢人《ろうにん》であることがわかる。世がかわって窮迫《きゅうはく》し、ついに仕官の口もないまま、こういう奇策《きさく》に出たものだ。

物好きな大名があれば、

「この男、おもしろし」

といって買ってくれぬでもない。そのかわりしくじれば、命がなくなるのだ。

——が、福島家の家中の者は、

「武士も食いつめれば、ああもなるものか」

とあざわらって、たれも相手にしない。

というより、家中の士にとっては、こういうえたいの知れぬ乞食牢人と仕合をしてもし負ければ、主家の武名を傷つけたということで、切腹、改易《かいえき》はまぬがれない。

「狂人には、相手にならぬことだ」

という気持が、たれの胸にもあって、そのためこの槍乞食は、来る日も来る日も客がなかった。
そのウワサを耳にしたのは、福島正則である。家老尾関石見をよび、
「なんとその乞食が仕合をいどんでおるというのに、わが家中で応ずる者がないとい
うのは、臆《おく》れたりといわれても仕方がない。他家への聞えにもはばかりある。たれ
ぞ、人をえらんで仕合をさせい」
「はっ」
と退出したが、石見の肚はきまっていた。
(相手は、どうせうしなう禄《ろく》も名もなき食いつめ者じゃ。仕合をすれば、死にものぐ
るいになって、当方に怪我人も出、恥かきも出る。取り籠めて押し斬るにしかず)
ひそかに尾花京兵衛をよび、
「おぬしは槍の上手じゃ。わしの家来の槍組の足軽十人をつけるゆえ、夜陰にまぎ
れ、人知れずにあの乞食を討ちとり、死体は川に流してもらいたい」
「かしこまって候」
と京兵衛が家来をやって乞食の様子をさぐらせたところ、その者は日没になると橋
の下の小屋にもどるという。
当日、朝から雨がふった。

夕刻になって、屋敷の庭に蓑《みの》をきた足軽衆があつまりはじめたのをおなんがみて、京兵衛に、

「なにごとがはじまるのでございます」

「そちも来るがよい。おもしろいものがみられるぞ」

と、乞食の一件を話した。京兵衛にすれば自分の武勇をおなんに誇りたかったのであろう。

日暮れとともに一団は出発した。

おなんは笠をかぶり蓑を着、与阿弥に提灯《ちょうちん》をもたせて、あとから従った。

「おなん様、足もとがあぶのうおじゃる」

「なに、大事はない」

おなんは、すそをたくしあげ、素足になって歩いた。

「与阿弥、こうして夜道を歩いていると、国から国へと旅をかさねたむかしがなつかしゅうおもわれるなあ」

「左様」

「やはり、一つ所に住みつけば、血が鬱《うつ》してならぬ。また旅に出ましょうか」

「お屋敷を逃げるのでおじゃるな」

「人聞きのわるい。出雲巫女は、旅の空の下がすみ家じゃ。もとのすみ家にもどるだけのことではありませぬか」

やがて、橋のたもとまできた。

七

京兵衛は、足軽を二隊にわけ、一隊は川上から、一隊は川下から、乞食小屋をハサミ討ちするように部署をきめた。闇夜のうえに、雨である。川は瀬音がきこえるだけで見えもしない。

京兵衛は、大将だから堤の上にいた。家来二人を左右にしゃがませ、それぞれに龕《がん》灯《どう》をもたせ、灯を入れさせた。

「照らせ」

と乞食小屋のほうを指さした。

それを合図に、二隊の足軽衆が槍の穂先きをそろえて、どっと小屋に殺到した。

小屋から乞食がおどり出たとき、龕灯の灯がその姿を浮きださせた。

「卑怯者、推参《すいさん》――」

と光の輪のなかで怒号し、ひらりひらりと体を左右にかわしつつ、またたくまに足軽ふたりをたたき伏せて川へ投げこんだ。みごとな早業である。

「名を名乗れ」

乞食はいった。戦場さびのきいた、ほれぼれするほどの声である。

「名乗らぬ所をみると、福島家の家中とみたぞ。十人がかりで乞食一人を闇討ちするのが、左衛門大夫どのの家風と心得てよいか。天下に吹聴してもかまわぬかよ。物頭はいずれにある」

足軽たちはすくんでしまって動かない。そのふがいなさに京兵衛は堤の上で地だんだを踏み、

「かかれ、かからぬか」

「おう、そこに物頭どのはいたのか」

乞食は足軽の群に突き入るや、やにわに槍をたて、ひらりと堤のうえに飛びあがった。

その影へ、京兵衛は、体ごと突進して一筋に槍を入れた。

「おっ」

乞食はあやうく身をかわしてよろめき、その崩れへさらに京兵衛の槍が入った。

乞食は機敏《きびん》に逃げた。とみせて、京兵衛の家来の顔を槍でなぐりつけ、龕灯をうばいとって京兵衛を照らした。

そのとき、乞食はあっと叫んだ。

「その顔に覚えあり、過ぐる関ケ原で槍をあわせた尾花京兵衛ではないか」

「というおのれは」

「もとの宇喜多中納言様の家来稲目左馬蔵じゃよ」

（ああ）

とおどろいたのは、京兵衛よりもおなんのほうであった。

「おなん様」

と与阿弥が腰をつかんだ。おなんが左馬蔵にむかって馳けだそうとしたからだ。

一方、尾花京兵衛は、左馬蔵に顔をみられてよほど都合がわるいことがあるらしく、しゃにむに突いてきた。

その勢いに、さすがの左馬蔵も煽《あお》られるようにして一歩一歩のけぞっていったが、いつのまにか背後に忍びよったふたりの足軽が、

「やっ」

とたけだけしく槍をつきだした。その拍子に左馬蔵は横ざまにころび、堤から落

ち、さらに川にとびこんでしまった。

「与阿弥」

とおなんは、老人の肩をつかみ、吹きちぎれるような声で、

「流される。どこまでもついて行ってたすけてあげてください」

与阿弥はだまって闇に消えた。やがて小さな水音がきこえたのは、与阿弥も左馬蔵を追って川にとびこんだのだろう。

その夜もその翌日も、与阿弥はもどらなかった。

尾花京兵衛は、翌夜、おなんの部屋で寝た。部屋に入ってきたときから心痛なことがあるらしく、青い顔をしていた。

「ご心配事があるのでございますか」

むろん、乞食を討ちもらしたしくじりを気にしているのだとはおなんにも察しがつく。

「なんでもないわ」

といったが、眼があらぬ宙にすわっておなんでさえ気味がわるかった。

その夜、京兵衛はおなんを狂気したように抱擁した。京兵衛はおなんの体によって気を紛らわせようとしているのだ。

（いやだ、この男。――）

おなんは抱かれながら旅の空をおもい、稲目左馬蔵のことをおもった。

朝、目がさめると京兵衛の寝床はすでにからになっていた。

毎日、日暮れまで編笠をかぶって町を歩いているのである。むろん、稲目左馬蔵をさがしだして討つためだ。

翌々日、与阿弥がそっと帰ってきた。

「どうでした」

「さいわい、橋より半丁ばかり川下の葦《あし》の中で倒れておられた稲目様をみつけました」

「おけがは？」

「右のももに槍傷をうけておられましたが、さしたることもおじゃりませぬ。さっそく旅籠にお連れ申して外科に手当てさせました。まだ旅籠に御逗留中でおじゃります」

「おなんは、会いにまいります」

「それは――」

と制止しかけたが、おなんはすでにくるくると身を動かして支度をはじめていた。

「市はおりますか」

「呼びに行ってまいりましょう」

「与阿弥、市にもそう申しなさい。このまま逃げるのじゃ。早う支度をしや」

三人が、そっと屋敷の裏口から出たのは、まだ午後の陽も高いころである。

旅籠は、京橋川の東岸にあり、田島屋治郎八といった。

おなんが軒さきで待ち、与阿弥が入っていったが、やがて顔色をかえて出てきた。

「もうお発ちなされたそうでおじゃるぞ。たったいま、編笠のお武家様が訪ねて来られ、連れだって出られたそうじゃ」

「どこへ」

「方角はきいた。さがしにゆこう」

与阿弥は、いそぎ足でさきに立ち、市はすでに駈けだしていた。擦れちがう人をつかまえては、

「深編笠のお武家と、背の高いご牢人ふうの殿をみかけませなんだか」

ときくのである。

やがて京橋川を越え、比治山《ひじやま》の裏側までまわったとき、ついにみつけた。山を背負う草原で、ふたりの男は黙然《もくねん》とすわっていた。

おなんが駈けだしたとき、左馬蔵ははっと立ちあがった。

「稲目様」

「おう、そちはおなんではないか」

すでに左馬蔵はその後のはなしを与阿弥からきいているからさして驚かなかったが、懐かしさにたえられないような弾んだ眼を見ひらいた。

が、京兵衛は、そういういきさつを知らないから、不快そうに、

「おなん、これはどうしたことじゃ」

「申しあげます」

と、おなんは、関ケ原前夜の牧口村での一切をうちあけた。

「それゆえ、ここでお二方と同時にお目にかかれるのはおなんにとって奇遇《きぐう》でございます。稲目様、あのときのご武運はいかがでございましたろう」

「武運か。せっかくおなんが縁起をつけてくれたが、ごらんのとおりの風体《ふうてい》ゆえ、よかったとは申せまい。武運はどうやらここにいる尾花京兵衛におれのぶんまで食われてしもうた。そのうえ、運のモトであるおなんまでとられてしもうたとあっては、詮《せん》もない」

とあかるく笑った。

「なぜ、こちら様と稲目様は、お見知りの仲だったのでございましょう」

「そのことか」

左馬蔵は、いいたくないらしく、急ににがい顔をした。その瞬間京兵衛は編笠をぬぎすて、刀の下げ緒を解いてタスキにし、

「稲目、勝負をつけよう。早う支度をせよ」

「待て。いったん打ちあえば、命はどうなるかわからぬ。おなんはわれわれにとって浅からぬ結縁《けちえん》のぬしじゃ。果たしあいの仔細を物語っておくのも悪しゅうはあるまい」

左馬蔵の語るところでは、関ケ原で小早川秀秋が裏切って西軍の全戦線がくずれたとき、左馬蔵は馬の鞍《くら》つぼに首を二つくくりつけて敵の福島隊の真只中に駈け入っていたが、やがて小早川隊だけでなく、脇坂安治、朽木元綱、小川祐忠、赤座直保の諸隊まで東軍に寝返ったことが明らかになるや、

「やんぬるかな」

と馬頭をめぐらして周囲をみた。すでに自軍の数はすくなくなっている。

そのあとも四半刻ばかり戦場をかけてみたが、大将宇喜多秀家の馬ジルシがすでに視野にないことを知った。

（殿も落ちられたか）

もうこれ以上の稼ぎは無駄と知って、鞍つぼの首を捨て、戦場を離脱《りだつ》するために敵《てき》影《えい》のすくない北国街道にむかって馬を駈けさせた。

尾花京兵衛が馬をあおって追ってきたのはそのときである。

「返せ。逃げるはきたなし」

（うるさいな）

とおもったが、馬をとめて待った。この敵を討ったところで、恩賞をくれるべき味方の本陣は崩れ去っている。

尾花が名乗りあげた。やむなく左馬蔵も名乗りをあげて槍をあわせ、激闘《げきとう》のすえ、組みあってともに落馬した。

左馬蔵は、上になった。

すばやく鎧通《よろいどお》しを抜いて尾花の首を掻き切ろうとしたが、

「やめた」

といった。

「おぬしの首をとったところで、落ちてゆくわれらには用がない。わしは逃げるぞ」

いきなり、とびのき、付近をさまよっていた馬をつかみよせて一散に逃げた。

「そういう縁であったのよ」

と、左馬蔵は、自嘲《じちょう》ともつかぬ笑顔でおなんに笑いかけた。左馬蔵は、自分の武運をぜんぶ尾花京兵衛に呉《く》れてやって逃げたようなものである。

おなんはうなずき、

「よくわかりました。すると、稲目様はこちら様の」

と尾花京兵衛を指さし、

「お命をおたすけして差しあげられたのに、なぜいまさら果たしあいをなさらねばならないのでしょう」

「よくわからぬ。尾花京兵衛どのは、戦場で敵に命をたすけられたことが家中に知れるのを怖れているのであろう。過ぎたことをわやくもないことじゃ。それとも、京兵衛どのはそなたから貰うた武運を独り占めしてもあきたらず、おれの命までとろうというつもりであろうか」

そのとき、左馬蔵の前に影が走り、白刃がきらめいた。

影が、空中で体をはね、どうと落ち、やがて折れくずれた。尾花京兵衛である。右腕のつけ根から、血がふき流れはじめた。

「命には、障《さわ》りあるまい」

左馬蔵はゆっくりと刀をぬぐい、

「手当してやれ」

と西にむかって歩きはじめた。

「あっ、お待ちくださりませ」

とおなんは追おうとしたが、左馬蔵はふとふりむき、舌を出した。悲しいほど、ひょうきんな顔だった。

「追うな。おなん、おれには武運がなかったぞ」

肩をそびやかして歩きはじめた。その後ろ姿にはどことなく、貧乏神のような滑稽《こっけい》な威厳《いげん》があって、おなんに声をかけさせることも憚《はばか》らせた。

いつのまにか、午後の空が暗くなりはじめている。

風がおこった。

雨が落ちた。ひとしずくが、おなんの掌のうちに落ち、そのつめたさにおなんははっとわれにかえった。

気づいたときは、左馬蔵の姿はみえなくなっていた。

一夜官女

一

村のひがしには、葦《あし》が多い。

枯れた葦のなかを中津川が流れている。満潮のときには、葦の原をひたして川が逆流し、あたり一面に海のにおいがみちる。葦のなにわの津とはよくいったものだ、と小若はおもった。小若は東のほうをみた。二里ばかりむこうの台地に、大坂城の天守《てんしゅ》閣《かく》が夕雲を背にして紫に浮きあがってみえた。

村を摂津《せっつ》野里村という。もっともその名を小若が知ったのは、二日前のことだ。供の弥兵衛《やへえ》老人が旅に病んだために、村にただ一軒しかない旅籠《はたご》の油屋治郎八方に足をとめて二日目になるが、この夕景がひどく気に入っていた。

（旅にいるせいかしら）

そうかもしれない。

街道のむこうに、森がある。

森に夕もやが立っていた。この村の鎮守《ちんじゅ》である「すみよし明神《みょうじん》」の森である。

その建物さえも小若には異風にみえるのである。もっとも住吉《すみよし》明神の信仰《しんこう》は摂津にかぎられたものだ。紀州の山里の郷士の家にうまれた小若の眼には鳥居の形までがめずらしい。

「御寮人《ごりようにん》さま。左様に障子をおあけなされていると、お風邪を召しまするぞ」

隣室からふすま越しに、供の弥兵衛老人が声をかけた。

陽が落ちたのか、急にあたりが暗くなり、風がつめたくなった。

「ほんと。なんだか、背筋まで冷えてきたような」

小若は、二階の障子をしめようとして、ふと手をとめた。眼の下の街道にひとりの男をみとめたのである。

男は、編笠《あみがさ》をかぶって顔はわからなかったが、ひと目みて、目をそばだたせるほどのずばぬけた体格をもっていた。

旅の武芸者ふうの男で、両刀を腰にしていなければ、野伏《のぶせ》りとまちがわれるようなひどい風体だった。二月というのにすりきれた単衣に色あせた袖無し羽織をはおり、茶染めの革バカマをはいている。

(まあ)

小若は、つつしみぶかい女だが、好奇心が人なみはずれて強い。

(どのようなお人であろう。このやどにおとまりなされるのか)

武芸者は、旅籠の軒先まできて、ふと編笠をあげ、二階の小若をみた。

小若は、あやうく声をあげるところだった。

それほど男の視線はつよかった。食い入るように小若を見つめ、しかも表情を動かさない。小若は、このように魅力にとんだ男の顔をみたのは、はじめてだった。

「――――」

あわてて、障子をしめた。手の指さきまで動悸《どうき》がつたわるほどに小若はとりみだしていた。

小若は隣室へゆき、弥兵衛老人の枕もとにすわった。まだ、動悸が打っている。

「どうなされました」

病人は、敏感だ。小若は、さあらぬていで、

「お熱は？」

ひたいに手を触れてやった。

「もったいのうございます。道中で病んでしもうたばかりか、御寮人さまに看病などをさせて申しわけござりませぬ。旦那さまが姫路《ひめじ》で首を長くしてお待ちかねでござりましょう。あすには、なんとしても発たねばなりませぬ」

「むりなことです。かゆの二椀もたべられるようになってから発ちましょう。姫路へ

は、飛脚をたてて事情をしらせることにします」

「悲しや」

弥兵衛は、涙をこぼした。律義な老人なのである。

弥兵衛は、姫路城下で有名な医家である下沢了庵《しもざわりょうあん》の用人で、このたびは、了庵の長子閑庵の嫁である小若の旅の供をした。

小若の実家は、紀州橋本在の郷士丹生喜左衛門《にぶきざえもん》方である。先月、紀州から急飛脚がきて、父の喜左衛門の危篤をつたえたので小若はおどろき、その日に姫路を発つほどに道中をいそいだのだが、実家についてみると、父は、すっかり元気になっていた。心配していただけに、病後のやつれもみえぬ父の元気さをみて、かえって腹がたってしまった。

「おとうさまは、うそをおつきあそばしましたな」

父は、だまって微笑している。小若はその顔をみて、病気の一件はうそにきまっている、とおもった。むすめの顔を見たさのたくらみだったにちがいないのである。

「むこ殿は、息災《そくさい》か」

と父はきいたが、小若はだまっていた。息災にはちがいない。

が、小若がこの遠縁にあたる姫路の下沢家に輿入《こしい》れしてくると、むこの閑庵には、独身時代からかこっているめかけがいることを知った。

小若が紀州からつれてきた乳母がかぎつけて教えたのである。しかし小若は、ほこりのつよいたちだったから、とりみださなかった。ただ、そのことを知って以来は、夫の閑庵への愛情が急に冷え、いまでは、寝所に夫が入ってくることさえ、身ぶるいするほどの嫌悪《けんお》をおぼえるようになっていた。

「仲がよいか」

と父がきいた。小若は、ただうなずいた。それだけで、父は他愛《たあい》もなくよろこんだ。

数日実家に滞留して、小若は姫路へむかって発った。

途中とまりを重ねながら紀州街道を北上し、いったん大坂に出て、尼崎《あまがさき》への道をとった。

大坂から播州姫路へゆくには、まず尼崎に出ねばならない。尼崎への道は、大坂の天神橋から十三《じゅうそう》へ出、神崎村へまわってから尼崎へ入るのが本街道だが、弥兵衛老人が、

「早道をつかまつりましょう」

といって、大坂の西郊にある上福島村から海老江村、竜池の沼沢地《しょうたくち》を通って中津川

の川下をわたり、野里村、大和田村、尼崎という脇街道をとった。

ところが、中津川の渡し船に乗ったころから弥兵衛の顔が土色になった。大坂の旅籠でたべた「かますご」がわるかったらしい。川へ吐いたが、あわせて熱も出、船が対岸についたころには、腰があがらなくなっていた。

やむなく小若は弥兵衛の体を船頭にかついでもらって、対岸の野里村へゆき、旅籠油屋で手当てしたのだが、病いは意外に重く、けさも、一椀のおも湯をたべるのがやっとだった。

「弥兵衛、気がねをすることはありませぬ。小若は、この村が気に入っているのです。女の身で、家をそとにして旅に出るなどは、一生ないといってもいいことですもの。体がすっかりよくなるまで、ここで逗留《とうりゆう》していましょう」

「おやさしいお言葉を」

弥兵衛は、病んで気がよわくなっている。すぐ涙をにじませるのである。

小若は、その涙をみて、胸が痛くなった。べつに弥兵衛をいたわってのことではなかったからだ。

本心は、姫路に帰りたくなかった。一日でも長く、自由な旅の空にいたいのである。

二

小若が見た例の旅の武芸者ふうの男は、彼女が二階の障子をしめたあと、すぐ旅籠の土間に数歩踏みこんできた。小女に、

「たらいはあるか」

「ある」

と小女は、土間の片すみを指さした。

牢人《ろうにん》は、足をあらい、小女から新しいワラジをもらってはきかえると、

「とまるのではない。あとからわしを追って来る者があれば、左様な者は見かけなんだといえ」

そういい捨てたまま、ワラジ代もおかずに土間を通って裏口へぬけようとした。小女があとを追うと、ふりかえって小女の眼をのぞきこみ、

「なんぞ用か」

ニヤリとわらった。小女が、思わずからだのうちが熱くなったほどのふしぎな微笑だった。

「あの。——」

というと、男の手が、小女の尻をなで、

「よい肉《しし》おきじゃの。きっと、村の若衆どもに騒がれているのであろう」

小女はその手からのがれようとしたが、からだが、硬直したように動かない。さきほどの小若のばあいもそうであったように、男には、そういう魅力があるようだ。

「いま申したこと、頼《たの》うだぞ」

行こうとする男の手を、小女は必死の様子でとらえた。一度つばをのみこみ、かすれ声で、

「汝《ぬし》は、よいおひとじゃな」

「よいかどうかは知らぬ。ほめてくれた礼に小銭の幾枚か呉れてやりたいが、あいにく、びた銭ももたぬわな」

「もうし」

と声をかけたときは、牢人は足早やに去り、夕闇が濃くなっている竹やぶのむこう道に消えた。

そのあとすぐ、旅籠へ入ってきた平服の武士三人が、小女に、さきほどの男の人相《にんそう》骨柄《こつがら》をいい、小声で、

「その者、ここにとまっているであろう。たしかにこの旅籠に入るのを村の者が見かけている」

小女は知らぬ、といい、

「うそはつかぬ」

と、あとじさりした。

「この顔色は、居る、という色じゃ。家《や》さがししてみよう」

一人が二階へあがり、小若の部屋のふすまを、カラリとあけた。

小若は、はっとした。さきほどから、あの旅の武芸者を思いだしていたために、ふとその男が訪ねてきたか、と思ったのである。が、すぐ、冷静になった。そのはずがなかった。この男は似ても似つかない小男だった。

「なんのご用でございましょう」

「これは」

相手は絶句し、

「人ちがいでござった。じつはこの宿に逃げこんだ牢人がおり、旅籠のゆるしをえて部屋あらためをしていたのでござる」

「お役人様でございますか」

このあたりは、大坂城に在城する豊臣右大臣家《うだいじんけ》（秀頼）の所領である。城下の船場《せんば》あたりで盗賊を働いた者が、西国筋へ逃げるときに、この村を通ることが多いのであろう。

「ではない。大坂天満《てんま》で道場をひらく天流の桜井忠大夫《さくらいちゆうだゆう》どのの門人でござる。道場に不都合を働いた牢人を追うて、当村まできたが姿を見失うてしもうた」

「そのご牢人様の」

「おおその牢人の？」

「お名前はなんとおおせられます」

「小早川家牢人岩見重太郎《いわみじゆうたろう》と申す者じゃ。さてはそれらしき者をお見かけなされたのじゃな」

「見かけませぬ」

あの編笠の武士にちがいない。

（岩見重太郎、きいたことがある）

あとで、となりの病室へ入って弥兵衛老人にその旨をいうと、

「はて、岩見重太郎」

老人もくびをひねり、

「そのお名前のお人ならば、先年、丹後《たんご》の天《あま》ノ橋立《はしだて》にて仇討の助太刀をし、大井八左衛門以下手だれの兵法者《ひょうほう》を何人も討ちとった高名のご牢人ではありませぬか。しかしながら、それほどの高名のかたが、いかにご牢人とはいえ、いまどきこの野里村の街道を左様な風体をして歩いていようとは思えませぬ。おそらく別人でございましょう。――もっとも」

弥兵衛はくびをひねり、

「それほどの岩見重太郎という方が、天ノ橋立で名をあげてこのかた、諸国を旅歴《りょれき》なされているのか、諸大名があらそって召しかかえようとなされても、行方も知れぬというわさでございます。あるいは、いまいうそのお方が、岩見重太郎様かもしれませぬな」

「弥兵衛は、物知りじゃな」

「これでも、以前は武家奉公しておりましたゆえ、武張《ぶば》ったうわさには、ついきき耳をたてて覚えておりまする。はて、世の中には名を騙《かた》る者が多いゆえ、それがはたして岩見重太郎やら、にせものやら」

「わかりませぬな」

「わかりませぬわ」

「しかし、もし真実、あのご牢人が岩見重太郎様なら、弥兵衛はどうします」

「御寮人さま」

弥兵衛は、心配そうに首をもたげて、

「さすがにお武家の家にお育ちなされただけに、御寮人さまは、武張ったはなしがお好きじゃ。しかし、どうやらフスマ越しに話をきくと、なにやらもめごとがある様子。たとえその岩見重太郎と申すお人がこの旅籠に投宿なさるとしても、ゆめ、ご介入なされますするな。武家はこわいものじゃ。刃物三昧《ざんまい》にまきこまれて、お怪我をなされては、この弥兵衛が、旦那さまに申しわけがたちませぬ」

「弥兵衛はあいかわらず取り越し苦労な」

小若はわらった。

「おなごの身で、武芸者どものけんかにかかわるはずがありませぬ。思うてもこわいことじゃ」

そのくせ、小若のよく光る眼から、好奇心が消えていない。

三

その夜、小若の部屋を三人の男がたずねてきた。

案内役は、旅籠の亭主の油屋治郎八である。それに、野里村の村役人をしている年寄の雑魚屋《ざこや》十右衛門と、鎮守の住吉明神の当屋《とうや》をしている舟大工の五兵衛のふたりで、部屋の前の廊下にわらわらとすわり、

「もうし、ひめごりょうにんさま」

と治郎八が、障子ごしに声をかけた。

このやどの亭主は、小若がとまった最初の日から、小若のことを「ごりょうにん」とはよばず、この男だけの独りのみこみで、

「ひめごりょうにん」

とよんでいる。小若は宿帳に、播州姫路の医家下沢閑庵の内儀《ないぎ》と書いているのだが、世間ではむすめが旅に出るとき、道中旅籠の者にあなどられないために、人妻と称することが多い。治郎八は、小若の娘々したわかさをみて、きっとそのでんだと思いこんでいるのだろう。処女とおもわれてわるい気はしないから、小若もそのままに

聞きすてている。

小若は立ちあがって障子をあけ、三人を請《しょう》じ入れた。

「なんのご用でしょう」

小若は緊張していた。さきほどの牢人の一件だとおもったのだ。が、舟大工の五兵衛はおずおずと、「あすは、宵宮《よみや》でござりまする」といった。

「わたくしめが、ことしは、明神さまの当屋を相つとめまする」

「当屋とわたくしとが、どんな関係があるのでしょう」

期待がはずれてがっかりした。

当屋とは、神事の当番ということで、古いやしろではたいてい、祭礼には、一年交替で宮座《みやざ》（氏子総代《うじこそうだい》）からえらばれた当屋が雑務をつとめる。

「へい、その明神さまの」

と田舎のことだから、話がはかどらない。

小若はいらいらして、

「明神さまとは、あの森のお社《やしろ》ですね」

「いかにも左様で」

年寄の雑魚屋十右衛門がひざをにじらせ、

「その宵宮の祭礼が、あす二十日の夜中にとりおこなわれまする。つきましては、当夜、ひめごりょうにんさまに、犠牲《にえ》になっていただくわけには参りませぬか」

「犠牲？」

小若は、青くなった。

むかしの人身御供《ひとみごくう》のならわしが、この土地にはまだのこっているらしい。神に鮮魚野菜をささげるだけでなく、女を捧げる。小若は、そういう遺習が、紀州淡島の明神にものこっているときいていたが、淡島では、そういう人身御供を、

「一夜上﨟《いちやじょうろう》」

といい、すでに形式化していた。十歳から十五歳ぐらいまでの少女七人を神にあたえるのだ。与えるといっても、神前に荒ごもを敷き、終夜神前ですわらせるだけのこととときいていた。

「淡島さまとおなじですね」

「いえ、この住吉さまは、すこしちがいます」

「どういうことをするのです」

「この摂州野里村では、左様な犠牲を一夜官女《いちやかんじょ》と申し、ひとりで神殿の裏のお籠り堂にて夜をすごしていただきまする」

「ただ、それだけですか」

多少の失望がなくもない。

「だとすれば、なにもわたくしを選ばなくても、この野里村には、よい娘御がたくさんおられるではありませぬか」

「土地のおんなでは、なりませぬ」

と当屋の舟大工が話をひきとった。

「ほかの土地から村にきた旅のお女中を犠牲《にえ》にいたしまする。去年《まえのとし》には、この村に滞留するお女中がないゆえ、通りすがりのおなご衆を村の者が寄ってたかってうばい」

「うばった？」

穏やかではない。

「はい。とはもうせ、内実はおねがい申して、明神にささげたのでございまする。しかしながら、ことしは、幸《さき》のよいことに、まるで勢至《せいし》観世音のご化身のようなごりょうにんさまがこの旅籠にご滞留ゆえぜひともと、おねがいに参じたしだいでござります
る」

「だけど」

小若はくびをひねり、赤くなった。

「わたくしは、処女《むすめ》ではありませぬ。紀州淡島などでは、生娘《きむすめ》がよいと申します」

「淡島なら知らず」

舟大工が、不遠慮に顔を近づけてきた。この男だけは酒をのんでいるらしい。

「摂州野里では、おとこをお知りなされたお女中でもよいことになっておりまする。一夜官女とはもうせ、ただおこもり堂にて御寝《ぎよし》あそばすだけのことでよろしいのでござりまする。――しかしながら、おい」

と舟大工は、油屋に眼くばせした。油屋がうなずき、話をひきとって、

「……月のお障《さわ》りがありますれば」

「ばかね」

みなまでいわせず、小若は油屋をにらみすえた。顔がいっそう赤くなっている。

「左様なものは、いまありませぬ」

そう答えてしまったことが、この役目をひきうけたこととおなじことになった。三人の村の者はよろこび、

「重畳《ちようじよう》でござりました。ことしは、かようなうつくしいお犠牲さまにありつき、きっと、五穀は豊穣《ほうじよう》で、川の漁、海の漁もゆたかでございましょう」

――物好きな。

と、あとで弥兵衛老人がおこった。

——旅の者を一夜官女にするというはなしをわしはほかでもきいたことがある。聞けば、あとでおさがりと称し、村の若者が犠牲を犯すということでございまするぞ。

「まさか」

小若は、相手にしない。

「弥兵衛、この野里は、中津川をひとつ越えれば大坂の殷賑《いんしん》の地ではありませぬか。摂河泉《せつかせん》七十万石の豊臣右大臣家のおひざもとで、そのようなことがあろうはずがありませぬ。それに、弥兵衛がこの村にきてから足腰が立たず、わたくしともども、滞留したというのは、野里のうぶすな神の神意でありましょう」

——ごりょうにんさま。あなた様のわるいおくせでございます。ご自分のお物好きを、弥兵衛のせいになさることはございませぬ。ご自分がお好きでなさることゆえ、あとで旦那さまからしかられても弥兵衛は知りませぬぞ。

「よいとも」

小若は、はしたないほどに噪《はしや》いだ声をだした。

四

一夜官女の支度をする家を、この里では、おやど、という。ことしのおやどは、村年寄の雑魚屋十右衛門の家で、百姓屋敷ながら、小さな長屋門もあるりっぱな家だった。

小若はその翌日、その十右衛門方にうつり奥の一室をあたえられた。金屏風《びょうぶ》がめぐらされ、火桶をいくつも入れて部屋ぬくめがされており、小若の身のまわりは、七人の「けらい」と称する少女がうけもっていた。

けらいは、村の未通女《おぼこ》からえらばれる。クジで七人をきめ、小若に臣従するのである。服装は宮巫女《みやみこ》とおなじで、頭に金冠をつけ、白の小袖に緋のはかまをはいている。

「わたくしは萩と申しまする。追い使うてくだされますように」

と、年がしらの少女があいさつした。七人の名は、萩、楓、ききょう、きく、おみなえし、うめ、まつ、といずれも植物にちなんでつけてある。

やがて夜になった。

「お装束《しようぞく》をつかまつりましょう」

と萩が小若の髪をすいて垂れ髪にし、白絹の下着を三枚かさね、その上に白綾の小袖を二枚着せ、上の小袖は肩ぬぎにして腰のあたりに巻き、いわゆる腰巻姿となった。御所の上﨟《じようろう》というより、大名の奥方といったすがたである。

小若は、着せかえ人形のようにされるままになっていたが、ただ、少女がおはぐろの鉢をもってきたときだけはこばんだ。

「それだけは、いやです」

姫路の風習では、女は嫁いでも歯を染めない。白歯のままで旅に出た小若が歯を染めて姫路にかえれば、それこそ夫の閑庵は叱るだろう。

やがて小若は文字どおり上﨟すがたになり、金屛風の前にすわっていると、この村の二十四人の宮座の者が、いちいち拝謁《はいえつ》にきた。

控えの部屋まで進み出て、平伏する。小若は、教えられたとおり、ひとりひとり名前をよんで、声をかけてやるのだ。たとえば、

「橋ノ下の与左衛門であるか」

というと、

「へへえっ」

とひたいをタタミにこすりつける。なかにはありがたさに涙をこぼしている者もあった。自分たちが作った仮りの貴人に声をかけられて感泣しているのである。

おかしな村だとは思ったが、小若自身は、わるい気持はしなかった。大坂城にいる秀頼様の御生母とは、毎日こういう暮らしをしているのであろうとおもったりした。

それが済むと、小若はけらいの萩に、

「このつぎは、なにをするのです」

「戌《いぬ》の刻（午後八時）にこのおやどを発って明神さまにまいります」

「いよいよですね」

「いよいよでございます。でも、境内に入りますと、もうお言葉をおつかいあそばしてはなりませぬ」

その刻限になった。

小若は輿《こし》に乗せられ、そのまわりをけらいがとりまき、二十四人の宮座に供奉《ぐぶ》されて村のなかを一巡して、明神の境内に入った。

小若は、社前の荒ごもにすわり、その背後にけらいがならんだ。小若たちのまわりには、おびただしく庭燎《にわび》が焚かれた。その火の群れのなかにすわっていると、ふしぎなもので、神の犠牲にあげられるというただならぬ気持になってゆく。

もっとも、犠牲は小若だけではなかった。神の食物もある。神饌《しんせん》という。夏越膳と名づけられる白木の膳に、コイ、フナ、ナマズの生魚が入れられ、さらに、串柿、水菜の芥子《からし》よごし、アズキの煮物、小餅が盛りあげられ、そのほか、酒、鏡餅、雑多な野菜がつぎつぎとそなえられてゆく。

やがて、ひなびた神楽《かぐら》が奏され、祝詞《のりと》があげられ、神事は半刻ほどでおわった。神事がおわると、すぐ庭燎が消された。

境内は浄闇になった。

萩が、無言で小若の手をとった。

「立て」

というのである。

萩に手をひかれて、社殿の背後にまわった。途中、木の根につまずき、あやうくころぶところだった。

「ここでございます」

こもり堂というのは、かやぶきの簡素な建物で、萩が観音とびらをひらいた。なかは、ぬりつぶしたような闇である。

「では、官女さま」

と萩は一礼し、

「よろしゅうございますか。なかに臥床《ふしど》が敷かれております。あけがたには当屋の者がお迎えにまいりますゆえ、それまでゆるりとおやすみなされますように」

五

萩が去ってから四半刻ほどのあいだ、小若は闇のなかで眼をひらいていた。

臥床は田舎にしては練絹の手ざわりのある豪しゃなもので、荒ごもの上に敷かれており、まくらが二つ用意されていた。ひとつは、明神のものなのだろう。

(おかしな気持)

小若は、ふしどの中でふたつのももをあわせては、ひらいていた。神事をしているというより、ひどくみだらな感じだった。閨《ねや》でひそかに不義の相手を待つようなひそやかな血の高ぶりが小若のからだをひたした。相手は神とはいえ、冥々《めいめい》のうちに小若のからだをかきいだき、犠牲として媾合《まぐわい》する。これは不義ではないか。

そのとき、不意に部屋のすみで、人の動くけはいがした。小若は、とびおきた。

「どなたでございます?」

まさか、明神ではあるまい。さすがに心《しん》ノ臓《ぞう》がとまるような気がした。

「どなたかそこにいらっしゃいますね。どなたです」

「明神さ」

さびた低い声だった。小若は眼を一ぱいにひらいて闇をみようとしたが、なにも見えなかった。男は、板敷の上に寝ころんでいるらしい。

「明神さまですか」

小若は、懸命に落ちつこうとした。なんとなく安堵《あんど》する気持もあった。相手が近づいて来ようとする気配がなかったからである。声の様子では、悪い料簡の者ではないらしかった。

「なぜ、ここにいらっしゃるのです」

「明神だからよ」

ねむそうな声でくりかえした。その声が、小若をさらに安堵させた。もともと好奇心のつよいたちだから、冗談をいうゆとりもできた。

「明神さまならば、お姿をみせてくださいませぬか」

「面倒なことを申すな」

寝返りをうったらしい。

「神には姿がない。姿を顕示《けんじ》すれば、雷鳴がたちどころにおこって、お前のからだなどはつん裂かれてしまう」

「まあ」

小若は、はじめて笑った。

「住吉明神さまのおことばと申すのは、芸州なまりなのでございますね」

「そうだ」

「なぜでございましょう」

「芸州でしばらく暮らしていたからな。それよりもねむい。せっかくねむっていた所を、お前が入ってきて起こされた。しばらくだまっていてくれぬか」

「明神さまでも、おねむいのかしら」

「人間とおなじことだ」

「でも、今夜は、明神さまのおまつりの日ではありませぬか」

「そうらしいな。村の様子をみてわかった」

「のんきな明神さま。せっかく、お供物《くもつ》や犠牲をささげておりますのに」

「お前が、にえかね。しかし、言葉のなまりをきくと、このあたりの者ではないようにおもわれる。それに、生娘でもなさそうな。察するところ」

と相手は起きあがり、石を打って、そばの灯明《とうみよう》に火を点じた。堂内が急に薄明るくなった。

「やはり、そうだったのか」

男がおどろくよりも、小若のほうが、眼を見はった。きのうの夕暮に旅籠の前で編笠をあげたあの牢人である。

「あなたは、岩見重太郎さま」

「いや、明神さ」

相手はまゆをしかめ、すぐ灯を消した。

「ずいぶん、旅よごれた明神さまでございますこと」

「凡下《ぼんげ》の眼には、そうとしかみえまい。明神というものは、いそがしいものだ。諸国の氏子の願《がん》をきいてやらねばならぬゆえ、旅をすることが多い」

「すると、どこかのお武家に追われて明神さまが逃げまわることもあるのでございますか」

「なに」

むっとしたらしい。しかしすぐ低い声にもどった。

「ときにはそういうこともある。世の中には物わかりのわるい人間どもが多い。そういう手合には逃げて身をかくすよりほかに手がないものだ」

「この街道すじには、明神さがしの人数がうろうろと駆けまわっているようですわ」

「そうかね」

相手は、不快そうな声をだした。

「だから、ここにいる」

「明神さま」

小若は、思いきっていってみた。あとで思いだして自分でも赤くなるほど、小若は大胆になっていた。

「そのような板敷の上にお臥《ふ》せりなさらずとも、ここに、明神さまのおまくらも、おふしどもございますのに」

「そなたは遊女かな」

なるほど、とおもった。遊女になりきってしまえば、小若も気が楽だった。自分でもはしたないと思うほど、あかるい声を出した。

「明神さまに枕席《ちんせき》をすすめる犠牲《にえ》でございますもの。神さまのあそびめ、、、」

「では、頂戴しよう」

「え?」

小若はとまどった。

「なにを頂戴なさるのでございます」

「そなたというにえを、さ」

のそりと立ちあがるけはいがした。さすがに小若は身をひいて逃げようとした。いざとなれば、口ほどの度胸がない。

男は、ふしどをひらき、小若の横に入ってきた。小若の細いからだを抱きよせてから、

「なんじゃ、ふるえているのか」

失望したようにいった。小若は、臆病な自分をいまいましいと思いながら、

「ふるえてなどはいませぬのに」

「口だけは達者なものだ。あわれゆえ、にえは食べずにおいてやろう」

「厭や。お食べなされてくださりませ」

小若は、男の胸に顔をふせた。夫のそれとはまるでちがう厚い胸だった。垢のしみこんだ異様なにおいがして、まゆをしかめた。

(きたない明神さまだこと)

「にえ、寒うはないか」

「明神さまのおからだにおすがりしていますと、あたたこうございます」

相手の手がのびて、小若の腰ひもを解き、下着をくつろげた。やがて下着のそでから小若のかいなが抜け、小若は声をあげた。

「あ、それでは」

男はだまっていた。裸形《らぎょう》にされた。婚家の閨《ねや》では、このようにあつかわれたことがない。小若の胸に、うまれてはじめて味わうみずみずしい期待があった。が、口だけは別のことをいった。

「明神さま。そのように無体《むたい》な」

「にえは、だまっているものだ」

男の手が小若の下腹部に触れたとき、小若は張りつめていた息を、はじめて吐いた。

「ああ」

声が高すぎたらしい。男はおどろいて手をとめ、

「よいのかな」

「どのようにでも」

あえぎながらいった。

「神事でございますもの」

「そなた、あそび女《め》ではないな」

「厭や。ご詮索《せんさく》はご無用なことでございます」

「声がうつくしい。諸処方々に旅をしたが、かようにうつくしい声のおなごに会うたことがない」

「明神さま、もそっと」

小若の声が小さくなった。

「つよう抱いてくださいませ」

「こうか」

男の所作が、あらあらしくなった。小若は骨身《ほねみ》がくだけるかとおもった。

ながい時間がたった。

そのどの瞬間も、小若はあとでおもいだすことができなかった。おそらく、魂が離れて天上に飛び去っていたのだろう。

やがて、男の体がはなれた。息がすこしもみだれていなかった。男は、地上の声にもどった。

「小若、と申したな」

やさしい声だった。小若は、男の右手の指をもてあそびながら、

「岩見重太郎さまでございますね」

男は、だまった。

「天ノ橋立で仇討ちの助太刀をなされて、高名をあげられたほどのお方が、なぜ、あのような追手から逃げかくれなさるのでございます」

「そのことかな」

男はしばらくだまっていたが、やがて、

「殺生《せっしょう》というものは、きりもなく因縁《いんねん》をよぶものらしい。天ノ橋立で斬った相手には、当然のことだが、それぞれ縁族がいた。その何組もの縁族が、こんどはわしを仇《かたき》よばわりしてさがすようになった。先日も、大坂城の大野修理大夫どのの屋敷をたずねての帰り、船場の町を歩いていると、兵法の道場があった。なにげなく通りすぎようとした。ところが道場の武者窓から外をのぞいている者があり、その者と眼が合った。その者は不意に大きな口をあけおった。わしの名をよんだのよ。確かめるまでもなく、これはわしをつけねらう男のひとりに相違ない」

小若は息をのんだ。

「それで、どうなされました」

「逃げたわさ」

と、男は、闇のなかでくすりと笑った。その笑い声に、自分の力に対する強烈な自信が感じられた。小若はこの男の、

「逃げたわさ」

をきいたときにはじめて、いままで多少とも疑っていたことが晴れた。この男は、正真正銘の岩見重太郎にちがいない。

「小若、来《こ》よ」

男のかいなが、もう一度、小若の腰を抱いた。こんどは明神ではなかった。小若は、人間くさい英傑に抱かれることに前にもましてよろこびをおぼえた。もはや明神でなくなった男は、そのせいかひどく好色だった。さまざまなしぐさを小若のからだに加え、小若は、さきとはちがって、その一つ一つのよろこびを生涯わすれまいとして記憶した。

あとは、死んだようにねむった。眼がさめてみると、板戸のすきまから、かすかに朝の陽がさしはじめていた。

（あっ）

とびおきた。裸形《らぎょう》である。あわてて下着に手を通そうとしたとき、ふしどのなかに

すでに男はいなかった。

堂内のどこにもいなかった。小若は膝を折って髪をすきながら、

(夢だったのかしら)

しかし、まざまざと記憶があったし、もの憂い疲れがのこっている。

帯を締めおわったとき、観音とびらのそとで、人の気配がした。当屋《とうや》の五兵衛にちがいなかった。

「五兵衛どのでございますね」

「左様でございます。お迎えに参上しておりまする」

「ただいま、出ます」

いそいで、ふしどのしわをのばした。からだが濡れていることに気づき、小若はひとり赤くなった。

六

旅籠に帰ると、村では事件のうわさでもち切りだった。

野里村の北のはしにある尼崎《あまがさき》街道のそばの松林で、武士が三人殺されているとい

う。

その殺戮《さつりく》の現場を、そのあたりに田のある早出の百姓が見たという。ひとりの男に、三人が一時に斬りかかったが、その男はまるで木の枝を薙《な》ぐような無造作さで、一合も刀をあわせずに、それぞれ真向から梨割りに斬りさげた。あとで検視の役人が死体をみて、斬り口のあざやかさに舌を鳴らしたという。

(あのお人にちがいない)

小若はおもったが、むろん弥兵衛にもいわなかった。

(やはり、岩見重太郎さまだったのだ)

なんとなくそのことを思うと、理由もなく涙がにじんできた。

芝居はおわったのだ。姫路に帰れば、ながい退屈な一生が待っているだろう。小若は、昨夜のことを悔いてはいない。女のつまらない一生で、一日でも劇的な日があれば、その思い出だけで生きていけるのだ、とおもった。

小若は、姫路へ帰った。

もどってみておどろいたことに、夫の閑庵は、町家にかこっていた女を、屋敷のうちに引き入れていた。

「なぜそのようなことをなさるのです」

「例の一件が」

と閑庵はまるでべつなことをいった。

「落着《らくちゃく》した。お城の医官になる」

かねて閑庵は、姫路城主池田侯の典医《てんい》になることをのぞんでいたが、それが首尾よく行ったというのである。典医といえば上士格で、士分として生活するのだ。武士の屋敷は城廓《じょうかく》も同然だから、妾を別の場所にもつことはできない。武家のしきたりどおり、屋敷うちに妾を同居させるというのである。

「武家ふうにいえば、あの者は、この屋敷の奉公人であり、そなたの家来である。左様に思い、可愛いがってつかわすように」

「わかりました」

小若は、つめたくいった。

ふしぎなほど嫉妬というものが湧かなかった。それよりもむしろ、この烏《からす》のような口をもった閑庵という小男が、自分のからだにからみついてくることから、すこしでものがれられることにほっとした。

しかし、小若にとって不快なことは、妾のぶんが懐妊したことだった。男子ならば、小若に嫡子がうまれないかぎり、それが下沢家の相続者となり、小若の老後は、その子に養ってもらわねばならない。

「そちはうまず女《め》じゃな」

閑庵は、小若にいったことがある。妻になって二年にもなるのにそのきざしもないとすれば、そうとしか思いようがない。

「わたくしには、子《こ》は要りませぬ」

と、負けぬ気でいったことがあった。閑庵は小若のそういう気のつよい点を好まなかった。

「子というのは、そなたのためのものではない。当家のものだ。要る要らぬなどとわがままを申すのは、そなたが自分のこと以外に物事を考えておらぬ証拠じゃ」

「そうかもしれませぬ」

「子も生《な》さず、気もつよいというのでは、まるで取る所のないおなごではないか」

姫路に帰ってから閑庵との仲は、日に日につめたくなっていた。

閑庵はあらたに城内に屋敷をもらい、いままでの屋敷には父が住んだ。

城内に移ってから、いままでの町住まいとはつきあう範囲がまるでちがってしまった。お城詰の上士が訪ねてくることが多く、自然、武張ったはなしが屋敷のなかできかれるようになった。

小若は、それらの武士の二三人に、岩見重太郎のことを訊いた。たれもが、その名前を知っていたが、

「はたして、いまどこにいるのか」

と、たれも消息を知らない。

「たしか風説ではあの仁《じん》は、小早川家の家臣某の子だというが、かんじんの小早川家の家臣どもが離散しているゆえ、さだかなことはわかりませぬ」

小早川家とは、関ケ原で西軍に加担していながら戦いなかばで裏切った金吾中納言秀秋が最後の当主だった。関ケ原での裏切りの功により、家康から備前・美作《みまさか》五十万石に封ぜられたが、関ケ原の役から翌々年の慶長七年に二十六歳で没し、嗣子がなかったために家禄を没収され、家臣は諸国に散ってしまっている。

なかには、

「はたして岩見重太郎という者が現存するかどうかもわかりませぬな。天ノ橋立の武功のときも、他の武芸者が、仮りにそう名乗ったのかもしれませぬ」

小若は、ひどく心細くなった。

「あるいは諸国に、あの者の存否があきらかでないまま、われこそは岩見重太郎であるとして詐称している者が何人もいるかもしれませぬな」

（いいえ）

と小若はつよく思った。

（あのおひとが、正銘の岩見重太郎さまにちがいない。でなければ、あれほど武辺なはずがあろうか）

それから一年たった。妾のぶんが分娩《ぶんべん》した子は男子だった。武家のしきたりとして、小若は正夫人としてその子の母になったが、下沢家の現実では、閑庵と妾とその子が中心になり、小若は孤独になった。

閑庵の態度はいよいよ冷たくなり、小若には相談せずに、紀州の実家と話しあいをすすめている様子だったが、慶長十九年の夏、ついに紀州の父の使いの者がきた。小若をひきとりにきたのである。閑庵は、

「小若、しょせんは縁が合わなんだとあきらめてくれるように。存念はあるか」

「ございませぬ」

「これをもて」

去り状を渡された。小若は、むしろはればれとした。好きでもない夫と添いとげるよりも、実家で気ままに世を送るほうがどれほどましかもしれなかった。

途中、摂津野里村を通った。

そのあたりの風景が、まるでふるさとのように懐しかったが、すれちがうどの村人も小若の顔をわすれていた。小若はむしろそのほうが気が楽だった。

上福島村から天満川を渡れば、大坂の地である。

紀州の父は、大坂の船場の旅籠《はたご》に逗留《とうりゆう》して小若を待っているという。

「ごりょうにんさま、急がれませ。おてて親《ご》さまがお待ちでござりまするぞ」

と供の者が馬をさがしてくれたが、荷駄の馬はおろか、どの馬つなぎ場にも、一頭の馬もなかった。

「どうやら、右大臣家では関東とお手切れあそばすげにござりまするそうな。荷駄の馬はすべてお城に買いあげられたと申しまする」

土佐座から、町に入った。町にはあふれるほどの人がいた。

城内に兵糧《ひようろう》を入れる人夫や、路ばたにムシロを敷いて武具を売る者、それを買いもとめる牢人衆など、どの街路も人で身うごきがとれず、わきたつようなにぎやかさだった。

途中、何度も茶店でやすむたびに、供の者はさまざまなうわさをきいてきた。

「なにしろ、諸国の御牢人衆が十万人も入城なされたそうじゃ」

そのなかには、小若でさえ名を知っている高名な牢人が何人かいた。

「後藤又兵衛さまなどは、ながらく京や伊勢で乞食をなされていたが、入城と同時に一手の大将におなりあそばしたそうじゃ」

「そのなかに岩見重太郎さまはいらせられませぬか」

「はて、岩見。聞いておきましょう」

船場本町橋の東にある旅籠丸屋源兵衛方に父はとまっていた。小若を見ると、なにもいわず、

「屋敷の栃の花が美しゅう咲いておるぞ」

といった。また、

「せっかくの旅じゃ。めったに大坂などには来られぬゆえ、数日見物してゆこう」

「でも、このように騒がしい様子では」

「なになに、それも一興じゃ」

郷士ながらも父は武士なのだ。豪毅《ごうき》なところがあって、この戦さ支度のさわぎがすきでならない様子だった。それに町には戦さ景気のために田楽法師《でんがくほうし》や歌舞伎踊りの女、くぐつ師や放下僧《ほうかそう》などの旅芸人がおびただしくあつまっていて、平素よりもおもしろかった。

「気晴らしによいわ」

父は、小若の傷心をどのようにしてなぐさめようかとそのことばかり考えている様子だった。
二、三日逗留するうち、例の供の者がおもわぬことをききこんできた。
「ひとのうわさでは、御譜代《ごふだい》の薄田隼人正兼相《すすきだはやとのしょうかねすけ》さまが、もとは岩見重太郎と名乗られていたと申しまするぞ」

この者の聞きこんだところでは、薄田兼相は、山城国の郷士の出であるという。秀吉の死後、薄田家の縁族が豊臣家につかえ、若狭守に任官するほどの出世をしていた。兼相はながらく牢々の身であったが、二、三年前、その縁によって仕官し、大野治長の与力としていまは侍大将をつとめる身分であるというのである。

「その薄田様が、岩見重太郎なのでございますか」

「ご当人がそう申されるのではなく、まわりの者がうわさを立てたらしゅうございます」

「そのお方にちがいありませぬ」
二、三年前に豊臣家に仕官したとあれば、あのころと時が合う。それに、あのこもり堂で、あの者は、「大野修理どのを訪ねたかえり路」といっていたではないか。仕官のことで訪問していたにちがいない。

「その薄田様に、ひと目お会いしたい」

と小若は、父にせがんだ。

「なぜじゃ」

「わけは問うてくださいますな。小若にとっては、だいじなおひとでございます」

「左様か」

父は事情はきかなかったが、むずかしい顔をした。田舎長者の分際《ぶんざい》では、とうてい会える身分の相手ではない。

「一人、心あたりはある」

御先手組《おさきてぐみ》にいる者が遠い親戚にあたることをおもいだし、その者を通じて運動してみようと思った。

「だいぶ日数がかかることじゃぞ」

といったが、意外にも返事が翌々日にきたのは、やはりその間に立つ者たちに金をずいぶんつかったせいだろう。

その当日、隼人正から迎えの者がきた。

屋敷は、大坂城の二ノ丸のなかにあり、小若は、玉造口《たまつくりぐち》の城門から入った。屋敷に入ると、すぐ書院に通された。ほどなく隼人正兼相が出てきた。

小若は、おもわず立ちあがりかけた。

（このかたに、まぎれもない）

しかし、兼相のほうは、不審そうな顔をして、

「そのほう、予《よ》を存じておるというが、ついぞ覚えぬ顔であるな」

声が、まざまざとあの夜の声だった。小若は顔をあげ、ひざをにじらせて、

「あの夜の一夜官女でござりまする。あなたさまは、明神さまではありませぬか」

兼相の顔色が動いた。

眼が大きく見ひらかれたが、すぐ表情をことさらに消した顔つきになった。

「知らぬ」

「あなた様は、岩見重太郎さまではござりませぬか」

「これ」

兼相は手をあげ、

「世上、そのようにうわさをする者があって迷惑しておる。かつて諸国で岩見重太郎と称し、武辺を誇って人を殺傷する者があったときくが、予は左様な者ではない。しかし人違いとはいえせっかく訪《おとの》うてくれたのに、このまま帰すのも本意《ほんい》がない。茶など馳走《ちそう》しよう」

小若は邸内の茶亭に通され、茶道の者の接待をうけた。やがて茶道の者がさがると、長身の兼相が入ってきた。いきなり、

「小若」

と押し倒した。

「な、なりませぬ。ひとが参りますほどに」

「人ばらいをしてある。あのときは家来の者がいたゆえ、明かせなんだ。わしは、野里の住吉明神じゃ」

「あの夜がなつかしゅうございます。もう一度、お会いいたしとう存じておりました」

抱擁《ほうよう》がおわると、兼相は小若を抱きおこし手ずから櫛《くし》をとって髪をすいてやった。

小若は、あれからのちのながい物語をした。

やがて、陽が西へ傾いた。小若は兼相の胸にもたれながら、

「このまま、小若をお屋敷に置いてくださるわけには参りませぬか」

「わしも、そう思うた。が、いずれ戦さがはじまり、この城は天下の兵をひきうけて戦わねばならぬ。この逢瀬《おうせ》を最後にしたほうが、そなたの身のためじゃ」

「あなた様とこのお城で死ぬならば、小若はいといませぬ」

「そのことは諦めよ」

茶亭を出るとき、ふと小若が、

「あなたさまがまことに、岩見重太郎さまでございますか」

「ちがう」

と弱々しくいい、

「そのようなことは、どちらでもよいではないか」

小若をもう一度抱きすくめ、

「わしは、住吉明神よ。そなたは」

「一夜官女でございまする」

「それだけでよい」

「それだけでは厭や」

「ひとの一生というものは欲をいうてはキリがない。そなたは、姫路にかたづいていたとえ生涯前夫と連れ添うよりも、あの夜の思い出のほうが重いというた。わしもそう思うぞ」

そのことばが、小若が記憶している薄田兼相の最後のことばになった。

小若が紀州に帰ってほどなく大坂冬ノ陣がおこり、つづいて翌元和元年夏に、摂河泉三州の平野を戦場に、東西三十万の武者がたたかい、大坂の落城とともに豊臣家は滅亡した。

薄田隼人正兼相が、五月六日早暁、軍兵四百をひきいて河内道明寺《どうみようじ》付近に進出した東軍の水野勝成、伊達政宗、松平忠明の諸隊とたたかい、鬼神のはたらきをしたあげく、水野勝成の馬廻りの士河村新八らに首を授けた、といううわさを小若がきいたのは、ちょうど屋敷の庭の栃の花が、前夜の嵐ではげしく地に散り布いた朝のことであった。

侍大将の胸毛

一

湖北の風がつめたい。

大葉孫六は、馬にゆられながら東のほうをながめている。伊吹山の山頂にひかる春の雪が、暁闇のひかりをうけて紫紺《しこん》に染まっていた。関ケ原の役がおわった翌年、慶長六年の二月のことである。

めざす江州浅井郡速見ノ里に入ったのは、ひる前であった。孫六は、若党を村はずれの農家に走らせて、その男の所在をきかせた。百姓の老夫が出てきて、

「渡辺勘兵衛様のお屋敷でござりまするか。ここより十町ばかり東へ行った河毛ノ森という所に庵をかまえて侘《わ》びて暮らしておられまする」

百姓は、こちらの身分をさぐるような眼つきで、余計な口をきいた。

「おそれながら、いずれの御家中で渡らせられまするぞ」

「藤堂家のものよ」

「それはお手遅れかもしれませぬな。十日ばかり前も福島家の御家士が訪ねて見え、五日前には池田家のご重役らしいお方が見えられましたが、勘兵衛様はなかなか、諾《うん》

とは申されぬご様子でござりましたな」

「これ。そちは、勘兵衛どののご様子を、よく存じておるな」

「われらが住む江州浅井は、古来幾多の名将を出した土地でござりまするが、勘兵衛様ほどの器量のお方は類がないと申すことじゃ。一郷の者は誇りにおもい、きょう勘兵衛様はなにを食うたかということまで知っておりますわい」

「ほう、勘兵衛どのは、なにが好物か」

「はて、それは申せませぬ」

老人は、意味ありげな笑いじわを作って納屋のかげへ消えた。

河毛ノ森というのは、すぐわかった。森に入って半町もゆくと、樹林のなかに小川が流れ、その土橋のたもとに古槍がひと筋、穂先きを天にむけて刺してあった。穂先きから木のフダがぶらさがっている。

「渡辺勘兵衛　源《みなもとのさとる》　了寓居」

右肩のひどくいかった文字で、書き手の狷介《かたいじ》な性格をよくあらわしていた。

大葉孫六は、読みくだしてから、難物だな、と微笑した。追い帰されるかもしれぬ、とも思った。

土橋を渡ると、足音に小川の小魚がおどろいて四方に散った。ときどき野鳥の声がするほか、あたりは物音ひとつない。

庵に着いて案内を乞うと、井戸で水を汲《く》んでいた少女が、ツトつるべをとめて、こちらをみた。小柄で、色が浅黒い。大きな眼が白くひかり、その眼が森の小動物のように猜疑《さいぎ》ぶかくまたたいていた。孫六は自分の名を告げ、

「勘兵衛殿は、ご在宅かな」

女はだまってうなずくと、なかに入り、やがて孫六は招《しょう》じ入れられた。

二時間《いっとき》ほど待たされ、森が昏《くら》くなるころになってから、孫六は、この世評に高い渡辺勘兵衛という男をはじめてみた。ろくに孫六の顔もみず、不機嫌そうに、

「この先の川へ釣りに行っておった。貴殿が土橋を渡られるお姿を見ておったが、せっかく食いつきはじめたばかりゆえ、惜しゅうて声をかけなんだ」

「結構でございます。獲物はござりましたか」

「いずれ、夕餉《ゆうげ》の膳で、お口に参らせる」

「釣れた所をみると、つり針は、やはり曲っていたとみえまするな」

「なに？」

はじめ孫六の冗談が通じない様子だったが、やがて気づいたのか、碁石《ごじ》をならべたような歯をむきだし、声もなく笑った。孫六は古代中国の太公望の故事を引いたの

だ。太公望は名を呂尚といい、山東省の人で、老いて釣りを楽しんでいたところ、周王が狩猟に出てその姿を見、男惚れをして周帝国の宰相にした。このとき太公望が用いていたつり針は直線のもので、魚が目的ではなかった。魚よりも天下を釣りあげることが、かれの目的だった、という故事だ。

「しかしおれは」と勘兵衛は相変らず不機嫌そうな声で、

「唐土《もろこし》の老人のような野方図な風流心はないぞ。魚も釣り、天下も釣る」

「むろんそうでございましょう。渡辺殿のごときを天下の諸侯がすてておきませぬ。さて、そのことでござるが」

孫六は、主人藤堂和泉守高虎から命じられている用件をきりだした。

「ご存じのごとく――」

ご存じとは、孫六の主家の藤堂家が関ケ原の役の勲功でわずか八万石の小大名から一足飛びに伊予半国二十万石の大身代《だいしんだい》に膨脹したことだ。身代がふくれあがってから、わずか数ヵ月しかたっていない。

まず、家臣の数を急速にふやさねばならなかった。もとの三倍以上は必要だし、また八万石と二十万石では、いざ軍陣のときの陣の立て方、戦さの仕方もちがってくる。二十万石の大軍を指揮できるだけの軍師、侍大将が必要なのである。そのために高虎は、江州浅井郡速見に隠棲《いんせい》する渡辺勘兵衛了に白羽の矢をたてたのである。

「殿は、まるで惚れたおなごを追い求められるがごとく、勘兵衛どのに大そうなご執着《しゅうちゃく》でござる。ぜひ、当家に奉公くだされたい」

「これは異なことをきく。軍陣の采配《さいはい》を振る者がないと申されるが、藤堂和泉守高虎といえば、そこらのなま白い青大名ではない。槍一筋からたたきあげた戦国生き残りの大将ではないか」

「いやいや、わが主人の悪口を申すわけではござりませぬが、主人和泉守は器量人におわすとは申せ、戦さの仕切りの上手なお方ではござりませぬ」

「いかさま」と勘兵衛は冷笑した。

「世渡りは上手な御仁じゃが、戦さは下手なお人じゃや。——妙な男よ」

藤堂高虎については、勘兵衛のいったことに相違はない。

高虎はもともと近江浅井郡藤堂郷の地侍の出で、弱年のころ大志をいだき、槍をかつぎ具足をかかえて故郷を出た。いわば「渡り武者」あがりの男である。

最初、近江伊香郡阿閉《あへ》村の小豪族阿閉淡路守長之の郎従になったが、ほどなく見切りをつけて磯野丹波守秀家の屋敷に身をよせた。ここも半年ほどで退散した。磯野秀家は同国犬上郡沢山のたかが知れた地侍で、主人と頼んで出世するには小さすぎたのである。

のち、織田家の盛時には信長の甥七兵衛尉信澄に仕えて丹波籾井城《もみいじよう》攻めに功をたてたが、織田家が没落し秀吉の世になると、早々に退去してツテを求め秀吉の弟小一郎秀長（のちの大和大納言）に禄三百石で仕えた。その点が、彼のただの一騎駈けの武者とちがう点だった。槍先きの功名よりも、その時その時の権門に近づくことによって出世をしようと心掛けた男だった。

「妙な男よ」

と勘兵衛がいったのは、そこだった。勘兵衛のような戦国武者の典型のような男からいうと、高虎はあまり愉快でない種類の男に相違なかった。

その後、高虎は秀吉につかえ、累進して八万石の大名になった。

ここに意外なことがある。かれの禄高は低すぎた。高虎は野戦攻城の実歴もふるく、戦場では人並の勇者だったし、また秀吉の天下取りの事業はじめから付き従ってきたその経歴の割りには、おなじ譜代《ふだい》の加藤清正や福島正則、小西行長、石田三成、宇喜多秀家などの禄高とくらべて、八万石は安すぎるようであった。

おそらく秀吉は、この男に大軍を指揮できるほどの器量がないことを早くから見ぬいていたからであろう。

「戦さは下手なお人じゃな」

と勘兵衛がいったのは、そのへんの消息らしい。

秀吉が高虎に高禄を与えなかったひとつは、この男の油断ならぬ性格を見ぬいていたからでもあったろう。事実、高虎は秀吉が死病の床につくや、早速徳川家康に接近した。頼まれもせぬのに伏見の家康の屋敷を警護したり、私用を弁じたりして、家康の家来同然になり、また同僚の大名で豊臣色の濃い者の動向をしらべては家康に諜報したりした。

ところで、秀吉が伏見城で死んでから、家康はにわかに伏見城下にある諸大名の屋敷を歴訪したり大名相互の縁組をとりもったりした。これは秀吉の遺法に反している。遺法は「大名相互の私交を禁じ」ていた。諸大老、諸奉行は大坂城で密議し、「内府（家康）政道に私心あるの十三条」をならべて問責することになった。

高虎は早速、この事実を家康に密告し、「場合によっては、大坂の大老、奉行は、兵を催して御当家を討つかも知れませぬ。しかし某《それがし》は、自分の家の存亡を御当家と共につかまつる所存でござれば、ずいぶんとお気持安くお指図下されませ」

当時高虎はむろん豊臣家の禄を食《は》んでいる。それが、同僚の家康に臣従を誓ったのだ。只者のまねられるところではなかった。

「世渡りは上手じゃが。——」

と勘兵衛がいったのはここである。

関ケ原の役で徳川が天下をにぎると同時に、秀吉時代にはさほど優遇されていなかった高虎が、一躍三倍の大身に出世したのはむりからぬことであった。

出世にともない大大名としての軍陣を軍立《いくさだ》てする侍大将が必要となった。孫六の使者としての使命は、それである。

孫六が伊予今治を出発するとき、高虎は、くどいほど注意をした。

「勘兵衛はまれにみる戦さ上手じゃが、あれの取り得は戦さだけじゃ。人間にカドがあり、癖《くせ》も多く、背骨がまがり、はらわたのねじれた男じゃ。普通なら、あのような者を家中に加えたくはないのじゃが、なにぶん、藤堂の家中には、武者はいても大将の采配をにぎるだけの器量の士はおらぬ。合戦のとき、見ぐるしい駈け引きをするのも業腹《ごうはら》ゆえ、ぜひともかかえねばならぬ。禄は、そちがさまざまに駈け引きして二万石までならばよい」

二万石といえば大名並といえるほどの大禄である。高虎は「これほど呉れてやればよろこんで来るであろう」といい添えた。

しかし孫六が、勘兵衛と面とむかって会ってみると、想像した以上に難物《なんぶつ》だった。

勘兵衛の歯をみただけで、すくむ思いがした。

歯の一枚一枚が、異様に大きく、ぎらりと並んでいる所はケモノのような感じがした。身のたけは六尺ちかくあり、手足が大きく、アゴが張り、鼻の穴は上をむいて、親指が楽に入るような大きさだった。絵で見る鬼のような男である。孫六はまずその骨柄《こつがら》に気をのまれて思うような口がきけなかった。やっと用件を説明しおわり、最後に、

「ぜひ、われらが主人のためにお働きくださるように」

と頼んだ。ところが勘兵衛は聞えたのか聞えないのか、そっぽをむいたまま、台所にむかって、しきりと女の名前を呼んでいた。

「市弥、市弥」

はじめは酌《しゃく》でもさせるつもりかと思った。しかし、市弥というさきほどの井戸端の女が入ってきたときは、孫六はあやうく座を立って逃げかけた。勘兵衛がいきなり女の腕をつかみ、膝もとへ引き倒したのである。だけではなく、孫六の前で平然と女の下腹をなではじめた。やがて、女の小袖のスソのあわせ目から手を入れた。女は男のそんな仕草に馴れているらしく、眼をつぶり、ひざをわずかに割ったまま勘兵衛の胸にもたれている。孫六は、逃げるシオをうしなった。やがて勘兵衛は大真面目な顔

で、

「客人《まれびと》にはご無礼じゃが、こうして飲まねば酒がまずい」

「拙者《せっしゃ》、中座つかまつりまする」

「ああ、そうして呉りゃるか。幸い月があるゆえお足もとは明るい。庭でもそぞろ歩きをして貰えれば、そのうち、この者とのことも済む」

孫六はやむなく庭へ出るために障子をあけ、室外へ出てから一たんすわった。障子を閉めようとしたのである。フト部屋の中を見て、孫六は肝《きも》をつぶした。すでに市弥という女は、勘兵衛の体の下に組みしかれ、左足がつけ根まで露わにみえていた。

(おどろいた御仁じゃな)

庭にとびおりてから、あの男はめしを食うように女を用いている、と思った。めしも女も、勘兵衛にとってはおなじもので、腹がへればめしをくうように情がおこれば女を抱き、客の孫六の存在など虫ケラとも思っていない様子だった。かといって、女に痴《し》れた男でもないのである。軍陣に立たせれば万余の軍勢を一糸みだれず進退《しんたい》させる水ぎわだった器量をもっているし、それに、この男は陣中では兵に強姦をゆるさないので有名だった。かつて増田長盛の侍大将であったとき、農婦を犯した三人の雑兵を村人の前にひきずり出し、自ら太刀をとって首をはねた話が残っている。それからみても、女色についてこの男なりのきびしい節度があるらしいのだが、その節度は常人のそれとは、ひどくかけはなれているようだった。

孫六は、杉の梢のうえの月をみながら、思わずながい溜息《ためいき》が出た。

(難物じゃな)

しかし、べつの新しい感慨《かんがい》もわいた。戦さにも強く女にも強いというのは、生き物としての男の典型ではないか。渡辺勘兵衛が悪いとすれば、それは男であり過ぎるというだけのことであった。

二

その夜、ついに勘兵衛は、藤堂家に仕官するともせぬとも返答せず、酔いくらって寝入ってしまった。しかし孫六は役目を果すまでは、この屋敷を去らないつもりでいるから、

「市弥どの、お願いじゃ。某《それがし》のために土間に寝ワラでも敷いてくださらぬか」

ところが、市弥は無言のまま首をふり先きに廊下に出、別室の杉戸をあけて招じ入れてくれた。すでにそこに臥床《ふしど》の支度がしてあった。孫六の供の者には、すでに屋敷

うちの別室に部屋を与え、酒食も出してあるという。

孫六は、勘兵衛のような男に意外にこまやかな心映えがあることを知って、感謝するよりも、むしろおどろいた。臥床に入ると、さらに新しい驚きが待っていた。市弥が衣桁《いこう》のかげでしばらく身動きしている気配だったが、やがて、ほっと燭台《しょくだい》の灯を吹き消し、さもそれが当然であるかのような自然なしぐさで、孫六の横に身を入れてきたのである。

(こ、これはどうじゃ)

飛びおきようとしたが、市弥が孫六の小指をつかんではなさず、静かな声でいった。

「殿様から、客人様のお伽《とぎ》をせよと言いつけられておりまする」

「そ、それでは拙者が迷惑する」

「ご迷惑ならば、お抱きあそばしますな。おそばで寝《やす》ませていただくだけでよろしゅうございます」

「左様か。――」

勘兵衛にすれば、酒食を共にした以上、女も共にしようというのは、ごく当然な好意らしい。

「では寝入るまで、物語りなどつかまつろう。拙者は勘兵衛どのについて、いろいろと知りたい。差しつかえないかぎり、はなしを聞かせて賜《た》もらぬか」

市弥は無口な女だが、孫六の問いには、みじかいふくらみのある言葉で、一つ一つ答えてくれた。

それによると、市弥はこの近郷の豪農のむすめで、勘兵衛の身のまわりの世話をするためにひと月ほど前に「あがった」という。

それ以前は別の家から娘があがっていたし、ときには後家どのの場合もあった。ほとんど、数ヵ月ごとに女がかわるようだった。どの女に対しても勘兵衛は、

「市弥」

とよんだ。いちいち名を覚えるのが面倒だったからであろう。市弥とは勘兵衛のむかしの寵童《ちようどう》の名のようであった。

ただ、疑問なのは、この郷の村々から、なぜつぎつぎとそのように女があがってくるのか、ということだった。孫六は、それとなく、

「もし女を差しあげねば、勘兵衛どのが村に乱暴をなさるのであろうか」

「まあ」

と、女ははじめて声をたててわらった。

「それでは、勘兵衛様がまるで荒神《こうじん》様のようではございませぬか。わたしどもは、人《ひと》身御供《みごくう》ということになりまする。でも、左様なことではありませぬ」

一郷の者は、勘兵衛を敬慕している。勘兵衛の好物がおなごというので、戸ごとに順をきめて自発的にさしだしているのだ、という。

(――色は鄙《いなか》というが)

よほど色深い里なのだ。

「しかし、子種が宿《と》まるとどうするのか」

「なにをおおせられます。勘兵衛様のお子種がとまれば、これほどうれしいことはありませぬ。その子はいずれ勘兵衛様の手もとで育てられて、しかるべき大身の侍になりましょう」

この郷の百姓たちは、勘兵衛がやがて諸侯に迎えられ、以前のような大身代の武士として出世するものとみていた。そのときは、その子と母、そして母の一族がどれほど出世するか、他の多くの事例が物語っている。郷民たちは、単に無邪気に勘兵衛の好物を差し出しているのではなく、かれらは勘兵衛の出世に期待し、その期待には抜けめのない計算をたてていた。ところが勘兵衛には子種がないのか、どの女にもやどったことがない。

市弥は、こうもいった。

「あのような骨柄でございますが、おなごにはやさしいおひとでございます。人目がなければ、水汲みからつくろい物の針仕事まで手伝うてくだされます」

これも、孫六が抱いている勘兵衛像とちがった事実だった。女が好きなだけに、そのか弱さをあわれむやさしさも人一倍つよいのであろうか。

翌朝、屋敷のまわりを駈けまわる馬蹄《ばてい》のひびきで目を覚まされた。あわてては起きると、横に市弥はすでにいなかった。孫六は、まだ市弥のにおいと体温の残っている床の上をなでさすりながら、

(心憎いおなごであったな)

とおもった。昨夜、物語がすむと、市弥は、ごく自然なしぐさで孫六の体に触れてきたのである。ふしぎなほどそれはみだらな印象をうけなかった。それだけに孫六はむげにこばみもできず、触れられるままにじっとしていると、やがて孫六のほうが自制できなくなり、つい市弥を抱き、それに応じて市弥も、まとうているものを物静かな手つきで解いた。そのかすかな衣ずれの音が、いまも耳の底にのこっている。

――孫六は、朝の陽のあふれた庭へ出た。

「おう、お目覚めか」

勘兵衛は、馬上で身をのけぞらせて声をかけ、すぐ背をむけると、森の木立の中に疾風のように駈けこみ、樹の間を旋回しながら槍をしごき、刺突し、手綱をひきしぼって馬を反転させ、さらに槍をつかった。勘兵衛はこれを毎朝の日課にしているようであった。さすがに惚れぼれするほどのみごとな武者わざだった。

「槍で千石、采配で万石」といわれた男である。あれだけ馬を駈けさせながら、馬上、息もみださず、

「大葉どの。お手前が申される条、ゆうべ寝ながら考えてみたぞ。が、考えが熟さなんだ。したがっていまは即答できかねる。いずれ、わしは旅に出るが」

「あ、それはどこへ参られまする」

「気鬱晴らしの旅ゆえ、行くさきはわからぬよ。旅のついでに、伊予今治の藤堂家の城下に立ちよる。そのとき再会して返答しよう」

「それは、いつごろになりまするや」

「あはは、それがわかってたまるか。わしのことゆえ明日発つかもしれぬし、十年先きのことになるかもしれぬ」

「しかし」

と手をあげたときには、渡辺勘兵衛の馬は地を一蹶《いっけつ》して森の中に消えていた。

ふと気づくと、孫六のうしろにいつのまにか市弥が立っていた。

「あのご様子では、伊吹山まで遠乗りされるおつもりでございましょう。伊吹へ行かれたならば、山中をどことなく駈けめぐって五日も十日もお帰りになりませぬ」

孫六はやむなく帰国するしか仕方がなかった。

三

伊予今治にもどると、いったん屋敷に入って衣服をあらため、その足で登城した。

高虎はよほど待ちかねていたらしく、せきこんで、「上首尾《じょうしゅび》か」ときいた。

「いや」

と、孫六が事情を話すと、高虎はみるみる落胆し、

「手をつかねておれば他家にとられるかもしれぬ。あの者は、おなごが好きじゃと申したな。すぐ、京大坂でおなごを求め十人も贈るように手配りせよ」

高虎は、まるで自分が女衒《ぜげん》になったような熱意を示した。ちょうどその日から十日後に江戸へ発向する予定だったから、上方で集めさせた女を、わざわざ伊勢桑名の津につれて来させ、そこで高虎みずからが女どもを検分した。

むろん、いずれも遊女あがりである。小松、梅ノ枝、時国、維任《これとう》、月ノ内侍《ないし》といった名がついていた。しかし勘兵衛の好みにあわせて一人のこらず「市弥」という名にし、藤堂家御用の商人備前屋某に宰領させて近江の速見へ送りとどけた。

市弥と名づけられた十人の女たちは、口々に戯《ざ》れごとを喋りかわしながら騒がしく旅だって行ったが、さて速見ノ里についたところ、即日、諸方に逃げ散ってしまった。

「おどろきましたな。私めは、この年になるまで、あのようなおそろしい目をみたことがありませぬ」

とほうほうのていで伊予へ逃げかえった備前屋は、孫六に訴えた。

備前屋のいうところでは、勘兵衛は、八つ手のような掌で女どもの首すじをおさえ、一人のこらず頭髪と恥毛を剃り落して放逐《ほうちく》したというのである。

「それはむごい」

「まったく」

「なぜそのようなことをしたのであろうか」

「それについては勘兵衛様は、鬼のような形相でこう申されました。男の主取りをきめるのに、おなごを仲立ちさせるとは、泉州（高虎）のやりそうなことじゃ、勘兵衛を見そこのうたか。――」

「そう申したか」

「おなごなどは藤堂から恵まれずとも、近江一郷で勘兵衛になびくおなごは、手にあまるほどおるわ、とも申されました」

「なるほど」

（いよいよ難物じゃな）

数ヵ月たった。

その間も、藤堂家から二度にわたって二人の使者が勘兵衛の返事を催促するために伊予を発っているのだが、最初の使者は勘兵衛に会えず、二度目の使者は、堺に上陸して大坂へ入る途上、夜盗に襲われて惨死した。

「死んだ？」

孫六は、ひとごととも思えず、ひやりとした。関ケ原の役後、天下は徳川のものになったとはいえ、摂津、河内、和泉だけは、なお秀吉の遺児秀頼の所領になっている。いわば、この三国は江戸政権の治外法権地帯だったから、諸国で犯罪をおかした者が、追捕《ついぶ》をのがれて逃げこんでくる事例が多く、治安がむしろ戦国期よりも悪くなっていた。

そういう犠牲まで出して勘兵衛に執着する必要が果たしてあるだろうかという意見が、国許《くにもと》の重臣の間で出はじめていた。事実、伊予今治城の留守をあずかる藤堂仁右衛門は、孫六をよんで顔をしかめた。

「殿はいたくご執心《しゅうしん》のようじゃが、勘兵衛については、もはやあきらめたほうがよいのではないか。天下に力ある牢人が多い。べつに勘兵衛でなければ、御当家の戦さができぬというわけでもあるまい」

「ほかに、めぼしき牢人としては、たれがおりましょう」

「たとえば」

と、仁右衛門は、後藤又兵衛基次の名を持ちだした。仁右衛門は、かつて筑前福岡五十二万石の黒田家で一万六千石を食んでいたこの男に、先日伊勢大神宮にほどちかい多気《たけ》の明星《みょうじょうの》野という所で偶然、出会ったという。又兵衛のそのときの風体は、荒《あら》菰《ごも》で荷をつつんで背負い、見るかげもない衣服をまとって乞食同然のすがただった。同然どころか、又兵衛は伊勢参宮の道中の者に食物の合力《ごうりき》を乞うていたというのである。仁右衛門は又兵衛とは旧知の間がらだった。その姿におどろき、とりあえず持ちあわせの金銀を合力し、住まいをきいたところ、京の四条河原であるという。この高名のかつての勇士は、いまは乞食小屋に住んでいるのである。おちぶれた境遇をあわ

れみ、

「早速、江戸の殿へ急使を出したところ、又兵衛ならば召し抱えてもよいというお返事であった。いま、京の又兵衛のもとへ、使いを出しているところじゃ。もし又兵衛が当家へ来てくれるならば、かつて黒田如水軒が日本一の戦さ上手といった男だけに、勘兵衛などが来るよりも、藤堂家の軍陣は安泰《あんたい》ぞ」

ところが、ほどなく京からの使者がもどってきて、又兵衛の返事を伝えた。

「せっかくの御芳志はかたじけないが」

と又兵衛はいったらしい。

「又兵衛は藤堂家の御家風にあいませぬ」

とにべもなくことわった。孫六は又兵衛の気持がわかるような気がした。さすがに又兵衛は明らさまにはいわなかったが、藤堂家は武功一筋で大大名になった家ではなく、高虎の游泳の才覚でかせぎだした俄《にわ》か分限《ぶげん》であることが、又兵衛のような武辺一途の男には気に入らなかったのであろう。藤堂家は、いわば乞食にさえも見捨てられたようなものであった。国許の重臣たちは狼狽した。仁右衛門はわざわざ孫六の屋敷に足をはこんで、

「かかるうえは、もはや勘兵衛しかない。殿は、いたく返事を急《せ》かれておる。もう一

度近江へ行ってくれまいか」

孫六にも、主人高虎のあせりがわかった。世は徳川家の手に帰したとはいえ、大坂にはなお、豊臣右大臣家が、六十万石の封地と、秀吉の残したおびただしい金銀と、海内《かいだい》随一といわれる名城を擁して現存している。いつまでも新旧の政権が併存していることは世の成りゆきがゆるすまい。しかも、京の公卿や叡山の座主、堺の豪商たちは、秀吉在世当時と同様、大坂城に伺候して秀頼の機嫌を奉伺《ほうし》している。秀頼の補佐の老臣たちも万一のことを考え、しきりと牢人を召しかかえている様子だったから、いずれ、江戸、大坂が手切れになることは必至の情勢だった。

孫六は、家人に旅の支度を命じながら、こんどこそは勘兵衛の腰に食らいついてでも伊予今治城に連れてこねばならぬとひそかに心をきめていた。

「あの」と妻の由紀がいった。

夫の孫六が、勘兵衛という男に夢中になっていることに、ひどく興味をもったらしいのである。

「渡辺勘兵衛様とは、それほどの武辺なお方でございますか」

「あれは、了《さとる》という名だ」

と孫六がいった。

「渡辺の姓で、名前が一字の者は、たいてい、そのかみ、大江山の鬼を退治した源ノ頼光の四天王のひとり渡辺ノ綱の子孫ということになっている」

渡辺ノ綱は、嵯峨源氏の直系で、摂津国西成郡《にしなりごおり》渡辺の地を領してからその地名を名乗った。屈強の者で、羅生門の鬼の片腕を斬った伝説などで名高い男だが、その子孫は渡辺党という武士団を組み、族党は諸国にも散ってそれぞれ栄え、数百年をへたこんにちでさえ、どの大名の家中にも、その祖が摂津渡辺党から出たと自慢する一字名前の武士が数人はいる。

「いわば、武家の大姓だ。しかし数ある渡辺姓の侍のなかでも勘兵衛了は、まるで往《おう》昔《じゃく》の綱の再来というてよいな」

勘兵衛は弱年のころ、藤堂高虎も一時仕えた近江の阿閉淡路守に仕え、あるときの合戦で一日に首六つ獲った。それが十七歳のときだったというから、なるほど遠祖渡辺ノ綱に恥じぬ男だったにちがいない。十九歳のときには、すでに阿閉家の七人の母《ほ》衣《ろ》武者のひとりになっていた。母衣というのは、布に骨を入れてまるくふくらませた風船のようなもので、矢防ぎと装飾をかねていた。勘兵衛の母衣は十幅一丈《とはばいちじょう》あり、鶴の絵がえがかれて、それを鎧の背に負って戦場を駈けまわる姿は、早くから世に喧伝されていた。

のち、阿閉家を去り、秀吉取り立ての大名で当時近江水口《みなくち》城の城主であった中村式部少輔一氏《かずうじ》に奉公した。

天正十八年、豊臣秀吉が天下の諸侯を総動員して小田原の北条氏を攻めた。その支城である山中城を攻囲したとき、勘兵衛は一氏に、

「きょうの城攻めは、まるで日本国の馬揃え（観兵式）のごときものでござれば、いわば殿にとっては味方も敵でござるぞ」

「ほうほう、どういう理《ことわり》じゃ」

「功名あらそいの敵じゃと申すのじゃ。きょうが殿の武名の正念場《しょうねんば》でござる。味方の軍勢を蹴散らし踏み殺してでも一番に駈けなされよ」

「はて、この味方の大軍のなかでそのようなことができるか」

「勘兵衛におまかせあれ」

渡辺勘兵衛は、一氏を抱くようにして馬を駈けさせ、味方を追いのけ、敵を突きふせ、遮二無二《しゃにむに》城にとりかかった。しかし一氏はついに城壁のそばまできて息がつづかず、

「勘兵衛、たのむ、ひと休みさせよ」

「さればそこで休んでいなされ」

と、そばに居た一氏の旗奉行成合《なりあい》平左衛門という男のエリがみをつかみ、おどろく平左衛門を矢弾の中をひきずりながら、折りから焼け落ちた城門をくぐって隅矢倉《すみやぐら》にたどりつき、一氏の馬印《うまじるし》を押したてさせ、大音で、

「中村式部少輔、一番乗り」とよばわった。

この手柄は、全軍の目をみはらせた。なにしろ一手の大将がみずから一番乗りしたのだから、秀吉は一氏の武功におどろき、かつ感賞して、自分の着ていた錦の羽織をぬいで一氏にあたえた。

一氏は自陣にもどってから、

「きょうのは、そちの功名じゃ。いかに主人とはいえ、家来の功を奪うのは心苦しい。この羽織は、そちが拝領せよ」

勘兵衛はそっぽをむいた。かれにすれば、一氏に手柄をたてさせるためにしたことなのに、なぜ一氏がそれを素直にうけとらないのかと、腹がたったのである。しかし、一氏にすれば、勘兵衛のひねくれた感情などわからない。まるで頼むように、

「ならば、せめて片袖なりとも拝領してくれぬか」

「いらぬ。戦さ働きは某《それがし》の道楽でござる。べつに功名のシルシを頂戴せずともよろしゅうござりまするわ」

「しかしそれでは、わしが心憂い」

「それほど片袖を呉れてやりたいと申されるなら、犬にでも呉れてやりなされ。わしは一旦頂戴せぬといえば、山が裂けても頂戴しませぬぞ」

一氏は温厚な男だが、さすがに不快な顔をした。

(妙な男よ。——)

このときの軍功で、一氏はほどなく近江水口の城主から、駿河十二万石の領主に出世した。しかし勘兵衛は、すでに主家を退転してしまっていた。一氏は慨嘆《がいたん》して、

「惜しい男ではあるが、わしの器量ではとてもあの癖馬の手綱はとれぬ」

牢人しても、稀代の戦さ上手といわれた勘兵衛を捨てておく諸侯はなかった。たちまち数家から仕官の勧誘があったが、勘兵衛は、どこが気に入ったのか、そのうちの最もおだやかな男である増田長盛に仕えた。

長盛は、一氏が駿河へ移封《いほう》したあとの近江水口の領主になった。勘兵衛にすれば主はかわっても、仕える城はかわらない。

なぜ長盛を主人にえらんだかについては、勘兵衛は朋輩《ほうばい》にもらしたことがある。

「わしはこのとおり他国者には通じぬきつい近江言葉でな。言葉の通じぬ主人に仕える気はせぬ」

増田右衛門尉長盛は、近江国浅井郡の出身だから勘兵衛の言葉は十分に通じる。そういえば、勘兵衛が弱年のころから仕えてきた大名は、近江者ばかりだった。最初に仕えた阿閉氏は、伊賀郡の産であった。次の中村氏は甲賀郡の出である。他国出身の大名を毛ぎらいするのは、やはり勘兵衛の褊狭《へんきょう》のせいであろうか。

ただ、近江出身の大名には、どの男にも似かよった所があった。近江浅井郡石田村の産であった石田三成や同国愛知《えち》郡藤堂村出身である藤堂高虎をみてもわかるように、能吏型か、商人型が多く、野戦攻城の武将型は皆無といってよかった。

長盛は、その極端なものだった。色が白く骨組みが華奢で、朋輩の大名にさえ物腰が低く、野戦の武功はめだたなかったが、計数にあかるい。秀吉にその経理の才を愛され、五奉行のひとりに抜擢されて、朝鮮の陣のときも兵戦には参加しなかったが、肥前名護屋の本営で、もっぱら兵站《へいたん》の事務をあつかった。その功により、のち大和郡山二十万石に移封され、勘兵衛も水口から郡山に移った。

この豊臣家の理財家は、武骨な勘兵衛をひどく愛していた。むしろ、勘兵衛を師父のようにあつかい、事あるごとに、

「当家の軍陣のことは、すべてそちにまかせるぞ」

といった。

このおだやかで吏務に長《た》けた男は、大坂の城中でも他の大名に勘兵衛の自慢をし、
「郡山城の重さよりも勘兵衛の目方のほうが重い」といったりした。加藤清正、福島正則など武断派の大名は、石田、増田、長束《なつか》といった文吏型の大名を軽侮していた。しかし郡山の増田家に対しては、清正も、
「郡山にあの男がいるかぎり、右衛門尉（長盛）はあなどれぬ」
といった。おなじ文吏型の石田三成が猛勇できこえた島左近を高禄でかかえ、長盛が勘兵衛をかかえているのは、ひとつは武断派大名への宣伝と示威《じい》の意味があったのだろう。

勘兵衛にとっても増田家は居心地がよかったらしく、長盛にだけはさからわなかった。数年の歳月がすぎた。慶長五年九月十五日の関ケ原の役さえなければ、勘兵衛もおそらくこのまま郡山で老い朽ちたかもしれない。

関ケ原の役では、増田家は形式上石田方に与《くみ》していたが、この忠実な官吏は、戦陣には参加せず、依然として職場の大坂城に身を置いて奉行としての吏務をとっており、かれの軍事力である二十万石八千の兵は天下分け目の合戦をよそに、大和郡山城でねむっていた。

この日、美濃関ケ原で午前七時からはじまった合戦は、午後二時半には終結し、西

軍は潰走した。この午後二時をもって、天下は徳川家の所有に帰した。

長盛はもはや大坂城で吏務をとりつづけることができなくなり、身一つで高野山にのがれた。合戦もせず、家来の始末もつけずにいきなり坊主になってしまった長盛は、やはり武将でなく吏僚《りりよう》にすぎなかった。

大将の長盛が家来にも告げずに出家遁世《しゆつけとんせい》したことをきいた郡山城の家来は当然動揺し、城を捨てて逃げだす者が多かった。

「御大将がわれらを捨てたのに、われらはたれのために働くのか」

と露骨《えんやとくじゆん》にいう者があり、また居残った者のうち悪質な二百人が結束して家老橋与兵衛、塩屋徳順にせまり、城内の金蔵をひらいて金銀を分配せよ、とせまった。

「金を呉れねば、われらは出奔《しゆつぽん》しようぞ」

橋、塩屋の両人は当惑して、

「金蔵の鍵は、三ノ家老の勘兵衛が殿からあずかっている。勘兵衛のもとへゆけ」

と逃げた。その名をきいたとき、一同は一瞬ひるんだが、やがて騎虎の勢いで三ノ郭《くるわ》へ押しよせた。

勘兵衛は、このとき兵一千をひきいて三ノ郭の持口に詰めていた。兵をよく統御《とうぎよ》して、勘兵衛のもとからは一人の逃亡兵もなく、軍規の混乱した城のなかで、この郭だけはまるで別国の観があった。このときかれの卓抜した統率力《とうそつりょく》が、のちにかれの名を世に高からしめた。

勘兵衛は、味方の二百人が郭に押しよせてくるときいて、

「おれは武運がない。関ケ原にも出陣出来いで、金亡者が相手か」

槍を手にすると、ただ一騎、馬をあおって三ノ郭からかけおり、二百人があつまっている本丸下の広場へ突き入った。

「者ども聞け。殿はいま高野におわす。この城は殿のものでうぬらの物ではないわ。殿のおおせがなければ、銀一粒も出すことはできぬ。かつ、城を墓所とさだめて御当家に奉公したはずの汝らに、なぜ金銀が要る。おそらく出奔せんとの用意であろう。左様な者を養うは、城中の兵糧米《ひょうろうまい》のむだづかいゆえ、即刻《そっこく》出奔せよ」

「しかし」

と弁の立つ者が、群衆のなかからどなった。

「西軍はやぶれ、世は徳川殿の世になった。当城も、いまや御当家の城ではあるまい。勘兵衛殿、鍵をわたされよ」

「あっははは」

勘兵衛は狂気したように笑い、馬上でいきなり腰をひねったかと思うと、ぎらりと

槍の穂先きをつきだし、

「鍵はこれよ。とれるほどの腕があるならば、みごと渡辺勘兵衛の鍵をとってみい」

そのまま槍をしごいて群衆の中につっこんだから、一同どっと崩れたち、一人の刃むかう者もなく逃げ去った。

城に大将がいないとわかると、城下の治安は極度にみだれた。遠く摂津、河内からも野伏、盗賊の類いが流れこみ、城下の町は白昼盗賊が群をなして横行し、商家に押し入り、婦女を路上で犯した。しかも盗賊の中には、逃亡した増田家の士卒もまぎれこんで、意外に勢いが盛んになった。

勘兵衛は、早速、手の者五百人を引き具して巡警し、盗賊を見つけ次第斬りすてた。盗賊のほうでも互いに党をよびあつめ、三百人ほどが城外の村を占拠《せんきよ》して勘兵衛に対抗するようになった。

勘兵衛は、月明の夜をえらんで五百人の人数に村をかこませ、みずから二十人をつれてこの村を急襲し、盗賊五十人を斃《たお》し、のがれた者は包囲して残らず討ちとった。

翌日、大手門の前に三百の盗賊の首を梟首《きようしゆ》したとき、勘兵衛は、終日、口をきかず、近習が理由をたずねると、ただ一こと、

「これがおれの関ケ原よ」

と自嘲した。武士とうまれて関ケ原に出役できず、盗賊を退治してわずかに鬱憤《うつぷん》を晴らしている自分が、滑稽でもありあわれでもあったのだろう。

ほどなく、東軍の大軍が、郡山城の明け渡しを迫って、城を包囲した。東軍の大将は藤堂高虎、本多正純である。

勘兵衛は東軍の軍使に、

「主人の下知がなければ開城はならぬ。たってと申されるなら、弓矢でお相手しよう」

といったが、ほどなく高野山の増田長盛から開城する旨の書簡がとどいたために、勘兵衛は、蔵の品々の目録に城門の鍵をそえて寄せ手の軍使に与え、数千の城兵をひとまず奈良の郊外の大安寺に集結させ、整然と退散した。

勘兵衛は、関ケ原にこそ出陣できなかったが、かれの将器はむしろ、開城の郡山で発揮された。東軍の諸将のうち、いう者があった。

「勘兵衛は敗け戦さで男をあげた」

高野山で謹慎《きんしん》している長盛も、勘兵衛の水ぎわだった後始末に感謝し、

「もし勘兵衛がいなければ、郡山城は盗賊の巣になり、増田家は天下に恥をさらしたことであった」

と、高野山の僧を使者として感状（武功公認書）を送ってきた。敗将が感状を出すなどは、こんにちの目でみれば奇異なことだが、戦国時代というのは、「七たび牢人せねば武士ではない」といわれた時代である。あたらしい主家に仕官するとき、旧主から貰った感状が禄高《ろくだか》をきめることになるのだ。

勘兵衛は、具足を菰《こも》につつんで馬につけ、ただ一騎、郡山城を出て、北の故郷へもどった。――

「そういう男よ」

と、孫六は、妻の由紀にいった。

「むかし、石田治部少輔が、故太閤殿下からはじめて小禄の大名に取りたてられたとき、その知行の半分をさいて牢人島左近を召しかかえたという話がある。大名の家というものは、名ある侍大将によって威を張るものじゃ。細川家の松井佐渡、上杉家の直江山城、肥後加藤家の森本儀太夫、飯田覚兵衛、黒田家の母里《もり》太兵衛、いずれもそうじゃ。御当家にはざんねんながら、世間にほこれるだけの左様なお人はおらぬ。渡辺勘兵衛どののほどのお人なら、御当家のお知行の五分ノ一をさいても惜しからぬ逸材じゃ」

「左様なお人なら、由紀も早うおがみとうございまする」

「これこれ。――」

孫六は、いやな顔をした。由紀は家中でも評判の美人で、三十をすぎたちかごろ、孫六の目からみても、眼もとや身ごなしが、ひどく艶《つや》やかになってきている。白いあぶらの溶けたのどもとに、男への遠慮ない興味が育ちはじめていた。

「かるがるしゅうはいうまいぞ。勘兵衛は、度外れた色好みのおかたじゃ。そ、も、じ、が餌食になっては、わしがたまらぬ」

「あのようなことを。そのようにわたくしが大事とおおせなら、もっと、たんと可愛がってくださりませ」

「遊び女《め》のようなことをいう。おなごというけものは、若いころは男に食われるが、三十をすぎれば男を食うときいた。近頃のそもじを見ていると、その言葉もなるほどとわかった」

「それは聞えませぬ。ご自分からお食べなさいますくせに、ご卑怯ではございませぬか」

中年をすぎた夫婦の会話ほど、露骨なものはない。が、孫六は、その夜は独り寝た。旅立ちの夜は、潔斎するのが、武家のならわしである。翌る早暁、由紀は、燧石《いし》を切って孫六を送りだした。

四

大葉孫六が伊予今治を発って十日ばかりしたある日の昼さがり、屋敷を訪ねてきた者があった。門番の中間が、思わず身がすくんだほどの大男だった。

「あるじは、在宅か」

旅塵によごれた渋茶色の袖なし羽織に、ところどころカギ裂きのみえる伊賀ばかまをはいているあたりは、どうみても物乞《ものご》いである。ただ、ツカ長の大小のこしらえだけはひどく立派なもので、肩でも凝るのか、一貫ほどもある鉄扇で、しきりと右左の肩をたたいている。

「ど、どなたじゃ」

「近江の勘の字といえばわかるわ」

やがてそれが渡辺勘兵衛であることがわかると、屋敷は大さわぎになった。とりあえず勘兵衛を座敷にあげ、あらためて、由紀の口から孫六の不在をつげた。

「左様か、行きちがいであったな」

「ただいま、御家老の藤堂仁右衛門様まで使いを走らせまするゆえ、しばらくおまちくだされまするように。――」

「わしは孫六に会いにきたのよ。家老などには用はない。にえもんといえば、よえもんのほうは、在城か」

与右衛門とは、和泉守高虎のことである。

「殿様は、江戸御《ご》参覲《さんきん》でござりまする」

「それでは、孫六か与右衛門が帰るまで待とう。御内儀、すまぬが、ねむい。枕を貸して賜もらぬか」

そのまま座敷で横になったまま、勘兵衛はぐっすりとねむった。由紀が、「お夜具を召しませ」とすすめたが、眼を閉じたまま、無言で、要らぬ、と手をふった。翌朝、ふすまをそっとあけてのぞくと、勘兵衛は、なおねむりつづけている。

朝めしも昼めしも、由紀は自分で膳部をもって行ったのだが、勘兵衛が起きそうにないので、そっと枕もとに置いて引きさがった。ところが妙なことに、あとで様子をみにゆくと、汁も菜もめしも、いつのまにか、からっぽになっているのである。

（おかしなひと。――）

由紀は夕食の膳をはこんだときに、しみじみと、勘兵衛の寝顔をみた。

岩をノミで彫りきざんだようないかつい顔だったが、そのくせ、ふしぎとおとなの顔ではなかった。腕白小僧が、遊びつかれてねむりこけているような感じで、由紀はふと、子供っぽいいたずら心を起した。べつに罪はない。

「渡辺様。――」

とよんでみた。しかし勘兵衛は、目覚めなかった。由紀は、妙に自信をもった。膝をにじらせて近づき、いきなり勘兵衛の顔へ手をのばした。鼻をちょっとつまんでみた。それでも起きない。由紀は、まあ、と思った。

（これでも武辺者なのかしら。このまま寝首を搔こうとおもえば、わたくしだって搔けるではありませぬか）

勘兵衛の寝息は、相変らず規則ただしいのである。しかも、由紀は、じっとその顔をみていると、ますます無邪気な寝顔にみえてきて、ちょうどいたずらっ子でも寝かしつけているような奇妙な錯覚《さっかく》にとりつかれてくるのである。

「渡辺様？」

寝息に変化がない、と見すますと、由紀は、しめたと思った。勘兵衛のはだけた胸に手をあて、その胸毛をなでてみた。由紀の掌の薄い皮に、毛がさわさわと響《ひび》いて、ふしぎな快感があった。

「もうし。わたなべさま？」

まだ起きない。

由紀は、ますます大胆になった。体をさらにちかづけ、胸毛の青々と密生した勘兵衛の意外に色白な肌に、そっと唇を押しつけた。勘兵衛の毛穴から汗に入りまじった強い男のにおいが噴きあがってきて、由紀はいまさらのように狼狽した。

(これはなりませぬ。わたくしはどうかしている)

このにおいは、子供のものであろうはずがない。勘兵衛は、男であった。由紀は、いそいで部屋を出た。こめかみが痛い。顔に血がのぼっているせいだろうと、由紀はおもい、そっと頬を両掌でおさえた。

そんな感じだった。幼いころ、男の子と土遊びや虫獲りをした記憶と似ていて、奇妙なほど不貞を犯した、などという大それたやましさがなかった。

(遊びつかれた。——)

ただそのあと、目のさめるような驚きが、由紀を待っていた。四半刻ほどして、ふすまの隙《す》き間からそっとのぞくと、やはり、膳部の上の食べ物はきれいに平らげられて、焼魚などは白い骨だけになっていたのである。勘兵衛は、あの由紀のいたずらを、知って知らぬふりをしているのだろうか。

その夜も、この武辺者は、衣服をつけたままねむりつづけた。

由紀は何度か寝顔をのぞきにゆき、そのつど、大胆になった。すこしずつ、いたずらを重ねた。形のいい小さな鼻を近づけて、胸もとのにおいまでを嗅《か》いだ。この体臭は、夫の孫六にはないものだった。これが天下一の武辺者のにおいであると思えば、由紀は、なんとなく貴重な物を嗅いだような気がした。

座敷の若党が、

「勘兵衛様のお肌着などはそのままのようでござりまするな。お着かえをお勧めなされてはいかがでございましょう」

といったが、（なんと、無智な）と若党を軽べつした。由紀は、この武辺者の唯一の理解者だった。

「それはなりませぬ」といった。若党づれが、なにを知ろう。

「渡辺様ほどの武辺なかたは、常住、戦場にあるつもりでお暮らしなされているのでありましょう。いらざる節介をしてはなりませぬ」

とにかく勘兵衛は、屋敷に入ってきたときをのぞいては、まる二日半、溶《と》けこむほどにねむりつづけたきりで、由紀は、その起きている姿をみていない。

しかし三日目の夜、由紀はいつものようにふすまをそっと開いた。そのときの驚きを由紀は生涯わすれないだろう。

勘兵衛は、たしかに起きていた。勘兵衛が起きている姿を由紀がみたのは、これで二度目であった。しかも勘兵衛は、起きて、悠然《ゆうぜん》と体を動かしていた。その巨大な体の下には、華《はな》やかな女の小袖を折り敷いていた。小袖も動いていた。小袖の脚が勘兵衛にからみ、長い髪が畳のうえに流れて、ときどき、いきもののようにくねった。

「厭っ」

と由紀は、口の中で叫んだらしい。自分のその声にきづいて、あわててふすまを締め、自室に駈けもどった。部屋にもどると、両手を畳の上につき、辛うじて上体をささえねばならぬほど、動悸《どうき》がはげしかった。その女をひどく不潔におもえた。女が、たれであるかを知っている。あのひとならば、あのようなことをしかねまい、とおもった。

小磯という女だ。

夫のいわば、叔母になる。孫六の祖父の嘉兵衛が七十を越えてから在方の賤女《しずのめ》に生ませた女で、由紀とは同年であった。由紀がここへ輿入れしてきたときは、すでに他家へ片づいていなかったが、最近、不縁になって、当家へもどっている。

小磯を引きとるときに、由紀は、屋敷におけるその処遇にこまって、

「やはり、叔母上として仕えねばなりませぬか」

「さあ」

孫六にも、扱いの見当がつかず、一族の長老である家老の仁右衛門にたずねてみたところ、

「それは、家来筋とせよ」ときめてくれた。

小磯は、いつも歯を手の甲でかくしてものをいう癖のある女で、さまで美人ではなかった。しかし、切れあがってよく光る吊り眼が、どうかすると、ひどく多情な感じがした。

ことば数がすくなく、おとなしい女で、庶腹《しょふく》とはいえ叔母である自分が、甥の嫁に奉公人同様にあつかわれていることについても、さして気にとめていない様子だった。しかし、かつては武家の妻だった女である。身だしなみがよく、朝夕の化粧《けわい》を欠かしたことがない。

（わたくしとしたことが、不用意であった）

夕食の膳を、小磯に下げるようにたのんだのがわるかった。色好みの勘兵衛に見さかいはあるまい。膳部のうえの魚やわらびをたべるように、小磯を食べてしまったのだろうか。

小磯を憎々しく思ったが、当の勘兵衛に対しては、むしろ、好意をふくんだ滑稽《こっけい》さ

をおぼえた。妙な感情である。

しかし、不満はあった。なぜ勘兵衛は自分に手を出さなかったのだろうか、と思ってから、ばかな、と思った。ひとり頬を染めた。これほどの不貞はない。

四日目の朝、由紀が膳部をもって座敷へ入ってゆくと、勘兵衛は、起きあがって、空にうかぶ雲をふかぶかと見つめていた。その姿には、けものが巌頭《がんとう》に立って遠い故郷を恋うているような孤独の気配があり、由紀は、これこそ漢《おとこ》の貌《かお》だ、とおもった。

由紀は、丁寧に朝のあいさつをした。勘兵衛はふりむきもせず、

「市弥か。――」

「と申しまするとʔ」

「おお」

とふりむいて、

「御内儀であったな。これは、いかい、御無礼でござった」

由紀は、声をたてて笑い、あとで想いだすと汗が出るほど心が弾《はず》んでしまった。

「渡辺様は、おなごとみると、たれかれなしに、市弥、市弥、と仰せになられまするそうな」

「そのほうが、名を覚える苦労がのうて始末がよい」

「市弥と申される最初のおかたは、さぞみめ佳《よ》きおひとでありましたろうな」

「あれは、男よ」

「すると、ご寵童とやらでござりまするか」

「なんの。わしが弱年のころ奉公してくれた若党で、力もつよく、戦場ではよう働いてくれたが、ある合戦でわしのために人楯《だて》となって弾に斃《たお》れた。それ以来、この男のことをわすれぬために、おなごにはすべて市弥とよぶことにしている」

まあ、と由紀が大きく唇をひらいたのは、勘兵衛の家来思いに感動したわけではない。同性の、しかも骨組みたくましい若党の名を、いろごとの相手につける無神経さにおどろいたのだ。

(このおひとの心は、どういう仕組みになっているのかしら)

しかしその常人でないところが、勘兵衛のえらさだろうとも思った。

勘兵衛は、めしを食いはじめた。舌つづみを打ち、大きな咀嚼音《そしやくおん》をたて、見ていても壮快なほどの勢いで食いおわると、

「茶」

「はい、これに」

由紀は、勘兵衛の椀に茶をそそいでやりながら、「な」と呼んだ。

「な。当家におりまする小磯と申す者を、渡辺様は、市弥どのになされましたな」

「小磯？　知らぬな」

といってから不意に思いだしたらしく、

「ああ、あれかい」

「あれかい、では、ひどうございましょう。無理じいに市弥になされましたくせに。おなごの身が、可哀そうでございます」

「勘兵衛は、むりじいにおなごを痛めたことなどはない。あのとき、まだねむりほうけていてよく覚えなんだが、眼もとの美しいおなごであった。数日前から、日に三度、膳部をあげさげするごとに、あの市弥は、勘兵衛ごとき乞食同然の者を愛《いと》しゅう思うてくれている様子であったゆえ、ついつい、ああいう仕儀になった」

あ、とおもった。勘兵衛は、由紀と小磯を間違えているらしいのである。帯の下につめたい汗が流れた。

あのとき、由紀が抱きすくめられておれば、由紀は当家を出ざるを得ないはめになったことだろう。由紀は、なるほど寝ている勘兵衛をからかいはした。しかしそれはあくまでも「安全」と計算しての遊びで、それを踏みこえてまでして夫でない仇《あだ》し者と通じようなどという不貞の気持は、毛ほども持っていないつもりだった。

由紀は利口な女だ。まるで若い母親が幼い子供に話すような声色を冗談めかしく作って、

「渡辺様の遠い御先祖は、大江山の鬼を退治た渡辺ノ綱でございましたね。おとぎばなしできいた所では、あの源家の勇士たちは、鬼の酔って寝ているスキをねらって討ちとったということでございました」

「左様であったかな。わしは昔話はあまり知らぬ」

「小磯にすれば、鬼の寝ている様子がおかしくて、すこしいたずらをしたにすぎませぬ」

「すると、わしが鬼か」

「左様でございます」

「すると、小磯は何になる」

「小磯は渡辺ノ綱でございます。鬼にちょっといたずらをしただけでございますのに、鬼のほうが起きあがって、渡辺ノ綱をむしゃむしゃと食べてしまうなどは、おとぎばなしには無い筋でございませぬか」

「なるほど、わしがわるかったかな」

勘兵衛は、由紀がはっとするほど、可愛い顔をした。由紀は楽しくなって、

「それはもう、渡辺様がお悪うございます。小磯にお詫《わ》びなされませ」

「しかし、御内儀。——」

こんどは、勘兵衛が、いたずらっぽい眼をむけて、

「そう申さるるなら、御内儀こそ、小磯殿に詫びなさらねばなるまいぞ」

「なぜでございましょう」

「勘兵衛は、これでも剣の林のなかで生きてきた男じゃ。眼は眠っていても、勘兵衛の皮、毛、骨はいつも目覚めている。御内儀、わしは存じていた。ついつい、小磯どのを市弥にしてしもうたのは、まさか御内儀は孫六殿のお持ち物ゆえ、市弥にするわけにはいかぬ。主のなさそうな小磯どのを身がわりにしたわけよ」

「まあ。……」

そのあと、どのようにして勘兵衛の前から部屋へ逃げもどったか、自分でも覚えがない。

(こわいお人じゃ)

慄《ふる》えがとまらなかった。自分が勘兵衛の胸毛をさわったり、唇をつけたり、体臭をかいだりしたことのすべてを勘兵衛は気づいていた様子なのであった。死にたいほどの羞恥《しゆうち》におそわれた。

（それを知らぬ顔でいたとは、底の知れぬお人じゃ）

数日、病気といって由紀は部屋を出なかった。冷静になってからあらためてその事を思ったとき、なるほど勘兵衛がそれほどの者であるからこそ、何万の大軍を自在に動かす能力をもっているのであろう。でなければ、ただの痴漢にすぎまい。

ひと月ほどして、孫六が戻ってきた。かれは、勘兵衛が屋敷に逗留《とうりゅう》していることを知ると、狂喜して、勘兵衛の日常の様子をこまごまと由紀にたずねた。

「なに。座敷で、床もとらずに寝起きなされておると？　なぜ左様な気のきかぬことをする。なぜ畳表を替え、夜具も新調してあげぬのか。そちは利口なおなごじゃ。それくらいのことに気づかぬわけでもあるまい」

「勘兵衛様は、ごく無造作なお人で、あれでよいと申されるのでございます。仕方がありませぬ」

「御膳は何をさしあげている」

「存じませぬ。小磯どのが、よいようになされておりましょう」

「毎日、湯をたてているか」

「存じませぬ」

「ご機嫌はどうじゃ」

「存じませぬ」

「そち、妙じゃな」

やっと、由紀の様子に気づいたらしい。孫六の目からみると、由紀は、この客をよろこんでいない様子であった。

由紀は、ここ一月ほどのあいだ、屋敷うちで勘兵衛とは顔をあわせぬようにしている。

こわいのだ。勘兵衛がこわいのではなく、由紀は、自分自身がこわかった。そうだろう、勘兵衛に、これ以上接触すると、自分自身がどうなるかわからない。げんに、孫六がもどる三日前の夜など、寝る前に独り点前《てまえ》で茶を喫《の》んだのがよくなかったのか、ひどく寝ぐるしかった。つい掛けぶとんをはずしたり、また掛けたり、ついには、灯をともしてみた。

枕元の明かりを入れたところで、なにをすることもない。無聊《ぶりょう》をもてあまして、髪をすこうかと思った。娘のころは、髪をすけばふしぎとねむれる習慣があったからである。しかし途中で倦いて、やめた。灯を吹き消した。

闇になった。たれも見ていない。独りである。由紀は寝床のうえで、思いきってみだらな姿勢をとってみようかしら、と思った。そのとおりにした。やってみると意外に面白く、由紀はしばらく熱中した。

あおむけざまになって、肢をひらいてみた。はじめは、ほんのわずかに開いただけで、自分でもおどろくほど、明るい解放感があった。娘のころから、いかなる場合でも肢をひらいてはならぬという作法のなかに生きてきた由紀は、ただそれだけのことで、まったくちがった世界に転移したような新鮮さを覚えた。

(かまいはしない)

と由紀は思い、闇のなかですこし体を動かしてみた。灯の消えた部屋を流れているつめたい夜気が、すばやく由紀の両肢の奥にしのび入り、由紀はさらにそれを迎え入れるようにからだをくつろげた。これはあたらしい感動だった。もう自分が、箸にも棒にもかからない淫婦になったような感じがした。いたずらで、あばずれで、世間の思惑などは考えず、たれとでも私通するような愉快で気さくな村の女になったような気がした。そのときはじめて、

(抱かれたい)

とおもった。たれかに。孫六にではない。できれば、夏の日盛りの路傍で何人もの男に犯され襤褸《ぼろ》になって捨てられたい、と思った。これもひどく楽しい夢想だった。ところが、犯している武者の顔が、どれもこれも真白い歯をもっていた。勘兵衛の顔

ではないか。

(ああ)

声をあげている自分に由紀は気づかなかった。気がついたときは、由紀は、つめたい廊下に独りすわっていた。

由紀の指は、勘兵衛の部屋のふすまの金具にかかっていた。

由紀は、ふすまを細目にあけた。中は、まだ明かりがついていた。そっとのぞいたとき、由紀は心ノ臓が凍《こお》るような思いがした。

勘兵衛の背がみえた。それがあのじだらくな武辺者かと思うほど、この男は端然とすわり、燭台《しょくだい》をひきよせ、書見をしていたのである。

「ご内儀か」

ふりむかずにいった。

「もう時刻が遅い。ご用ならば、明朝うかがおう」

「あ、あのう、お茶は要りませぬか」

「渇《かわ》けば、台所でひとり飲む」

このらいらくな男が、いまはひやりとするような物のいい方をした。由紀はむらむらと腹がたってきて、

「御用がございませぬかと、わたくしは親切でうかがったつもりでございますけど」

「ああ、そうでござったな」

勘兵衛に他意はなさそうである。ゆっくりと向きを変え、

「申しわけなかった。元来、文字に不馴れで書をよむのに難渋する。わしはどうやら、書見をすると、いつもこのように気がたつようじゃな」

おだやかに微笑している大きな眼が、気味わるいほどに澄んでいた。由紀は吸いこまれそうになった。しかし、あわてて帯に手を入れた。狼狽したときはみぞおちを押すとよいと祖母に教えられた。

「では渡辺様、おやすみなされますように」

「ああ、ご内儀も。――」

勘兵衛は、ゆっくりと頭をさげて、見台にむきなおった。

自室にもどってから、由紀は、勘兵衛のおそろしさをはじめて見たような気がした。あの眼と微笑である。それに吸いこまれて勘兵衛のかつての家来や与力たちは、欣然《きんぜん》と死地にとびこんで行ったのであろうか。

「――で」と孫六は、語を継いだ。

「留守中、他にかわったことはなかったな」

「なにもございませぬ」

由紀は、自分を魔性《ましょう》だとおもった。

五

渡辺勘兵衛了が、藤堂和泉守高虎にはじめて謁《えつ》したのは、それからさらに一年を経た慶長七年の暮であった。高虎は、伊予今治に帰国するとすぐ、それが帰国の目的であったかのように気ぜわしく勘兵衛を城内によんだ。介添えには、家老藤堂仁右衛門と小姓頭大葉孫六があたった。

「勘兵衛、ひさしぶりじゃな」

高虎は身を乗りださんばかりにして、いった。久しぶりとは、関ケ原の役後、大和郡山の城を受けとったことをいっているのだ。あのときの受領使は、高虎と本多正純であった。

「ああ、お久しゅうござる」

「あのときのそちの手並、みごとであったな」

これが高虎のかなしい性分だ。威のある者には、一介の牢人に対してもつい機嫌を

とるような口調でいってしまう。勘兵衛はニコリともせず、

「武士として当然なことでござる。しかし、左衛門尉（長盛）様は、よき主人ではござったが、よき大将ではござらなんだ。二度と城開け渡すような役目はしとうない」

「わしに仕えてくれるならば、左様な不運な目には遭わせぬ」

「それがまことなら、重畳でござる」

皮肉な口調でいった。その皮肉が高虎に通じた。いやな顔をしたが、苦労人のこの男のことだ、すぐにこやかな表情にもどして、

「仁右衛門からは、委細きいた。当家で八千石ならば仕えてくれるな」

「八千石？」

「いかにも」

高虎は、禄《ろく》を値切るつもりでいる。勘兵衛には、それがわかった。

「と申されることは、渡辺勘兵衛に八千石並の働きでよいと申されるのでござるな」

知行《ちぎょう》の高によって、あつかう部隊の数がちがってくる。むろん合戦の仕方もかわってくる。勘兵衛は高虎に、「八千石相応の器量とみたのか」と皮肉ってみたつもりだった。

「不満か」

「べつに不満ではござらぬ。殿の器量で、勘兵衛の器量を秤《はか》れば、渡辺勘兵衛の重さもその程度なのかと思うただけでござるよ」

「それでは、一万石でいかがであろう」

「安いのう」

「そうか。それでは、もう五千石ふやそう」

「まだ」

「では、二万石でどうじゃ。当家の身代では、それ以上は呉《く》れてやれぬぞ」

「では申しあげよう。拙者の知行は一万石でよろしゅうござる。そのかわり、御当家の軍陣のことは、一切勘兵衛にまかせるということでいかがでござるか」

「面白し」

「うふっ」

　と勘兵衛は笑いをおさえた。面白いもなにも、高虎にすれば知行が意外に安く済んだことにホッとしているだけのことなのである。

　勘兵衛のためにあらたに城内の二ノ郭に屋敷地があてがわれ、城下にも下屋敷の土地が縄張りされた。

　普請ができるまでは、高虎の命で家老藤堂仁右衛門の屋敷に住むことにした。どうせ身一つだから、どこに住もうとかまわない。

ところが、ほんの三月ほど経つと、仁右衛門の屋敷は、勘兵衛の家来であふれそうになった。

勘兵衛が阿閉氏や増田氏にいたころのかれの家来たちが、旧主の仕官のうわさをきいて伊予今治に諸国から馳《は》せ参じてきたのである。

そのうちのある者は新しい主家を退転してまで伊予にきたが、ほとんどは生活に窮した牢浪の者が多い。どの男も乞食のような身なりをしていた。サビ槍一筋さえもたぬ者もあり、今治の城下では仁右衛門の屋敷の門前を通ると悪臭がするといううわさが立った。

仁右衛門はさすがに閉口して、

「勘兵衛どの、なんとかならぬか」

「どうにも、ならぬなあ」

勘兵衛も苦笑している。

「しかし、あの連中は、行儀はわるいが、いざ合戦のときには物の用には立つ」

「左様でござろうとも。が、いま、長屋という長屋に分宿して貰うているが、しかしこれ以上はとても入りきれませぬぞ」

た。

「では、わしが出ようか」

勘兵衛は、仁右衛門の返事もまたず、即刻主だつ家来十人をつれて、孫六の屋敷に移った。おどろいたのは、孫六の屋敷である。十人の家来を収容する長屋がなかった。

「どうしましょう」

由紀は、ことさらに眉をひそめて孫六にいった。そのくせ、由紀は内心、浮きうきする心を懸命におさえているのである。

「ほかならぬお人じゃ、やむをえぬ」

孫六は、自分の家来の一部を親戚にあずけてまでして屋敷の部屋をあけた。

ところが、孫六の屋敷にきてからの勘兵衛は、由紀の目からみれば、まるで人がかわったかと思うほどきびしい容儀の男になっていた。

挙措動作《きょそどうさ》は、古格な室町振りにかない、由紀と顔をあわせても笑顔をさえみせなかった。むろん、座敷で寝ころぶなどの不作法もないし、由紀のカンでは、どうやら小磯に触《ふ》れていない様子なのである。

由紀は、あるとき、廊下で勘兵衛とすれちがったとき、すばやく訊いてみた。

「渡辺様は、ちかごろお変わりなされましたな」

「あれも勘兵衛」

「え？」

「これも勘兵衛じゃ。わしの家来どもは、わしのみを頼りに、しかもわしのみを見つめて暮らしている。わしが自堕落ならあの者どもが落胆する」

「むかしの勘兵衛様のほうが」と、大いそぎでいった。

「由紀は好きでございました」

「むかしの勘兵衛は、よくねむっていて御内儀どのにいたずらをされたな」

「まあ、あれは渡辺様が」

といいかけたが、それ以上いうと自分がなにをいいだすかわからぬとおもって、あわてて話をうちきった。

その後、城内の勘兵衛の屋敷が竣工《しゆんこう》し、かれはそこへ引き移った。

勘兵衛が去っていったとき、由紀は、

(もうこの人と会う機会は、生涯ないのではないか)

とおもった。勘兵衛ははるかな身分のへだたりができてしまったし、第一、いくらおなじ家中とはいえ、他家の女房が一藩の重臣に会う用などはあるはずがなかったのである。それを思うと、脇のあたりから体温が急に冷えてゆくような奇妙なさびしさが、ときどき由紀をおそった。

六

歳月が流れた。

関ケ原からのち世は、はげしく移りかわりつつあった。しかしそういう歳月の早さも京や江戸だけのことで、伊予今治の城下ではべつだんのこともない。

勘兵衛は相変らず独り身で暮らし、由紀のきくところでは入れかわり立ちかわり城下の色町から遊び女《め》を呼んでいるということだったが、かといって側女《そばめ》も置かなかった。身のまわりの世話は、まるで戦場にいる人のようにいっさい、男手にまかせきりなのである。

高虎は、

「淋しゅうないか。そちほどの身分ならば、しかるべき大名からでも嫁はとれるが」

「ひとりが気楽でござる」

「なぜじゃ」

「妻をもてば、子をなし、世をゆずることも考えねばならぬ。一万石の身代に執着ができて、つい殿に言わでもの追従《ついしょう》もいわねばならなくなる。合戦で命も惜しゅうもなる。よいことはひとつもござらぬ」

ところが勘兵衛には、長兵衛宗《たかし》という者があった。のちに渡辺家の嗣子になった人物だが、実子ではなく、姉の子だった。これに知行の内から五百石を割いて先手組の物主にしておいたが、あくまでも情義で行なった仕置きではなく、長兵衛は、叔父の勘兵衛におとらず剛強な男だったからである。

その後、大坂冬の陣までに勘兵衛の環境がかわったことといえば、藤堂家が、伊賀伊勢二十二万九百石に移封されたくらいのものであった。

その国替えの騒然としたなかで、由紀は、今治で一度、伊賀上野の城下で一度、勘兵衛に出遭《であ》った。

ついでながら伊賀は改易になった筒井定次の旧領である。城も城下の武家屋敷も、そのままに使うことができた。

由紀が夫の大葉孫六とあらたに入ることになった屋敷は、筒井家で禄千石を食んだ箸尾某という者の旧邸で、今治の屋敷よりもはるかに大きく、筒井家はもとより箸尾某も大和出身であり、いわゆる大和者の普請道楽だったために、邸内の結構も、武家屋敷に似あわずきらびやかなものであった。

大葉家がその屋敷に入ってから数日のち、由紀が、庭先きで畳職人をあつめて指図していた。そのとき不意に後ろから、

「ほほう、これはまるで御殿じゃな」

あっとふりむいて、由紀は、みるみる赤くなった。頬を染めるのは由紀の癖で、べつにやましいつもりはない。しかし自分の頬が赤くなったことに気づくとますます狼狽してタスキを外すこともわすれてジッと勘兵衛を見つめてしまった。勘兵衛は由紀から視線をはずしながら、

「そこまで参ったので、立ち寄ってみた。この大葉家は、勘兵衛にとっては、実家のようなものじゃからな。牢浪貧窮のころには、さんざん飯をふる舞うて貰うた。実家のこんどの屋敷がどのようなぐあいか、ちょっと検分にきたわけじゃよ」

「ご案内仕《つかまつ》りましょう」

由紀はわれにもなく弾んでしまってから、そっと唇を噛み、噛みやぶってしまってやろうかと思うほどつよく噛んだ。なんとはしたない女だろうと思ったのだ。

「ああ、そうして貰えればありがたい」

勘兵衛が玄関の式台に足をのせたとき、由紀にとって都合のわるいことに孫六が城から戻ってきた。

孫六は、勘兵衛の意外な来訪にひどくよろこび、まず邸内の茶室に案内した。

「今治では茶室がござらなんだが、ここでは茶室がありますゆえ、茶をならわねばならぬかと思うております」

由紀は、勘兵衛のことだから、「武士に茶などはいらぬ」というかと思ったが、意外にも合槌をうち、

「道楽がなければ、男が肥らぬ」

「まあ、渡辺様にはご道楽がおありでございますか」

「わしは無いわさ。無いゆえ、齢《よわい》五十になろうとしているのに、いまだに人間に圭角が多く、和泉《いずみ》殿にもきらわれる」

勘兵衛は、自分の主人である藤堂高虎を、普通には殿とは呼ばず、まるで同輩のように和泉殿とよんでいた。高虎にすればそのことだけでも耳ざわりだったのか、ちかごろは勘兵衛を重用せず、

「あれは畳の上では役にたたぬ男よ」

などと側近にいったりした。そのことが勘兵衛の耳にも入り、

「和泉殿は、畳の上の駈け引きで大身の大名になったお人じゃ。勘兵衛を毛ぎらいなさるはずよ」といった。

孫六は、そういう確執《かくしつ》の噂もきいていたから、茶を喫しながらそれとなく諫《いさ》めると、

「なに、疎隔《そかく》も噂ほどではない。和泉殿は利口なお方ゆえ、勘兵衛ごときと争いをなさらぬしまた勘兵衛の使い道を存じておらるる。——使いみちといえば、この様子では東西の手切れも間近いな。ここ数年のうちに、日本はじまって以来の大合戦があるかもしれぬ」

「相手は大坂の右大臣家(豊臣秀頼)でござりまするな」

「相手はたれでもよいわ」

痛ましい顔をしたのは、この男の性分で、前代の支配者の遺子の哀れさが先立つのであろう。

「とにかく合戦がある。おぬしも、武具、具足のたぐいは、よくよく磨き揃えておくがよいぞ」

そのあと、孫六の組下の者が会いにきたので、孫六は由紀に、屋敷を見ていただくように命じたが、なぜか勘兵衛は、かたくなにことわった。

「わしも屋敷に用があるわい」

由紀は、瞬きもせずに勘兵衛を見つめていたが、勘兵衛には気の毒なほどうそが顔

に出ていた。由紀はそれを見ると急にからかってやりたくなり、

「ご用と申されるのは、色町の遊び女が参上しているのでございますか」

「それもある。しかし、わしは当家の御内儀が苦が手でな」

「その苦が手のわたくしに、あのころずいぶんと世話を掛けさせなされたのは、どなたでございましょう」

「はて、どこの勘兵衛であったろうか」

と、このとき、由紀がはっとするほど勘兵衛は気弱な微笑をうかべた。

その夜、由紀は、

(渡辺様は、わたくしに。——)

そのあとの言葉を脳裏に綴《つづ》るのがおそろしかったから、むりに孫六の抱擁をもとめた。由紀はすでに勘兵衛に想いを抱いている自分に気づいていた。しかし勘兵衛もまた自分に対しておなじ気持をもっていると知ったのはこのときからであった。

七

勘兵衛があの茶室で予言したとおり、それから数年たった慶長十九年秋、家康は大

坂征討のために天下の諸侯を動員した。七十三歳の家康は、同年十月十一日にみずから軍をひきいて駿府城を発し、同二十三日にはすでに京都に入っていた。

藤堂高虎は将軍秀忠に従って江戸から伏見に入り、同時に国許からは勘兵衛が仁右衛門とともに藤堂勢を統括《とうかつ》して合流し、総勢五千となった。

それがのちに冬の陣といわれた合戦である。しかしこの戦役の目的は家康の威力外交であったからめだつ合戦もなくすぎた。しかし翌る元和元年の夏になってから、勘兵衛のいう「日本はじまって以来の大合戦」が摂河泉の野で展開された。

家康は、徳川譜代の大名のなかでは最強といわれ、赤備えの異名をとった井伊直孝の部隊と藤堂高虎の部隊を先鋒とした。外様の高虎をこの重要な部署に抜擢《ばってき》したのは他に政治的理由もあるが、渡辺勘兵衛、桑名弥次兵衛などの高名の牢人あがりが侍大将になっている藤堂家の軍事力を高く評価したためでもあった。

藤堂隊と井伊隊は、相並んで京都を発し、河内口にむかった。むろん勘兵衛は、先手の大将である。ということは事実上東軍二十万の最先頭ということになるだろう。

この日、勘兵衛は、黒水牛の前立《まえだて》を打ったカブトをかぶって猩々緋《しょうじょうひ》の陣羽織を着、琵琶股のたくましい鹿毛《かげ》の馬にまたがり、金糸の房のついた采配《さいはい》を腰にさして、たれがみても惚れぼれするような武者ぶりであった。

その容儀をみて勘兵衛の古い郎従たちは雀躍《こおどり》してよろこび、

「われらが旦那は日本一」

と節をつけて唄いながら行軍した。勘兵衛の手飼いの者だけでなく藤堂家の士卒はすべて勘兵衛の姿を仰いで、

「黒水牛のカブトが戦場にあるかぎりは、藤堂家に負け戦さはない」

という確信をもった。

陰暦五月五日、家康は本陣を京から河内の星田に進めた。同時に将軍秀忠も河内砂に本陣を進出させている。

その夜、家康、秀忠を中心に軍議があり、先鋒藤堂隊には、東高野街道を南下して道明寺に進出しつつある城方の大部隊（後藤又兵衛・薄田隼人正の両隊）を腹背から衝《つ》くように訓令をあたえた。

高虎は拝跪《はいき》して自陣に帰り、ただちにその兵五千を部署し、先頭隊長に渡辺勘兵衛了、藤堂仁右衛門高刑《たかのり》、藤堂新七郎良勝、桑名弥次兵衛、中備えに藤堂宮内高吉、本隊の長藤堂勘解由《かげゆ》氏勝をそれぞれきめ、六日未明、道明寺にむかって東高野街道を押し出した。

当夜は月がなく、霧が濃かった。

未明とはいえ闇は深い。五千の兵が具足の金具を擦《す》りあわせながら、火もつけずに狭い路上を進むのは難渋なことだった。

ところが三丁も進んだかと思われるころ、高虎のもとに物見があわただしく帰ってきて、

「濃霧のためにしかとは見えませぬが、八尾と若江の方角にあたって、おびただしく人馬の動く音がいたしまする」

あとでわかったことだが、その大坂勢というのは、若江が木村重成、八尾が長曾我部盛親である。この両部隊あわせて一万の人数が、砂にある将軍秀忠の本陣を突こうとして急進しつつあったのだ。むろん、東軍の本営では道明寺の敵の動きに気をとられて事前にこれを察知することができなかった。

高虎は、年甲斐もなく仰天《ぎょうてん》した。

「そ、それは、たしかか」

ところが、このとき藤堂隊がにわかに乱れ立った。

「ど、どうした」

高虎は先鋒に使番《つかいばん》を走らせると、先頭の勘兵衛が既定の部隊行動を勝手に変更して、独断で先頭部隊を旋回《せんかい》させてしまったのである。使番は、

「渡辺様は、遠くの道明寺を討つよりも近くの八尾の敵を衝くのじゃと申されまする」

「おのれ」

すぐ騎乗の物見をその方向に駈けさせてしらべさせると、どうも事実らしい。

高虎は馬を飛ばして駈けくると、

「勘兵衛、なにをする。どこへゆくつもりじゃ。わが藤堂勢は、御本陣の命により道明寺にむかって押し出すことになっておる」

「痴《こ》けな」

と勘兵衛はあざ笑った。

「戦さは、機に応じて変ずる。眼前に敵があらわれたのに道明寺へ行くことがあろうか」

「それでは、御本陣の下知にそむくわ」

高虎は、敵よりも、家康・秀忠の機嫌をそこねることがこわかったのだ。勘兵衛はさらに笑い、

「畳の上の駈け引きも時によりけりじゃ。御本陣のお下知を後生大事にまもるのもよいが、戦さに負ければ何もなりませぬぞ」

「主命であるぞ。道明寺へ行け」

「和泉殿」

「殿とよべ」

「殿、あの若江・八尾方面の敵は、どうやら砂と星田の御本陣を突くつもりじゃ。われらが道明寺へむかった隙に、御本陣が突き崩されれば、関東勢の総崩れになりまするぞ」

「あっ、それもそうじゃ」

高虎はすぐ馬頭をめぐらせて駈け出そうとした。勘兵衛はその袖をつかみ、

「この急場に、どこへ行きなさる」

「御本陣へ駈けもどって、いかがすべきかを伺ってくる」

「あほうな」

勘兵衛の地声は大きい。

「その間に戦機を失のうてしまう。いま霧のむこうの敵を押せば当方の勝ちは楽々でござるぞ」

「勘兵衛、主命じゃ、動くな。わしがもどるまで動くでないぞ」

「戦さの仕切りはこの勘兵衛にまかせると申されしは、殿の虚言《そらごと》でござったか」

「時と場合によるわ」

「いまこそ、その時と場合でござるぞ」

「ばか」

高虎は、必死だった。老人とは思えぬほどの勢いで勘兵衛の手をふりはらい、この老人がただ一騎、本営にむかって駈け出したが、四、五丁も行くうちに夜も明け霧も晴れはじめ、さすがの高虎の目にも、若江・八尾から押してくる敵の大軍がまざまざとみえた。

（これは、やむをえぬ）

見てしまえば、この男も戦場で半世紀ちかくを送ってきた男である。軍令にそむく罪はこわいが、この大軍を破らねば、本陣ばかりか、藤堂家も潰滅《かいめつ》してしまうことはわかっていた。このときようやく決心がついた。

しかし遅すぎた。敵の長曾我部盛親は、すでに藤堂勢の存在をみて、いちはやく長瀬堤の高所に全軍を展開してしまっていた。戦場の地形的な利は敵がにぎった。

高虎は、あわてて馬をひきかえして全軍に攻撃を下知したが、長曾我部隊の巧みな戦法に打ち破られ、打ちかかる藤堂勢は、一段、二段、三段と潰滅した。まず藤堂仁右衛門が戦死し、つづいて桑名弥次兵衛が討ちとられ、そのほか騎馬武者六十三名、士分以下二百余名が戦死した。戦場で倒れているのは藤堂勢の武者がほとんどであり、主を討たれた馬が、麦畑の中を駈けまわった。

しかしこのときの勘兵衛の行動は、高虎からみれば奇怪なものであった。手兵三百を一ヵ所に固めたまま、この惨状の中で身動きもしないのである。

高虎は、何度も使番を走らせて勘兵衛の仕掛けを督促したが動かず、ついに高虎自身が勘兵衛のもとに駈けてきて、

「臆したか、勘兵衛」

「なんの。殿が下知されたかかる下手戦さにこれ以上仕掛ければ、地の利を占めた長曾我部勢をよろこばせるばかりで負けが大きくなるばかりじゃ。いまに御覧あれ、勝ったはずの長曾我部が、ひとりで崩れまするぞ」

勘兵衛は、長曾我部隊の協同部隊である若江の木村隊の戦況の推移を見ていたのだ。木村隊は井伊隊と激突していた。最初は互角とみられたが、大将の重成が討たれたのか、いままさに崩れようとしていた。木村隊が崩れれば長曾我部隊は孤軍になる。おそらくそれを恐れて城へ引きあげるのは必定だった。

(その退きぎわを討つ)

勘兵衛の思惑《おもわく》は図にあたった。

長曾我部陣に退き鉦《がね》が鳴ると同時に、勘兵衛は猟犬のようにとび出した。駈けながら、

「殿、いまじゃ、本隊の残兵をまとめてあれを追われよ」

「勘兵衛、ならぬ」

と、高虎は激怒した。高虎にすれば、長曾我部隊など将軍家から命ぜられている敵ではなかったのだ。引きあげるにまかせればよい。藤堂隊は、遅まきながらも昨夜命ぜられたとおり道明寺にむかわねばならなかった。

この重大な一瞬で、政略家の高虎と武略家の勘兵衛とのあいだに致命的な食いちがいができた。勘兵衛は高虎が付いて来ぬのをみるといそいで引きかえし、

「殿は、約束を反故《ほご》になさるや」

例の禄をきめるときに約束した軍配のことである。高虎は冷笑した。

「戦さも天下の仕置《しおき》の一つぞ。うぬらに何がわかろう。道明寺へ行け」

「戦さは勝てばよいのじゃ。敵がそこにおるのに後方の御本陣の顔色をみて遅疑する馬鹿がどこにある」

「主人にむこうて馬鹿とは何事じゃ」

「馬鹿は馬鹿としかいいようがあるまい」

勘兵衛が鞭《むち》をあげるや、その手兵三百は黒旋風《くろつむじ》のようになって長曾我部勢に追尾し、久宝寺《きゅうほうじ》で激突して五百にあまる敵の後衛部隊を潰走させ、さらに長駆して平野《ひらの》まで進出し、道明寺方面から敗走してくる大坂方の残兵の列を寸断してさんざんに破った。

東軍の諸将のうち、勘兵衛ほどの広域な戦場をくまなく駈けた者はいなかった。摂津、河内の野を阿修羅のように駈けまわった勘兵衛の働きは、東軍随一の声が高かったが、主人の高虎だけはみとめなかった。

認めないのが、当然でもあった。この日の勘兵衛は、藤堂隊とは何の関係もなく馳《ち》駆《く》していたにすぎなかったからである。

戦いが終ってから勘兵衛は、血しぶきのついた陣羽織をぬぎすて、あらあらしく高虎の幕営に入ってきて、

「殿、なぜわしに付いて参られなんだか。もしわしの手に三千の人数さえあれば、あのとき、長曾我部も真田も毛利も大坂城に退去させず平野で殲滅《せんめつ》できた所であった。されば、藤堂一手の武勇で大坂を攻めおとすことができたのではないか」

高虎は横をむいたきり返事をしなかった。

その数日後、この戦場でおなじ敵と戦った井伊直孝が、高虎に、

「御家中で莚《むしろ》の指物《さしもの》は何者でござるか」

高虎は沈黙した。勘兵衛了のことであったからである。

「あの指物の物主《ものぬし》は、北《に》ぐる敵を斬りなびけつつ手足のごとく軍兵を下知していた。あっぱれ大剛の士とみましたが、ご存じではござらなんだか」

あとで勘兵衛はこの話をきき、

「他家の大将に知られただけでも武者としてせめてもの仕合わせであったわ」

と、伊賀へ帰陣後、にわかに禄を返上すると、藤堂家を退転してしまった。

高虎は乱後、戦功よって伊勢鈴鹿郡を加えられ、のち侍従に進み、さらに少将となった。

大坂の陣における藤堂家の功績の多くは、侍大将渡辺勘兵衛の働きに負う所が多いというのは衆目の見る所だったが、中村一氏のときとおなじく、このときすでに勘兵衛は藤堂家になく、栄光の配分に浴することはなかった。

勘兵衛は、伊賀にもどると、すぐ家来を藤堂家の朋輩や他家の知人にたのんでそれぞれ引きとってもらい、屋敷を整理した。ある日、ただ一騎、具足を馬につけ、槍をもって、住みなれた屋敷の門を出た。

（来たときとおなじ恰好じゃな）

自分でもそれがよほどおかしかったのだろう、馬上で何度か笑った。

その足で、あいさつのために孫六の屋敷へ立ちよった。座敷にすわった勘兵衛をみて、由紀はおもわず涙ぐんだ。

「孫六どのが、江戸から戻ればよしなに伝えてもらいたい」

「御退去のあとは、どうなさるのでございます」

「多少の蓄えもある。京へ出て庵をむすび、気ままに世を送ろう。ここへ来る途上、隠遁《いんとん》したあとの名まで考えてみた。睡庵というのは、おかしいか」

「また、もとの勘兵衛様におもどりになるのでございますね」

「ああ、もとの自堕落な勘兵衛にもどる」

「睡庵様でございますゆえ、また着たままで何日もお眠《やす》みになるおつもりでございましょう」

「ただ、嗅ぎに来てくれる者がおらぬ」

「渡辺様」

由紀の眼がきらきらと光った。その眼は勘兵衛を見つめていたが、しかし見ることができなかった。涙があふれた。かえってそれが、由紀を大胆にした。

「わたくしは、渡辺様が恋しゅうございました」

勘兵衛は、庭を見た。きこえなかったふりをして立ちあがった。

廊下へ出た。

窓が西にあるために、この廊下の朝は、いつも暗い。あとから出た由紀は、先き立って勘兵衛を送ろうとして、その脇をすりぬけた。そのとき、不意に由紀の両ひざから力がぬけた。

由紀の体が不覚にも右へ崩れ、とっさに勘兵衛がささえた。勘兵衛の大きな手が、ゆっくりと由紀の背をまわって肩を抱いた。

「ああ」

由紀は、板敷の上に折りくずれた。

「立ちなされ」

「立てませぬ」

「やむをえぬ、こう……」

勘兵衛が抱きあげ、立たせようとした。しかし由紀がやっと立ちあがったとき、勘兵衛はしばらくそのままの姿勢で由紀をはなさなかった。やがて、ツと放し、「妙な男よ」といった。

「おれという男の運命《さだめ》がどうなっているのか知らぬが、ふしぎとどの主人とも縁が薄かった。主人だけではなくおなごとも縁が薄かった。生涯で一度、愛《かな》しいと思うおなごがいた。しかしそれがひとの内儀ではどうもならぬわ。おかしな一生もあるものよ」

言いおわったときには、すでに勘兵衛は背をみせて歩いていた。そのまま、玄関でも、門でも、ついに立ち去るまで振りかえることがなかった。

「常山紀談の記述では、睡庵渡辺勘兵衛了は、三代将軍家光の寛永年間まで京で存命していたという。由紀とのその後がどうなったか、そういう下世話なことまでは、古文書というものは書かないものらしい。

割って、城を

一

蔦《つた》が芽をだしたのは、ちょうど慶長八年である。

十年になる。

這いつづけて、庵の軒端もかくれるほどに蔓《はびこ》り栄えたが、善十は、まだ峠にいる。西へくだれば河内、東へくだれば、大和の国である。峠の朝は靄《もや》が深く、蔦が、油を浴びたようにぬれた。

峠の名を、竹内峠《たけのうち》といった。

善十が世に隠れて三年目に、客がきた。さる中国筋の大名から三千石に召し抱える、とのはなしだったが、いちもにもなく、ことわった。

五年目にも、訪客があった。おなじような用むきで、これもことわった。

十年目にも、一件、きた。

それがいま、善十の眼の前にすわっている。

まだ、前髪がとれたばかりの初々しい若者で、用むきは、前記二件とおなじであった。

ただ変っているのは、使者を差し立ててきた大名の名前である。

（古田？）

聞き覚えぬな、と思った。関ケ原で主家をうしなって以来、善十こと鎌田刑部左衛門は、自分で求めずとも、諸侯からさまざまの誘いはあったが、それらはいずれも戦国を生きぬいてきた武勇大身の家ばかりで、わずか一万石の小大名からの誘いなどはなかった。第一、一万石そこその小大名が、武辺名誉の士を求めるなどというはなしを、世上、きいたためしがない。

そのうえ、かんじんの古田織部正重然《おりべのしょうしげよし》という大名の名さえきいたことがない、とあれば、論の外ではないか。

善十は、だまっている。善十は、巌《いわお》のようにいかつい顔をもっていた。顔に、窓から吹きぬけてくる風が通ってゆく。善十は、かつて世にあったころから、人に笑顔をみせたことがないといわれた男である。

が、使者の若者は、善十の顔など意にも介さぬ笑顔でふと視線を西窓にむけた。陽が、落ちはじめている。窓に、蔦がからんでいた。蔦はみごとに紅葉し、その一葉一葉に夕陽がたまって、したたるように美しかった。

「地錦《じにしき》とは」と、若者は微笑した。「よくぞ申したものでござりまするな」

「なんの謂《いい》でござる」と、善十は、にべもなくいった。

「蔦のことを、茶人などの仲間では、左様に面白う云いなしまする」

（ああ、そういえば）

善十はおもいだした。

（古田織部正とは、茶人であったな）

そういう男がいた。いまも、いるのか、とだんだん記憶がはっきりしてきた。古田織部正とは、太閤の茶坊主であった者だ。善十の記憶の糸がすらすらとほどけはじめた。かの者は死んだ利休坊主の七哲の一人であったとされている。大そうな鑑定《めきき》上手というので太閤に愛され、武功もないのにつぎつぎと加増され、太閤在世中、お伽衆という役で三千石にまで累進した。

（内福でもある、そうな）

ぐらいは、善十も知っている。利休なきあと、茶器の鑑定は天下に織部正におよぶ者がなく、織部正が折り紙をつければ、たったいままでかまどのすみにころがっていた雑器でも、たちどころに「名物」になり、千金の値いをよぶ。そのため、諸大名、富商があらそって織部正のもとに茶器をもちこみ、その礼金がおびただしい。

その織部正は、慶長五年の関ケ原の役では東軍につき、役後、家康から、もとの知行地である伊勢松坂で一万石に加増され、諸侯に列した。

（……しかし）

その茶坊主あがりの小大名が、なぜ善十を必要とするのか。

善十、かつての鎌田刑部左衛門には、百戦不敗の閲歴がある。とくに槍組を指揮させては、絶妙の戦さ上手で、旧主宇喜多家で大禄を食《は》んでいたころ、故太閤から、「天下第一の物仕《ものし》」という褒辞さえもらったほどだ。

「しかし、わしも、老いた」と善十はいった。「年少《わか》のころはすこしは騒がれた覚えもござるが、なんの、いまはお役に立ちませぬ。それとも、織部正どのはお茶人におわすゆえ、こういう奇態な古物でも集めて飾ろうとでもなさるのか」

「いや、左様では」と若者は明るい声でいった。「ござりませぬ。ただ当古田家は、茶大名でござりまするゆえ、武辺ともなれば家中に名ある者はおりませず、主人の永い恨みでござった。そこでお前様がお仕えくださるとなれば、世間の聞えもよく、江戸の覚えもめでとうござりまする」

「それだけでござるか」

「はい」

（それだけではあるまい）

と思ったが、善十は興味をもった。茶人が乱世生き残りの武者をもとめるなど、それだけでも、浮世でまだ見果てていなかった奇妙ではないか。

「行こう」

本心から、いった。ただし、仕官する、せぬ、は織部正に会ったうえできめる、と善十は言い添えた。

「それで、よろしいか」

若者は、うれしそうにうなずいた。

このとき善十があらためて訊くと、この若者は、鈴木惣内といい、古田織部正の孫にあたるという。供をつれずに来ているのは、人目をはばかったのであろう。

若者は、その夜、庵でとまった。

翌夜も、とまった。

ふたりが、竹内峠を大和へおりたのは、三日目の朝である。善十には衆道の気があった。若者にも、ある。主人の織部正はそれを知って、とくに使者にえらんだのだろう。

二

善十は、伊勢松坂の城内では、家老関平蔵の屋敷にとめられ、賓客の礼をうけた。が、織部正は在城していなかった。公儀の指図で京都所司代板倉伊賀守に所用あって上洛し、京では数寄者《すきしゃ》の公卿門跡などにひきとめられて、帰国がおくれているという。

「そうかい」

と、善十は無表情にいった。驚いたり憤《いきどお》ったりするには、年をとりすぎていた。

二、三日、暮らした。

家老の関平蔵というのは、これでも武士かと思うほど気さくな男で、この地方に多い念仏行者であるらしく、朝晩ひまさえあれば、もぐもぐと唱名《しょうみょう》している。

屋敷の様子も、ひどく数寄なもので、武家の屋形らしいのは、外観だけといえた。

(やはり、茶人大名の家老だけのことはあるな)

「これが唐渡りの南天でござる」

などと、家老の関平蔵は、自分の屋敷を、舐めるような愛着をもって、善十を案内するのである。

「あれは、塩飽《しあく》の舟板でござって」

「ふむ」

「これは、名物にて時雨の茶入でござる」

と、秘蔵の品々までみせてくれた。城代家老といえば、一朝有事には、侍大将として主家の興亡を担わねばならぬ役目だが、関平蔵にはそういう片鱗もなかった。

それに関平蔵は、善十が、わざわざ大和竹内峠からなぜ主人に招ばれてきたか、知らないようであった。

(おれもただの茶好きで、主人の道具をみせてもらうために来ているとこの男は思うているらしい)

その証拠に、関平蔵は、あれこれと道具のことを物語ったあと、

「お前様ご自慢のものをお洩らしくださいませぬか」

「兜は南蛮鉄」と、善十は答えた。「鉢は古風に作りなし、前立《まえだて》は鹿のつの、槍は虎笛と名づけた備前無銘、太刀は近江鍛冶《かじ》にて甘露俊長の上作。というものでござったが、関ケ原崩れのあとは、なにも持ちませぬ」

「いや、茶道具でござる」

「陶《すえ》でござるか」

「左様」

「湯のみに用いている竹筒が一個。それに、その」

と、善十は、平蔵のひざの前におかれた暗白色の異風な形の茶碗をゆびさし、

「それに似た飯茶碗が一個」

「ほう」

関平蔵は、おどろいて膝をのりだした。とすれば、宋胡録《すんころく》ではないか。平蔵でさえ、これは宋胡録の写しで、本物はもっていない。

「ぜひ、眼福《がんぷく》にあずからせていただきたいものでございまするな」

「峠の小屋に、ころがしてござる」

こんな話は、善十には、退屈だった。

四日目に、古田織部正が帰城した。午後、謁見する、という。

(どんな男か)

善十には、興味があった。戦国争乱のなかで、茶事や庭作りだけをもって一万石の大名になった男である。武辺一つで世を渡ってきた善十には、不可解な人物であった。あらかじめ、平蔵にきいた。

「織部正どのは、おいくつになられます」

「七十四でござる」

「ほう、ご高齢な」

「いやいや、齢だけでは、人間量れぬものでござりまするな。殿の茶は」

「茶？」

　また、その話であった。

「殿の茶は、ちかごろいよいよ若やぎ、あらあらしくおなりあそばした。枯淡の境どころか、童子のおもしろさにおなりあそばしたように思われまする」

「左様か」

　はるか下座で、善十は、平伏していた。

　声がかかり、なかば顔をあげて、ひたい越しに上座をみた。遠い。善十の霞み眼ではかすかにしか織部正の顔はみえなかったが、はて、と首をひねった。似ている。体のつき、顔のぐあい、皮膚の色、わざわざ作りあげたように自分に似ていた。

「ゆるりと、昔語りなどききたい」

　と織部正はいって、茶の用意をさせた。

　あとは、茶室である。

織部正は、大名ぶったところはすこしもなく、善十のために自分で茶碗をぬぐい、亭主として茶をたてた。

その様子を善十はじっと見ていたが、いよいよ驚嘆する思いであった。

しわで刻んだ大きな顔、盛りあがった鼻、厚い唇、そして老人にすればぶきみなほど白い歯。似ている。

「刑部左衛門どの」

と、織部正は鄭重にいった。

「お手前には、二十年のむかし、大坂の御城内でお見受けしたことがある」

善十には覚えがなかった。第一、織部正は太閤の直臣であり、善十は陪臣《またもの》である。対等に会う機会があろうはずがないから、織部正が、なにかのはずみに善十をみて、記憶にとどめただけのことであろう。

「そう、あのころ、こういうこともあったな」

と、織部正は、炉の炭をみながら、ほとんど眠っているような低い声でいった。

「故殿下が、ある日、織部にも万石をやらねばならぬな、とおおせられた。わしは、御意にさからうようながらお断わり申した。織部正は所詮は数寄者にすぎませぬ、旗をたて兵馬を動かすのは余人にまかせとうござる、というと故殿下はいっかな聞かれず、さればよき侍大将を世話しよう、さる者は陪臣であるが直参にひきたて、あらためてそちにとらせる、されば宇喜多中納言が家にいる鎌田刑部左衛門などはどうであろう」

（ふむ？）

善十は、眼をあげた。その眼を織部正はゆっくりと受けとめ、はじめて微笑した。故太閤はそこまでお手前を買うておられた、というように。

善十は、そっと肩を垂れた。心気のにわかにたかぶってくるのを、そういう姿勢でおさえようとした。しかし、首筋がすでに真赤になっているのをどうすることもできなかった。

武士は、しょせんは名聞《みょうもん》の餓鬼にすぎぬことを善十も知り、知ったればこそ世を捨てて竹内峠に隠棲もしたのだが、しかし織部正がいま洩らした秘話は、善十を驚かせた。太閤は、数にも入らぬ陪臣の自分をそこまで買っていてくれたこと、それそのものも衝撃であったが、そうした名聞に、なおふるいたつ血が、自分に残っていたのか、ということである。

（骨も枯れおおせた、と自分では自分を思いこんでいたが、なかなか、人間、焼くまでは変らぬものだ）

善十も、炭火をみつめている。

「いや、それも」と織部正はつづけた。「故殿下の例のお気まぐれであったかもしれぬ。お思いなされてのちは、万石のことも、お手前のことも、お言葉に出されぬままに豊国大明神になってしまわれたが。しかし、お手前のお名前が、日本数あるさむらいのなかから唯一つ、すらすらと故殿下のお口から出たことは、神明も消せぬ事実《まこと》でござる」

「織部どの」

と、善十は茶碗をおいて、

「こんどの御用は、何でござろう」

「これは、遠い昔の恋に似ている。あらためて遂げることができれば、どれほどうれしいであろうと思うた。わしに、仕えてくれるわけには参らぬか」

三

善十は、仕えた。

五百石で、家老職。禄のすくないのは、古田家の高がすくないからで、士としての名誉とかかわりはないことだ。もし百万石の諸侯につかえたとすれば、新知五万石というわけである。

それだけに、家中の口はうるさい。

——かつては聞えし者とはいえ、すでに墓場の骨になりかけているほどの者を、それほどまでの分限で、なぜお召しかかえなされたか。

この蔭口は、善十の耳にも聞えた。

(知るものか)

と、善十はおもった。なぜ自分を召しかかえたのか、織部正だけが知っているだろう。

その織部正は、江戸のあたらしい政権のなかで、かれにふさわしい地位を見出していた。

将軍秀忠の茶道の師範である。これは容易ならぬことであった。茶を教える場合、ときに一室で将軍とふたりきりになる。よほど、徳川家の信頼があつくなければつとまらない役目であった。

(織部正は、なんと好運な男よ)

と、諸大名からも羨望《せんぼう》された。織部正は、かつて豊臣家の茶道の者であったのに、それがいま徳川家に身をすべらせ、なお栄えているのである。

茶室で、将軍と炉をかこんでいるうちに、どういう政道むきの意見が織部正の口から出るかもしれないと思って、徳川譜代の武将たちも織部正の機嫌をそこねまいと思った。

七十四歳。

織部正は、なにもかもうまくいった一生である。

人柄も、うまれついて円満な男だった。かつて荒いことがなかった。

(ところが。——)

善十には、一つの不審がある。

織部正の茶のことである。茶のことはよくわからないが、

(無益なことをする)

と、かねて思っていた。

最初、織部正から茶をふるまわれたとき、善十がもたされた茶碗は、じつのところ、おどろくほど重かった。

よくみると、茶碗は割れている。割れ目をずしりとした黄金で接着してある。茶碗の異様な重量は、そこから出ていた。

（割れ茶碗で、ふるまったか）

と、はじめ不愉快であった。

ところが、あとで人にきくと、その茶碗は織部正の秘蔵の柿天目《てんもく》という逸品で、容易に用いないものだという。善十の機嫌は、なおった。

（されば秘蔵の品ゆえ、割れ目を継いででも用いられていたか。さても大名とはいえ、吝《しわ》いものじゃ）

城内には、茶道具が多い。当然、割れることも多いとみえ、善十がだいぶたってから知ったことだが、茶碗を繕う技術者も、わざわざ士分に取りたてて家中のなかにいた。

塗師《ぬし》、という職であった。

城内に仕事場がある。

よほど仕事が多いらしく、いつも漆《うるし》を煮ていた。

善十は、一度、その仕事場に入って、ものめずらしく見物したことがある。

まず「麦うるし」という接着剤《のり》をつくることからはじめるのだ。うるしに小麦粉をまぜてよく練るのである。それで茶碗の割れ目を継ぎ、七日捨てておく。

つぎにうるしに砥粉《とのこ》をまぜあわせた「銹《さび》うるし」というのりを継ぎ目の上から塗

り、その乾いたざらざらの面を、サルスベリの炭でよくみがくのである。さらにその上に、うるしと紅殻をもって作ったのりを塗って、湿度の高いむろのなかに数時間入れる。

まだ、仕あがりではない。その半乾きのものへ、金粉をかけ、うるしを塗り、そのあとは木賊《とくさ》でよくみがくのである。

(手間のかかる仕事だな)

善十は、あきれた。さらにあきれたのは、こういう設備を、大名が城内にもっているということだ。戦場を往来して人となった善十などには、理解ができなかった。

その冬、織部正は善十に、

「そちは、宋胡録《すんころく》をもっているそうだな」

と、たずねた。おそらく、関平蔵が耳に入れたのだろう。

「はて、宋胡録とはなんのことでござる」

「知らずにもっているのか」

「いや、ただの飯茶碗ならござるが」

「それを、どう、手に入れた」

「仔細なことではござりませぬ。竹内峠の大和側のふもとにて長尾という在方《ざいかた》がござる。そこの樵夫《きこり》が、善十どの不便でござろう、と茶碗を一つ、わけてくれただけのものでござりまする」

「それはおもしろい」

織部正は、膝をたたいた。

壺狩りというものが、太閤在世のころ諸大名のあいだで熱病のようにはやったことがある。諸大名が領国の百姓家の台所などをしらみつぶしにさがし、隠居の豆入れの小壺、下女のおはぐろの壺などを召し上げ、よさそうなものを選び、あらそって織部正に見せた。

「これは、結構なものでござる」

といえば、千金の値いがついた。

「そういうこともある。宋のみごとな青磁が下賤の家の台所のすみにころがっていたこともあった。いちど、みてやろう。よければ、わしに呉れい」

(茶人などはばかなものだ。なにが宋胡録なものか)

下城して、宋胡録とはどういうものか、関平蔵にきいてみた。

平蔵は、戦の陣立てなどは知らぬ男だが、そういうことだけは博識だった。

「左様、宋胡録、な」

と、自分の宋胡録写しをみせ、事こまかに説明した。が、もともと興味のない善十には異国の言葉でもきいているようで、頭に入らなかった。

ものも、異国渡来の陶器らしい。南溟《なんめい》にほどちかく、暹羅《シャム》という黒人国がある。わが南北朝のころ、暹羅王某が明の陶工をつれて帰って宋胡録（スワンカローク）という土地で窯《かま》をひらかせ、おもに茶碗、香盒《こうごう》をつくらせたものがこれである、と平蔵はいった。

善十は、屋敷にもどって、峠の小屋でつかっていた茶碗をさがしだした。

（これが、左ほどのものか）

黒ずんだ素地に暗白色の釉薬《うわぐすり》をかけただけの雑なもので、峠の小屋のころ、よくこんなきたない茶碗に飯を盛っていたものだ、とわれながらおかしくなった。

それをたずさえて伺候すると、織部正は、茶室で鑑《み》ようといった。場所をえらばねばやはり道具《もの》の景色がみえぬものらしい。

「これでござる」

と、善十が、箱をすすめた。

織部正がとりだして、その黒ずんだ物体をゆっくりと両掌のうちで抱いた。

糸底《いとぞこ》をかえした。

陽に、かざした。

やがてしずかに織部正の顔に血の色がのぼってきた。

「真正の宋胡録じゃな」

「…………」

「しかも」

茶碗を善十のひざに押しやりながら、

「みごとな出来じゃ。かほどのものを、わしも見たことがない」

善十は、手にとった。われながらおどろいたことに、さきほどまで変哲もなかった飯茶碗が、一変している。織部正がその掌の中で魔術を用いたかと疑わしくなるほど、その景色がみちがってみえた。釉薬の冴えといい、地肌といい、宝石のようであった。

「そういうものよ」

と、織部正は、善十の驚きを見すかしたように微笑った。

「陶磁は、もと、無智蒙昧《もうまい》の工人のつくったものだが、まことのことをいうと、わしの掌の中でうまれる。わしの掌が、生む。いま、その宋胡録はうまれた。そちの飯茶碗はみごとに千金の名物にうまれかわっている」

この宋胡録の釉薬の上に走っている火の燿変《あと》が、時雨のようにみえる。さらに仔細にみると、軒のようなものがあり、蓑がかかっていた。織部正は、いった。

「軒蓑、と名づけよう」

「なるほど」

「これをさらに出世させるために、将軍家に献上したい。されば、伝来、由緒がつく。天下の名宝となろう」

(左様なものか)

まるで、魔法であった。かような外法《げほう》を人間が用いてよいものか、善十はおそろしくなってきた。

(なるほど、茶人とは、千軍を駈けひきさせる大将以上に豪儀なものじゃ)

織部正は、「軒蓑」をとりあげたかわりである、といって善十に自分の脇差をくれた。

作は越中則重《のりしげ》。拵《こしら》えもみごとで、まず、万石以上の大名の道具である。善十には、茶碗などのような摩訶《まか》不思議なものよりも、このほうがむろんありがたい。

「これは、とんだ拾い首でござった」

「いや、越中則重は、たかだか万石のわしの差料《さしりょう》じゃが、軒蓑は、おそらく一国一城にも替えがたいものになろう」

織部正は、軒蓑をふたたび自分の両掌のなかへもどし、ふちに、二本の親指をかけた。

（なにを、するつもりか）

善十は見た。

織部正は、微笑している。が、異常な力が茶碗をもつ指にかかっていることは、その肩の様子でわかる。

（あっ）

ぴしっ、と、掌の中で茶碗が二つに割れた。さらに三つ、四つ、と破片が次第に小さくなってゆく。

「殿、なにをされるのじゃ」

「割る」

織部正は、楽しそうであった。

「割って、わしの好きなように、自在に黄金を流し入れてつなぐ。継ぎ目の景色は、いちだんとよいものだ」

「ほう」

割って継げば、名も実も、茶碗は織部正の作品になる。鑑定《めきき》だけではつまらぬ、そこに織部正を注入させるのだ、それには茶碗を割って継ぐしかない、と織部正はいいたいのであろう。

(茶とは、おそるべきものじゃ)

戦場ではいかなる敵にも慄えの来なかった善十が、いま、体が小きざみにふるえてきているのを知った。

四

屋敷にもどると、竹内峠へ使者として来てくれた鈴木惣内という若者が、

――伊勢参宮のもどりです。

といって、待っていた。

この惣内を、善十はあのとき古田織部正の家来だとおもっていたのだが、そうではなかった。

古田織部正の長女美津という者が、幕臣で近江国代官鈴木左馬助のもとに嫁し、幾人かの子を生んだが、惣内は、その二男である。まだ部屋住みの身でのんきな境涯ら

しく、外祖父の織部正に可愛がられるまま、松坂の館にいることが多い。

惣内は、茶道が好きとみえ、その若さで宗碩《そうせき》という道号まで持っている。

「今夜は、屋敷にとまるか」

と善十がきくと、惣内はその物腰に、善十にだけしかわからない色気を走らせ、頬を染めた。

日が落ちて、臥床《ふしど》に入った。善十は、寝物語のついでに、きょうの「軒蓑」の一件を話すと、

「ご出世、おめでとうござりました」

と、あの飯茶碗のために祝ってくれ、べつにふしぎそうな顔もしない。

「わたくしは、峠の庵にお訪ねしたときからあれは宋胡録である、と存じておりました」

「ほう、そちの眼にもみえたか」

「失礼ながら、わたくしはあのときほど驚いたことはござりませぬ。峠の小屋で乞食《こつじき》同然の境涯を楽しまれつつも、しかも飯茶碗に比類ない宝器を用いておられる、というお姿にえもいえぬ豪宕《ごうとう》なお心を感じ、身のうちのふるえる思いでござりました。

——されば」

惚れたのであろう。

(そうだったのか)

善十の思いもよらぬことであった。しかし、あの飯茶碗一つのふしぎな力が、越中則重の銘刀をひきよせ、そのうえかような色子までひきよせたとあれば、善十にいま降りかかっている運は、いったいどういう性質のものだろう。

「しかし」

と善十はいった。

「あの軒蓑は、殿の掌のうちにて五つにも八つにも砕けてしもうた」

「あな」

と、惣内はいった。

「たしかに左様な?」

「おお、砕けてしもうたわい」

「織部正様のわるいお癖でござりまする」

惣内のはなしでは、ここ一、二年来、織部正は、名物、大名物の茶碗をもとめては、しきりと砕き、塗師に接着させ、その継ぎ目にあらわれる漆と黄金の肉、色、模様を愛し、むしろそれに惑溺しているという。

——茶は、それでなくてはならぬ。すくなくともわしの茶は。

と織部正は、いっているらしい。いったいどういう美学から出たものであろう。

「あれは傲《おご》りでございます。わたくしは好きませぬ」

惣内は、この年若にも似合わず、意外な解釈をしていた。

織部正は、そのながい半生で一度も蹉跌《さてつ》ということのなかった、稀有の幸運児である。人柄も円満で、ほとんど、きずというものがなかった。惣内によれば、織部正は、おそらくそういう自分の人生や性格というものに、この齢になってようやく反逆を覚え、むしろきずやいびつのなかにこそ、美しさがある、と思いはじめたのであろう。

「茶というものを深め、つきつめてゆけば、ついにああなるかと思えば、おなじ道を歩いているわたくしは、恐ろしゅうなりまする」

「なるほど、の」

武辺者の善十にもわかるような気がし、惣内のからだを手さぐりながら、

「しかしそちは、ああはなるまい」

となぐさめた。外祖父の織部正とちがってこの孫は、すでに男として体が歪《ひず》んでしまっている。しかしこういう悦楽を覚えてしまった者の茶は、ゆくゆくどういうもの

になるのであろう。

「わたくしは」

と、惣内はいった。

「道具というものが、遠い数百年のむかしから伝わってきてなお損《そこな》われずに残っているというのは、また、見も知らぬ国から大海を越え渡ってこの国にきたということは、それだけに神仏の冥護《みょうご》があってのことと存じます。それを、人の手でわざと損うというのは、神仏を瀆《けが》すことになりましょう。ゆくすえ、よいことはありませぬ」

不吉を感じているらしい。

惣内のいうことも、善十にはわかった。惣内は自分がいびつなだけに、完全で玲瓏《れいろう》とした美へのあこがれが強いのかもしれない。

(茶とは、おもしろいものだな)

善十は、おもった。茶にあこがれたわけではなく、

(これは魔道だ)

とおもったのである。

善十にすれば、茶も合戦もおなじほどの胆力を必要とするらしいことはわかったが、しかし、合戦には、一槍ずつおのれのいのちを曝《さ》らしてゆくむこうに、武者にし

かわからぬ爽やかな天地があるようであった。茶はそうではない。茶は、見きわめれば、ついにどこかに墜ちるのではないか。

(利休坊主が太閤に殺されたのも、あるいはそういうことではないか)

それ以上は、善十にはわからない。わからないが、こういう家に、ながく身を置くべきではないと、ひしひしと思いなされた。

(去るか)

それが、慶長十八年の冬である。

翌年の冬、徳川家は、大坂の豊臣家と手切れになり、ひとたびは大軍を動かした。しかし、城外で小競りあいがあったのみで、すぐ媾和《こうわ》になり、両軍ともしばらく手を休めている。古田織部正には、格別の陣触れはなく、織部正自身は、京の所司代板倉伊賀守のもとにあってその活動をたすけ、善十らは、国もとにあって城を守っていた。

翌元和元年五月、大坂落城。

その直前に、古田織部正は、京都にあって身柄を拘禁されている。

善十には、どういうわけであるか、よくわからなかったが、かれ自身の取調べがすすむにつれ、織部正が、大坂方に内通していたらしいことが、だんだんわかってきた。

「陰謀」の実相は、わずか一万石の大名にしては豪壮すぎるほどのもので、夏の陣のとき、家康、秀忠が、京を出て大坂にくだるのを待ち、二条城を襲って占拠し、町々に火を放ち、天子を奉じて叡山に走り、大坂と呼応して東軍を挟撃する、というものであった。

（まことか）

と、善十は、疑った。茶人にしては恐るべき計画であり、また茶人なればこそ、計画があまりにも粗漏すぎた。

狂気に、ちかい。

徳川家への反乱は、肥後の加藤、芸州の福島といった故太閤恩顧の大大名でさえ企ておよばなかったことであった。

それをなぜ、とるにも足らぬ小大名が、しかも単独でやる気になったのか。

織部正は女婿の鈴木左馬助をも語らって一味にひき入れている。その左馬助の家来某がさることで京の市中で人を殺《あや》め、所司代で糾問されたことから、意外な右の事実があかるみに出た。

鈴木左馬助、断首。

その子惣内をはじめ一族二十余人、右におなじ。

善十は、まるで知らされていなかった。

（惜しい）

とおもった。もし織部正が挙兵の計画をあかしてくれたならば、善十は、調略武略では多少の覚えがある。敗亡するにしても、かようなぶざまはなかったろうとおもった。

（やはり茶人じゃ。思慮はこまごまと晦渋《かいじゅう》じゃが、大どころで抜けておる）

しかし織部正は、茶人らしい思慮で、あざやかな手は打っていた。事前に、逃げている。

古田織部正として、幕将鳥居土佐守成次に召しあずけられ、元和元年六月十一日、堂々と切腹したのは、ありようは善十であった。善十は、顔が、似ている。

織部正の陰謀は、すでに善十を竹内峠からよんだときから、周到にすすめられていたのであろう。

織部正は、自分の人生を自分の手で割りくだいた。

が、みごとに補綴《ほてつ》した。

のち薩摩に流寓《るぐう》し、その墓といわれる石が西南役前まであったという。

軍師二人

一

「小松山の争奪が、大坂城の運命を決するだろう」

というのが、後藤又兵衛基次の理論であった。軍議では懸命に説いた。城内で、

——小松山殿。

という異名さえできた。

「徳川は三十万、豊臣は十二万」

又兵衛は必死に説く。

「往昔の関ケ原のごとき野戦では、とうてい御勝利はおぼつきませぬ。とくに駿河の大御所（家康）は、武家はじまって以来の野戦の達者といわれるお方でござる。これが息の根をとめ参らせるのは、この小松山」

又兵衛は、絵図面を指でたたいた。

大和境に盛りあがっている変哲もない小山であった。絵図のその部分が、又兵衛の叩く指で、ついに小さく破れた。

「小松山」

又兵衛が、何度、怒号したことか。小松山へ、大軍を集中しなければならぬ。河内平野へ侵入してくる敵の大兵をここで叩く。かならず勝てる。地勢がそれを勝たせてくれる。そのかわり、味方としては、崩れても崩れても新手を投入する覚悟が必要であろう、と又兵衛は、説く。

「小松山を血の山にする御覚悟、この一事だけが、右大臣家（秀頼）の御運をひらかせ参らせる唯一の道でござる」

歴史がどう分岐するか、それはたかだか百米にすぎぬこの小山にかかっている、と又兵衛はくどいようにいうのだ。

——はて、どういうものか。

豊臣家の行政家たちは、顔を見あわせた。

首座は、家老の大野治長《はるなが》。それに、大野道犬、渡辺内蔵允《くらのすけ》、小姓頭の細川頼範、同森元隆、近習の鈴木正祥、平井保能、平井保延、浅井長房、三浦義世……、どれもこれも、城内で威福を張っている女官の子か、その血縁にあたる者で、必要以上に、

「譜代」

という権威をもって、後藤又兵衛、真田幸村、毛利勝永、長曾我部盛親、明石全登《たけのり》らの牢人大将を見くだしている。そのくせ、合戦などは絵巻物で知っている程度の、

なかば公卿化している連中であった。

かれらは、一様に、又兵衛の発案に対して難色を示した。

「小松山」

そんな山が、この豊臣家の領内（摂河泉三国の内で六十五万余石）に存在することをはじめて知った。絵図でみれば、大坂城本丸から五里というとほうもない遠方ではないか。

軍議の席には、城内で御袋《おふくろ》様とよばれているいわゆる淀君が、いつも出ていた。息子の秀頼二十三歳が、かるはずみに牢人部将どもの口車に乗って、戦場の危地に身をさらすはめになりはしまいか、そういう疑懼《ぎく》と、それを監視することが彼女の目的であった。

譜代衆は、みな御袋様の顔色をみて、軍議を進行させた。

又兵衛が、いった。

「この小松山に」

と、刺すように秀頼の顔を見ながら、

「おそれながら金瓢《きんぴょう》の御馬標《おうまじるし》をお進めくだされば、全軍の士気ふるい、士卒は御馬前での手柄をきそい、死を怖れずに働くことと存じます。されば、御勝利、いよいよ疑いなしという仕儀に……」

秀頼はだまっていた。

「相成りましょう」

「…………」

六尺の大男である。色が白く、その秀麗な容貌は、亡父秀吉には似ず、織田―浅井から流れている母系の血であった。生まれおちたときから侍女に育てられ、いまもって風呂で自分の手足も拭えない。城を出た経験といえば、少年のころ、城下の住吉の磯に貝拾いに出かけただけのことである。根に、聡明さがあるのかもしれないが、御袋様の盲愛が、それを完全にねむらせて育てた。秀頼にできる能力といえば、女に子を生ませることぐらいのものであろう。

秀頼は、意見をせがむような眼で、錦衣に白い脂肪をつつんですわっている御袋様を見た。

御袋様は、唇を小さく裂いた。むかしは傾国の美といわれたが、いまは醜くふとっていた。唇をひらき、こわばった顔で、

「修理どの」

と、譜代筆頭大野治長にいった。御袋様は、牢人部将どもに直接声をかけたことが

なかった。まさか乞胸《ごうむね》同然とまでは思わないにしても、家臣に対し、譜代、牢人あがり、という二種類に露骨な区別をつけていた。それが、城内の秩序をまもる上で重要なことだと信じている様子であった。

「右大臣家ご出馬、なりませぬ。それに、小松山なる山のこと、もそっと論議をかさねたほうがよろしいでしょう」

居ならぶ譜代衆の顔に、ほっとした安堵の色がながれた。城から五里は遠すぎる。一歩でも、石垣から離れる危険をなぜ犯さねばならぬ。城は、古今無双といわれる大坂城ではないか。

が、惣構《そうがまえ》はすでになかった。

濠も、昨年の冬の陣の講和で、家康にだまされて埋められてしまっている。図体だけは大きいが、防禦《ぼうぎょ》力の半減した裸城であった。

(しかし、城がある)

城は、譜代衆の信仰のようになっていた。この城をすてて、なぜ五里もさきの小松山まで出かけねばならぬか。五里は遠すぎる。

もっとも、関東の総帥の家康は、七十五歳の老人の身で駿府の隠居所から八十里の山河を越えて、すでに京都にまで入っている(元和元年四月十八日)。

二

四月は、軍議に明け暮れた。

一時は、真田幸村などの献策で、京都や近江の瀬田まで出兵し東軍主力を邀撃《ようげき》するという積極的な考え方も出たが、これは、大野治長、治房兄弟によって却下された。非出戦論の根拠は大野兄弟が信頼する小幡《おばた》勘兵衛景憲《かげのり》から出たもので、景憲は、家康の間諜である。歴とした徳川家の旗本である。故意に牢人し、大坂城に入城した。

——家康の戦術癖ならすべて知っている。

ということで、重用された。景憲が間諜として家康から命ぜられている任務は、出戦せしめるな、ということで、景憲はこのため古今の戦例を引き、籠城の利を説き、

——城を出ればかならず敗亡する。

という恐怖を譜代衆に滲透《しんとう》させた。自然、かれらからみれば、又兵衛の城外五里の地で決戦するという思想は、「いかにも食いつめ者の牢人が考えそうな破れかぶれの策」（譜代の将渡辺内蔵允）であった。

かといって、又兵衛が城内で軽視されていたわけではない。又兵衛は、七個軍団に

編制された決戦用兵力のうち、一軍団の大将に選ばれているし、大野治長が主宰する最高作戦会議ではつねに構成員の一人であった。

しかも、城内では譜代、牢人をとわず、中級、下級の武士のあいだでは圧倒的人気があった。

長沢九郎兵衛という譜代の若者が、又兵衛の近習につけられている。この若者は神のように又兵衛基次を尊敬し、のちに「長沢聞書」をのこした者だが、

「基次さまが、お風呂を召されたとき、御垢をとりましょうと朋輩と一緒に入ったことがある。お年（五十六歳）とはみえぬお見事な体で、なによりもおどろいたのは、満身の刀傷、槍傷、矢傷、弾傷であった。数えてみよとおおせあったので、朋輩と一緒におもしろがって数えたところ、五十三もあった」

――これだけが、おれの一生さ。

「と、お笑いなされ、コウコウとお笑いなされると、古傷の一つ一つが動いて、いかにも奇怪でもあり、滑稽でもあり、これこそ武神の再来かと思われて、おもわず涙がにじんだ」

城内では、この傷がものをいう。

文字どおり、千軍万馬の経歴を、傷の一つ一つが物語っている。

が、御袋様などが怖れるほどの軽忽無頼《きょうこつぶらい》な牢人ではなかった。行儀作法、物腰、言葉つきは、むしろ、暖衣飽食してきた譜代衆よりもしなやかである。

常にいった。

「軍法は、聖賢の作法也。平生の行儀、作法をたしなむべし。人に将たらん者は、欲を浅うし、慈悲を深うし、士《さむらい》の吟味を怠るべからず。一旦事ある場合は、即時に手の者をもって備えを立て、間に合うようにするがかんじん也」

かつて黒田家で侍大将をつとめたが、主人長政と気があわず、些細《ささい》なことから口論して一万六千石の高禄をすてて牢人し、ついには京で乞食までしたというこの男は、数奇な前歴に似あわず、つねにおなじ微笑で部下に接した。

豊臣家の牢人募集に応じて大坂城に入城したのは、この前年の慶長十九年の秋である。

同じ時期に入城した長曾我部盛親や真田幸村は、牢人とはいえ、かつては大名、または大名の子だったから、これをききつけて馳《は》せ参じた旧臣は、百、千にも及んだが、又兵衛は身柄一つの単身入城だった。豊臣家ではとりあえずこの男に二千の兵を付け、一手の大将にしたが、又兵衛は、これに独特の教育をほどこして、たちまち百年譜代の臣のように仕立ててしまった。

城内でも、後藤隊は一見してわかるようになった。自然、他の隊も、隊伍の編制から打物《うちもの》の長短まで後藤風をまねたという。だから城内での人気は、決して悪くはない。

ただ、又兵衛が手こずったのは、

「小松山」

の一件である。譜代衆は、出不精になっている。又兵衛の長駆邀撃主義を怖れた。その最後の軍議で、又兵衛はなおも力説したが、会議を主宰する治長は、

「又兵衛どの、御前でありますぞ」

と発言をおさえ、

「左衛門佐《さえもんのすけ》どの、弁じられよ」

真田幸村の発言をうながした。

幸村は、信州の名将といわれた真田昌幸の子である。実戦の経験は、十六歳のとき信州上田城で父昌幸とともに家康の派遣軍と戦ったときと、二十代に関ケ原戦の前哨戦ともいうべき上田の攻防戦で、父とともに徳川勢をしりぞけたときの二度にすぎない。

が、天稟《てんぴん》の謀才がある。その上、関ケ原後、父とともに薙髪《ちはつ》し、十数年、高野山領

の九度山《くどさん》に浪居したが、この間、和漢の軍書を読み、父の軍事知識の一切を吸収した。又兵衛は戦場で兵策を学んだが、幸村は書斎でそれを学んだといっていい。

前記長沢九郎兵衛の覚書によれば、

「真田左衛門佐は、四十四五にも見えもうし候。額口に二三寸ほどの疵痕《きずあと》これあり、小兵なる人にて候」

とある。背の低い、痩形の、しかし深沈とした瞳をもった人物をほうふつすることができる。

冬の陣の前、幸村が入城したときは、城下の町家の者までが、

「真田殿ご加勢」

と、赤飯を焚いた者があったという。すでに父昌幸の名は、伝説的な名将としてその神謀鬼策ぶりが、士庶のあいだに流布《るふ》されている。その子である。しかも謀才はむしろ父以上であるという。

秀頼までがよろこび、家老治長をして平野口まで出迎えしめ、近習頭速見《はやみ》甲斐守を正使として城下の宿所を訪問させ、当座の手当として黄金二百枚、白銀三十貫目を与えた。

入城後ほどなく、又兵衛とのあいだに確執がもちあがった。

繰りかえすが、この当時は冬の陣の前で、城は、内外の濠も埋められておらず、太閤築城のころとおなじ結構であった。

「さすが太閤の縄張りじゃ」

と、幸村は城内を巡検して感嘆したが、たった一個所、重大な欠陥を発見した。

城の南、玉造口が、意外に薄装なことであった。故太閤は気づかなかったようだが、幸村は、大坂の地勢、道路からみて、攻城軍の主力が当然、城南に集中するものと見、二重要塞を構築することを考えた。

出丸を一つ、城外に作るのである。さいわい、空濠《からぼり》の外に、一丘陵があった。のちに有名になった真田丸の構想が、入城早々の幸村の脳裡にうかんだ。

ところが、水準以上の将才ある者の着眼というものは、一致するものらしい。じつをいえば又兵衛のほうが数日早くこの欠陥に気づき、かつその丘陵を検分してここに城外要塞を築くことをきめ、図面も描き、町で材木、人夫の手当ても済んでいた。

幸村は幸村で町で、人夫、資材を準備し、ある日、現場に臨んでみると、意外にも、見なれぬ材木が集積されている。

「何者の指図じゃ。調べてみい」

真田家譜代の郎党海野某を町へ走らせて聞きこみさせると、普請ぬしは後藤又兵衛であるという。

「後藤？」

幸村は、当時まだ又兵衛の才をさほど買っていなかった。幸村は野戦の経験はうすいが、籠城戦では、信州上田城で父とともに、古今稀有の戦歴を残した自負がある。又兵衛何するものぞ、という肚があったのであろう、

「とりのけよ」

と命じた。

又兵衛の作事小屋はこわされ、材木は遠くへ運び去られた。

そのあと、又兵衛が現場をみて驚き、何者の仕業か、ときくと、

「真田様でございます」

と人夫がいう。

「孺子《こせがれ》」

一言だけ、吐きすてた。

これが城内に誇大に喧伝されて、後藤殿と真田殿とが激しく確執しているといわれ、又兵衛が、真田の孺子が左様な存念なら一戦も辞せぬ、と真田の仮り陣屋にいまにも押し出す、といううわさまで立った。

城内十数万、うち、女が一万。士卒の大半が寄せあつめの烏合《うごう》の衆であり、そのうち関東の諜者も多数入っている。虚伝妄説が発生流布されるには、これほど適温適湿の城はない。

大野治長が、驚いた。

驚いたが、この女官（大蔵卿局《おおくらきようのつぼね》）の子には、どうさばくべきかわからなかった。

そのうち、

「真田殿ご謀叛《むほん》のお肚づもり」

という妄説まで流れた。幸村の実兄で信州上田十一万五千石の領主真田信幸が、徳川方の大名として西上軍の陣中にある。それと内通するために、わざわざ新要塞を城外に設けようとしているのだ、という。

この浮説で、やっと治長はこの一件を裁く気になった。ひそかに後藤又兵衛を呼びよせた。

又兵衛は、当然、軍事上の意見を聴取されるものと思い、そのつもりで二ノ丸の大野屋敷に出むいてみると、

「ほかでもないが」

と、治長は、さも重大そうなそぶりで、この浮説を説明しはじめた。治長、四十余

歳。凡庸だが、しかし女官の子らしく、こういう人事上の問題になると、妙にじめじめした情熱をもつ男である。

「どうであろう」

首をかしげた。やや左眼が、斜視である。

又兵衛はばかばかしくなった。

「古来、城というもの、多くは外敵で陥ちず、内紛でほろぶものでござる。もともと真田殿は名家の冑《ちゅう》であり、利をもって動くような育ちではござらぬ。しかもすでに四十を越えていよいよ人品に香気あるは、よほど心術の爽快なゆえでござろう。城内の浮説、早くよりそれがし耳にしてござるが、なるほどそれで読めた。真田殿の心術、おそらく浮説あるがゆえに、あえて本城の内で防戦せず、身を城外に曝《さら》し、小塁を築いて敵陣の奔入を一身であたろうとする御所存であろう。されば拙者も、持場あらそいをやめ、あの一郭を真田殿にゆずることに、たったいま決めました。後藤がよろこんで譲った、とあれば、浮説も消えましょう」

真田丸築城は、公認された。

幸村は、右の一件、又兵衛が取りなしたとうわさできいたが、別に礼には来なかった。

又兵衛の幕僚たちは、

「あいさつに来られるのが、人情でありましょうに」

といったが、又兵衛は笑って、

「わしは播州の地侍の子にうまれ、しかも幼いころに父に死別して、幼童のころから人中にもまれて成人した。自然、人の情義には感じやすく、人の心の表裏にも通ずることになったが、貴種というものはちがう。人はわがために尽すものと思って育っている。真田殿はそういうお仕合せなお生まれつきだ。気にすることはあるまい」

といった。

真田丸が竣工したのは十一月の半ばで、工期は一ヵ月余であった。又兵衛は、他の諸将とともに招かれて参観した。

百間四方で、建坪一万坪。その周囲にさらに塀柵《へいさく》を設け、塀外に空壕をめぐらせ、その空壕の中にも二重の柵を打ちこみ、塀柵の一間ごとに銃眼《やざま》六個ずつを開き、櫓々のあいだには井楼《せいろう》をおこし、その内部には無数の武者走りを通じて各井楼ごとの連絡を便ならしめている。

又兵衛は、これだけの城を一ヵ月で作りあげた幸村の指揮力にもおどろいたが、城の独創的な機能性にも眼をみはった。

（ただの孺子《こせがれ》ではない）

幸村に畏敬をおぼえたのは、このときからである。

（この仁、ともに語るべし）

とは思ったが、しかし、合戦のことにかけては、又兵衛に強烈な自負があった。幸村の器量はなるほどすぐれている、しかしあくまでも真田家の家伝ともいうべき城籠りの防衛戦の巧者であって、野戦に数万の軍兵を進退させる大会戦の指揮者ではない、と見ていた。

真田丸が竣工してほどないころ、城外天満の地で、城兵十余万の馬揃え（観兵式）があった。その総指揮官にえらばれたのは後藤又兵衛で、これには、真田家の譜代の郎党はよろこばなかった。

——かれはもと黒田家で万石を食んでいたとはいえ、陪臣《またもの》のあがりで、官位もない。わが主人がその采配の下に動くとは、どういうことであろう。

このおなじ不平は、もと土佐一国の太守であった長曾我部盛親の郎党も、さかんに洩らした。ところがうわさというものは面妖《みょう》なもので、これが又兵衛の耳に入ったときは、

「真田殿が、ご不満であられる」

ということになっていた。

「取りあうな」

と又兵衛は自分の幕僚をたしなめたが、しかし幸村に対しては、後世の幸村びいきの人たちが持ったような感情を、又兵衛は持たなかった。自然な人情というものであろう。

冬の陣は、講和でおわった。家康の奸計で城は濠を埋められ、殻をくだかれたさざえのような裸城になった。

「小松山」

の一件は、夏の陣のことである。

三

夏の陣前夜における軍議は、ほとんど開戦寸前まで果てることなくつづき、しかも戦略方針がすこしもきまらなかった。

「真田殿は如何」

と、大野治長がきいたのは、この会議も大詰めのころである。

説は、二つにわかれていた。譜代の諸将はほぼ籠城論。

牢人諸将はすべて城外決戦論で、この点では、幸村も又兵衛もおなじであった。

ただ、主決戦場をどこに予定するか、ということで、わかれた。

又兵衛の城外五里の小松山周辺に対し、幸村は城の本丸からざっと一里南方の四天王寺周辺という説をとった。

「それはならぬ」

と、又兵衛は反対した。四天王寺周辺は、距離が近いために本丸からの後詰《ごづめ》（予備隊）の投入に至便だ、という点はなるほどもっともだが、ところが戦場の地勢が開豁《かいかつ》で、兵力において三分の一にも満たぬ大坂方は、東軍の大洪水に呑まれてしまうだけであろう、といった。

これに対し、幸村は、

「そのかわり、四天王寺の塀、伽藍《がらん》が、格好の出城になる」

とあくまで幸村という戦術家は野戦においてさえ「城」の応用を考えた。どの武将にも戦術癖というものがある。幸村の場合、城の利用は真田のお家芸ともいうべきもので、それが長所であり、同時に限界であった。

「その上」

と、幸村はいった。

「大坂城と四天王寺は、おなじ上町台《うえまちだい》の台上に位置し、その間ほぼ小一里。嘆願申しあげれば、御大将（秀頼）の御出馬も、望みなきにあらず」

五里ならば御袋様が許すまいが、城門から一里ぐらいならば、秀頼をお出しなさるであろう、というのが幸村の計算である。

出れば、士気がふるう。

又兵衛も、そう思う。しかし五里ならばなぜ出られないのか。

「小松山へ金瓢の御馬標を」

というのが、又兵衛が胸裡に描いている理想の決戦風景であった。秀頼の父の故太閤は、若いころから常に戦陣の先頭に立ち、中原《ちゅうげん》を制してからも、小田原、奥州、四国、九州と、つねにその馬標は、軍とともにあった。二代目ともなれば、城内から一歩出るのも、怖れるかのふうである。

（幸村も、また不肖又兵衛も、百年に一人、出るか出ぬほどの軍師であるはずだ。それが戦さの陣だてをするのに、総大将の足が何里歩けるか歩けぬかで、基礎を考えねばならぬ）

が、それはこの城の宿命でもある。

いっそ、総大将は出馬せぬ、という想定のもとに作戦をたてたほうが利口だろう。とすれば、長駆、小松山を制せねばならぬ。

「修理（治長）どの」

と、又兵衛は、なおも自分の作戦を捨てずこの会議のためにわざわざ絵師に作らせた大絵図をひろげた。

山河、村落、道路が、それぞれ自然色に彩色され、一見して、摂津、河内の姿が、雲上から俯瞰《ふかん》するかのようである。

「ほほう」

一同、又兵衛の用意のよさに、眼をみはった。

「これに、連山がござる」

南北に一線、又兵衛は指を走らせた。北から、生駒、信貴《しぎ》、二上《にじょう》、葛城《かつらぎ》、金剛、と峰をならべ、屏風のように天を画している山脈で、この屏風が、大和と河内をへだてている。

「敵主力は、大和から来る」

当然、屏風を越えねばならぬ。乗り越える峠は、いくつかある。しかし大軍を通過せしめるに足る大隙間は、一ヵ所しかない。

その隙間を、大和川が割っている。敵はこの大和川沿いに、きっと来る。この通路を、

国分越《こくぶ》え

という。国分とは、この隙間にある河内側の村名である。上代、ここに河内の国府がおかれていた。

「なるほど」

と、誰かが感心した。この山と山にはさまれた隘路口《あいろこう》ならば大軍も、糸のように細くなって通らざるをえないのであろう。

「この隘路口を見おろす高地が、小松山でござる。小松山に主力を集結し、眼下にじょうじょうと細まって行軍する東軍を一つ一つ潰してゆく。もしかれらをして河内摂津の大平野に入らせてしまえば、もはや、御味方の寡勢《かぜい》ではどうすることもできぬ」

又兵衛は眼をあげて、

「必敗でござるぞ」

といった。

「必敗ではない」

と、幸村はいった。

「それに、敵がかならず国分越えで来るかどうかもわからぬ。もし北方、生駒山のすそを越えて侵入すれば、小松山に主力を置くことは無駄になるばかりか、城は空き城同然となり、それこそ必敗となる。そういう冒険よりも、城に近い四天王寺に主力を据え、いず方から来るとも城の周辺で自軍を自在に動かして戦うこそ、戦さの常道でござる」

治長の頭は混乱した。治長には多少の政治力はあったが、戦さが見えない。こういうとき、凡庸な政治家の考える手は、たった一つである。

どちらの策が勝てるか、というより、この二人の天才を、どうなだめるか、ということであった。足して二で割る、そういう折衷妥協案しかなかった。

「では、こうすればどうじゃ」

と機嫌をとるような眼で、幸村と又兵衛をかわるがわるにみた。

「どうでござる」

「妙案じゃぞ」

治長は両手でコブシをつくり、右手のコブシを地図の小松山に乗せ、

「これが又兵衛どの。いいかな」

こんどは左手のコブシを四天王寺の上に置き、

「これが左衛門佐どのじゃ」

主決戦場をなんと二ヵ所に想定し、多くもない兵力を真二つに割り、二人それぞれの指揮にまかせようというわけである。さればどちらも満足ではあるまいか。

「さすが、修理どの」

といったのは、御袋様であった。

「妙案です。そうなさるがよい。右大臣様はどう思われます」

変に、かん高い声でいった。秀頼という人物は、声の調節ができなかった。

「されば、御裁可あった」

治長は、得意そうに、両将をみた。

幸村も又兵衛も、ぼう然としている。折衷案というのは、双方満足せぬということだ。双方の案の欠点のみ背負うことになる。

小松山五万。

天王寺口五万。

それをもって東軍三十万の兵にあたらねばならぬのだ。小部隊をさらに分割することは、軍学の初歩的な禁忌とされる。各個につぶされるために出かけるようなものである。

軍議は、それで終了した。七人の軍団長はそれぞれ影を踏んで帰営したが、途中、かつて宇喜多家の家老であった明石掃部全登《かもんたけのり》が、八町目口の陣屋に帰る長曾我部盛親と肩をならべて歩き、数歩ごとに捨て鉢な笑い声をあげた。

——ばかな話さ。

と、この勇猛な切支丹老人はいった。

切支丹老人が笑ったのは、「城内に、後藤、真田という、百世に一人、出るか出ぬかの軍略家が居る。そのどちらに統率権をあたえ、どちらの作戦を用いても、東軍を潰滅させることは不可能ではあるまい。ところが、城を率いて立つ者がお袋様であり、そのお袋様のお乳母様（大蔵卿局）の子治長である。後藤、真田ふたりの軍略家がさんざん論議したあげくが、一揆百姓でも考えぬような愚にもつかぬ素人案におちてしまった」

新編制ができた。

第一軍後藤又兵衛、六千四百人（薄田兼相《かねすけ》、明石全登、山川賢信、井上定利、北川宣勝、山本公雄《きみたけ》、槙島重利、小倉行春）

第二軍真田幸村、一万二千人（毛利勝永、福島正守、同正綱、渡辺糺《ただす》、大谷吉胤、長岡興秋、宮田時定、軍監伊木遠雄）

ただし、第一軍、第二軍とも、秀頼は後藤、真田に対し、絶対指揮権をあたえたわけではなく、所属の部将はあくまで「与力」であって、その合議の上に成りたっているいわば連合軍である。

幸村の第二軍は本営を四天王寺に置き、又兵衛の第一軍は、それよりも一里十町、前進した平野の聚落《しゅうらく》に本営を置いた。この布陣完成が、決戦よりも数日前の元和元年五月一日である。

四

この間、家康は京の二条城にあった。

五月五日二条城を発進、同夜遅く、河内の星田（現在、大阪府寝屋川市）に着陣した。ここで、諜者の報告をうけた。

諜者は、大坂方の部将樋口雅兼の下にいる朝比奈兵左衛門《ひょうざえもん》という者で、かねて京都所司代板倉勝重が放っておいた者である。
諜者の報告によれば、後藤又兵衛が、国分越えにむかって攻撃を準備しつつあると
いうことであった。
ここで家康は主力部隊三万四千人を後藤にむけることに決定し、攻撃の陣割り、行
軍序列をきめた。

第一軍　水野日向守勝成《かつしげ》　四千人
第二軍　本多美濃守忠政　五千人
第三軍　松平下総守《しもうさのかみ》忠明　四千人
第四軍　伊達陸奥守政宗　一万人
第五軍　松平上総介《かずさのすけ》忠輝　一万八百人

先鋒の総大将に抜擢された水野勝成は、三河刈屋《かりや》でわずか三万石の小身だが、家康
の譜代衆のなかでも戦さ上手で知られている。家康はこれに、譜代、外様《とざま》の諸大名を
配属させ、
「諸将のうち、汝《われ》を小身者とあなどって軍令をきかぬ者があれば、容赦は要らぬ。そ

の場で斬って捨てよ」

と、完全な指揮権を授けた。連合部隊の議長格にすぎぬ後藤、真田のあいまいな指揮権からみれば、水野勝成はめぐまれた指揮官というべきであろう。

水野勝成は、奈良にあった。

そこで、家康から付けられた諸将（堀丹後守直寄兄弟、丹羽式部少輔《しきぶのしょうゆう》氏信、松倉豊後守重政、奥田三郎右衛門忠次、別所孫次郎、軍監中山勘解由《かげゆ》照守、村瀬左馬助重治）と作戦会議をひらいた。

そのころ、四天王寺本堂にあった真田幸村は、きびすを接してもどってくる物見の報告が、ほぼ一致しはじめたことに気づいた。大和にある東軍の大兵が、しきりと国分越えにむかって西進しつつあるという。

「又兵衛の目算、あたったな」

幸村も仕事師である。べつにわだかまりがなく、むしろこころよく思った。が、幸村は、又兵衛について、不吉なうわさが、後方の城内で立てられていることも知っている。

——後藤殿、御内通か。

と、お袋様の側近らがいう。

なるほど、煙が立つほどの火のたねはあった。先夜、又兵衛の平野の宿陣に、家康の密使と称する京都の相国寺《しょうこくじ》本山の僧楊西堂《ようせいどう》という者が入っている。楊西堂がいうには、「もし関東へ御裏切りなされば、貴殿御生国の播州一国五十万石を当て行うであろうとの大御所様のお言葉でござる」

むろん、又兵衛は峻拒した。が、かほどまで某《それがし》の弓矢をお買いくださるとは武士の名誉でござる、よしなにお伝えくださるように、と、いんぎんに帰した。

そのために、うわさが立った。この悪評が又兵衛を腐らせている、と幸村はきいた。

（あの男、はやばやと討死をするつもりではあるまいか）

とまれ、幸村としては、東軍国分進出の気配に対し、作戦を立てなおさねばならなかった。

幸村が、又兵衛と会議すべく、毛利豊前守勝永とともに馬をとばして平野の後藤陣屋を訪れたのは、五月五日の夜である。幸村の四天王寺着陣が五月一日。この間、貴重な数日を、幸村は四天王寺宿陣でなすこともなく日を送っている。それがやっと立ちあがった。又兵衛の作戦案に賛同するために。

平野の、最前線で三将合議した。いずれも戦術眼の澄明な頭脳である。顔をあわすとたちどころに結論は出た。

又兵衛の原案どおりである。

――今夜のうちに第一軍は先発。第二軍は後続。

――道明寺の地点で全軍集結。

――未明とともに国分峠を越え、小松山を押えて敵の先鋒を突き崩し、潮合いをみて家康、秀忠の旗本にむかって全軍突入する。

というものであった。

「かたじけない」

と、又兵衛は、ここ数日、ひどく老けこんだ物腰でいった。幸村は、慶長十九年の秋、又兵衛をはじめて見て以来、これほど気の弱そうな顔をみるのは、はじめてであった。

「礼をいわれることはありませんよ」

幸村は、わざと大声で笑った。又兵衛にすれば、大野治長の折衷案をここで御破算にするにあたって、もし幸村が自説にこだわるなら、天王寺口決戦に又兵衛をひきずりこむこともできたのだが、それを捨て、又兵衛の原案に従ってくれた。感謝した。

幸村、勝永の二人は、出発準備のために大いそぎで宿陣を辞去した。

又兵衛は、ただちに、出発した。道明寺付近で後続の幸村らと落ちあうために、わざと行軍速度をゆるめた。

奈良街道は、路幅がせまい。兵は二列にならび、手に手に松明《たいまつ》をかざし、二千八百の人馬が、ゆるゆると東にむかって動いた。

星があったが、夜ふけとともに黒い天のなかに消えはじめている。霧である。これが又兵衛の人生にどう影響するかは、又兵衛さえ気づかなかった。霧は次第に濃くなりはじめていた。

五

東軍の先鋒の大将水野勝成は、すでに国分越えにまで進出していた。

眼下の闇に、河内平野が沈んでいる。

「霧だな」

五十二歳の勝成はつぶやいた。国松といった幼少のころから家康に従い、どれほどの戦さ場を踏んできたか、自分でも数えることができない。それだけに、濃霧の日の合戦には奇禍が多いことを知っている。

物見が帰ってきた。

「平野から藤井寺におよぶ街道一里半にわたって松明の動くのがみえます」

夜霧さえなければ、水野勝成が立っている台地から十分にその火の群れは見えたであろうが、この状況下ではみえない。

勝成は、堀隊、丹羽隊から小人数の銃兵を出させ、松明の方角に進発させた。しかもそれぞれに松明をもたせた。

与力の諸将はあざわらった。

「日向（勝成）は聞えたほどでもない大将じゃ。夜討に松明を持たせる馬鹿があるか」

が、濃霧である。照明がなくては一寸の道も歩くことができない。

又兵衛は藤井寺まで進出して、全軍を停止させた。時刻は、寅（午前四時）である。まだ、夜は明けない。

「これにて、真田殿を待つ」

と、又兵衛は、幕僚にいった。みな、一せいに松明を消した。

闇になった。

勝成が先行させた銃隊は、後藤隊の一せい消灯のために、方角を失った。

又兵衛は、待った。

が、真田軍があらわれる気配もない。

（これはまずい）

時を移せば、夜が明ける。明ければ、一天開豁の河内平野に蠢動《しゅんどう》する二千余の小部隊などは、東軍数万に呑まれてしまうだろう。

「道明寺へ」

再び、動きだした。道明寺が、真田軍と合流する予定地点である。ここで未明に集結し夜明けとともに攻撃を開始する手はずであった。が、もしも真田軍が来なければ、

（孤軍になる）

又兵衛の焦慮はそこにあった。

やがて、二十町むこう、道明寺到着。

が、まだ真田軍は来ない。後方に物見を出したが、数里さきまで一兵も見なかった。

「だまされた」

と、幕僚のなかでいう者もいた。真田幸村には、東軍の兄を通じ、家康からしきり

と誘降の使者がきている。そのことはだれもが知っていた。幸村は故意に作戦をそぐ、させるために定刻到着を遅らせているのではないか。

が、又兵衛という男は、この期にいたってそういうぐあいに気をまわす軽忽な頭の持主ではなかった。

(あれは、仕事師だ)

仕事師ではあるが、いや仕事師であるだけに、いかに土壇場で後藤原案に賛同したとはいえ、所詮は他人の案に従うことである、幸村は必死の気持にはなれなかったろう。それが行軍速度に自然出てしまっている。

(それが、人情だ)

又兵衛でさえ、そう思った。が、事実はもっと単純だった。濃霧である。漆釜《うるしがま》の底を泳ぐようなこの五月六日の濃霧が、四天王寺から後藤隊に追いつくべく必死に東進している真田軍一万二千の足を、むなしく足掻《あが》かせていた。

幸村は、この冷静な男にしてはめずらしく高い声をあげて、部隊を叱咤していた。

(遅れれば、又兵衛は死ぬだろう)

が、霧は、如何ともできない。

やがて、又兵衛の不幸がはじまった。道明寺で、しらじらと夜が明けてきたのである。

原案では、この地点では夜だった。まだ芝居の幕はあがるべきでなかった。が、あがった。

芝居の支度はまだ出来ていない。河内平野というひろびろとした舞台の上に、二千余の後藤隊が霧に濡れて立っている。しかし、この霧は、夜には不吉をもたらしたが、夜明けとともに好都合に転じた。濃霧のために、後藤隊の存在が、東軍からみえなかった。

「みな、今日で一期を飾れ」

又兵衛は、そう命じ、石川磧《がわら》の西岸に旌旗《せいき》をならべて布陣した。この石川の浅瀬を越えれば、むこうに小松山がある。

先取すべきであった。

霧のため、対岸の敵影がみえない。又兵衛は、敵の布陣、人数を知るために小人数の銃隊を編制し、「聞張《ききはり》」として小松山へ先行させた。聞張とは、探索射撃のことである。人数不明の敵陣へ銃丸を撃ちこみ、応射してくる音の量と位置によって、敵軍の概要を知ることができる。

やがて又兵衛は、霧の壁にひびいてくる双方の鉄砲音によって敵陣を髣髴《ほうふつ》した。

夜来、はじめて笑った。

「小松山には、敵はおらぬ」

この山の重要さを見おとしたのは、東軍水野勝成の不明であった。水野の麾下《きか》の諸将は小松山をのぞく諸所に、思い思いの陣形で夜来の行軍の疲れを癒やしていた。

又兵衛は石川磧の陣をはらい、浅瀬をわたり、全軍に早駆けを命じて小松山を占拠して敵を俯瞰した。

陽が昇るとともに霧は薄れはじめている。山麓の東軍は、狼狽した。見あげると、霧の晴れま晴れまに、無数の旌旗がひるがえっていた。

「かかれ」

と、水野勝成は、命じた。命ずるまでもなかった。幕下の諸将は、功をあらそって山麓にとりついた。大軍に兵略なしという。人数の差が懸絶しているばあい、小人数の側こそ戦術の変幻さが必要だが、大人数のほうは、ただひたすらに押せばよかった。

まず、第一陣に松倉重政隊、奥田忠次隊が山の正面からのぼった。

後藤隊の部将山田外記、片山助兵衛隊が、群がり登ってくる東軍を自在に突きくずし、まず敵の部将奥田忠次を討ち取り、ほかに首をむなしく授けた東軍の名ある士

は、高畑九郎次郎、今高惣右衛門、井関久兵衛、岡本加助、神子田《かみこだ》四郎兵衛、井上四郎兵衛、下野道仁、阿波仁兵衛。

東軍の先鋒は崩れ、のちに島原藩主になった松倉重政は、崖をころがるようにして敗走した。

山頂の又兵衛は、すかさず貝を吹かせ、前隊の山田、片山の両隊長をして敗敵に追尾し、国分の隘路口にむかって急進させた。

そこに、水野勝成の本陣がある。

勝成は、あわてた。突進してくる後藤隊は二、三百にすぎないが、いずれも死を決している。それに、路幅がせまく、南は山腹、北は大和川の崖である。総兵力をあげることができず、双方ほとんど一列の、一騎一騎の戦いであった。

しかも、頭上に又兵衛がいる。

又兵衛の貝、陣鉦、太鼓の音が、ひっきりなしに頭上からふってくる。

が、又兵衛の前隊にようやく疲労の色がみえてきた。

勝成は新勢《あらて》をくりだし、逆に後藤隊を押しはじめた。山上の又兵衛はすかさず中軍を駆けくだして交替させ、ふたたび東軍を数町さきまで押しかえした。

「真田は、来ぬか。——」

又兵衛が、愚痴とは知りつつも思わず絶叫したのは、このときである。

いま、真田軍一万二千の後詰《ごづめ》があれば、この隘路口でつぎつぎと予備隊を投入して疲労兵と交替させ、さらに山上に豊富な銃陣を布いて敵に乱射すれば、東軍潰走は必至であった。

が、山上に床几を据えている又兵衛は、意外なほど明るい顔をしていた。

(あたったではないか)

原案が、である。これで原案どおり真田軍が来れば、現実の勝利にはなるが、しかし戦術としてその正しさを実証された。

(これでいい)

どうせほろびるのだ、豊臣家は。又兵衛とその配下の牢人にすれば、武士らしい生涯をここで華やかに終るだけでいい。

時が移った。

又兵衛の手兵は疲労しきっていたが、それでも乱戦のなかをよく駆けまわっている。

が、東軍は、水野の第一軍だけでなく、第二軍の本多忠政五千、第四軍の伊達政宗一万が、すでに戦場に到着しつつあった。

又兵衛は、ころはよし、と見て床几を倒して立ちあがり、わずか三十騎の旗本とともに一団になって山を駆け降り、手綱を十分にしぼりつつ路上にとびおりようとした瞬間、銃弾に胸板を射ぬかれた。

が、落馬しなかった。

驚いて馬を寄せてきた旗本の金馬《こんま》平右衛門を鞍の上からゆるゆるとふりかえり、

「平右。首を打て。敵に取らすな」

そういって、鞍上に伏した。すでに、息が絶えている。

又兵衛があれほど待ちぬいた真田幸村の第二軍は、予定より七時間遅れて正午前、ようやく藤井寺村の手前に到着した。夜半丑《うし》の刻に天王寺口を出発したというから、行動速度は、一里を三時間ちかくかかっている。幸村ほどの神速な行動力をもった武将のこのおどろくべき遅延は、あながち、濃霧のせいばかりとはいえないだろう。

幸村は、おそらく、約束したとはいえ、やはり兵を温存したいと、途中思いかえしたのであろう。真田軍は一万二千で、大坂方最大の遊撃兵力である。これが、むざむざ後藤原案の国分の隘路口で損耗すれば、幸村自身、華々しい死場所がなくなってしまう。

(又兵衛は又兵衛の死場所で死ね)

幸村は、思ったにちがいない。べつに不人情でもなく、又兵衛という軍略家をそれにふさわしい好みの戦場で死なせ、自分という軍略家もまた、その軍略が正当と思う場所で、死所を得たい。

そう思ったにちがいない。

幸村は、せっかく藤井寺村まで進出したが東軍と小競合いをしただけですぐ退却し、翌七日、かれの軍略がもっとも至当する主決戦場である城外四天王寺の台地で、東軍十八万と戦い、しばしば突き崩しつつ、ひとたびは家康の本営にまで突き入り、寡兵の野戦としてはほとんど理想的といっていい合戦を演じ、午後、四天王寺西門を東へさがった安居天神の境内で越前兵西尾仁左衛門に首を授けた。

大坂落城は、その翌日である。

秀頼はついに城門を出なかった。

おことわり

本作品中には、今日では差別表現として好ましくない用語が使用されています。

しかし、江戸時代を背景にしている時代小説であることを考え、これらの「ことば」の改変は致しませんでした。読者の皆様のご賢察をお願いします。

（出版部）

|著者| 司馬遼太郎　1923年大阪市生まれ。大阪外国語学校蒙古語部卒。産経新聞社記者時代から歴史小説の執筆を始め、'56年「ペルシャの幻術師」で講談社倶楽部賞を受賞する。その後、直木賞、菊池寛賞、吉川英治文学賞、読売文学賞、大佛次郎賞などに輝く。'93年文化勲章を受章。著書に『竜馬がゆく』『坂の上の雲』『翔ぶが如く』『街道をゆく』『国盗り物語』など多数。'96年72歳で他界した。

新装版《しんそうばん》　軍師二人《ぐんしふたり》

司馬遼太郎《しばりょうたろう》

2006年3月15日第1刷発行
2024年4月2日第45刷発行

発行者――森田浩章
発行所――株式会社　講談社
東京都文京区音羽2-12-21　〒112-8001
電話　出版（03）5395-3510
　　　販売（03）5395-5817
　　　業務（03）5395-3615

Printed in Japan

講談社文庫
定価はカバーに
表示してあります

KODANSHA

デザイン――菊地信義
本文データ制作――講談社デジタル製作
印刷――株式会社KPSプロダクツ
製本――株式会社KPSプロダクツ

ISBN4-06-275345-6

講談社文庫刊行の辞

二十一世紀の到来を目睫に望みながら、われわれはいま、人類史上かつて例を見ない巨大な転換期をむかえようとしている。

世界も、日本も、激動の予兆に対する期待とおののきを内に蔵して、未知の時代に歩み入ろうとしている。このときにあたり、創業の人野間清治の「ナショナル・エデュケイター」への志を現代に甦らせようと意図して、われわれはここに古今の文芸作品はいうまでもなく、ひろく人文・社会・自然の諸科学から東西の名著を網羅する、新しい綜合文庫の発刊を決意した。

激動の転換期はまた断絶の時代である。われわれは戦後二十五年間の出版文化のありかたへの深い反省をこめて、この断絶の時代にあえて人間的な持続を求めようとする。いたずらに浮薄な商業主義のあだ花を追い求めることなく、長期にわたって良書に生命をあたえようとつとめるところにしか、今後の出版文化の真の繁栄はあり得ないと信じるからである。

同時にわれわれはこの綜合文庫の刊行を通じて、人文・社会・自然の諸科学が、結局人間の学にほかならないことを立証しようと願っている。かつて知識とは、「汝自身を知る」ことにつきていた。現代社会の瑣末な情報の氾濫のなかから、力強い知識の源泉を掘り起し、技術文明のただなかに、生きた人間の姿を復活させること。それこそわれわれの切なる希求である。

われわれは権威に盲従せず、俗流に媚びることなく、渾然一体となって日本の「草の根」をかたちづくる若く新しい世代の人々に、心をこめてこの新しい綜合文庫をおくり届けたい。それは知識の泉であるとともに感受性のふるさとであり、もっとも有機的に組織され、社会に開かれた万人のための大学をめざしている。大方の支援と協力を衷心より切望してやまない。

一九七一年七月

野間省一

さいとう・たかを　戸川猪佐武 原作　歴史劇画　大宰相〈第四巻　池田勇人と佐藤栄作の激突〉
さいとう・たかを　戸川猪佐武 原作　歴史劇画　大宰相〈第五巻　田中角栄の革命〉
さいとう・たかを　戸川猪佐武 原作　歴史劇画　大宰相〈第六巻　三木武夫の挑戦〉
さいとう・たかを　戸川猪佐武 原作　歴史劇画　大宰相〈第七巻　福田赳夫の復讐〉
さいとう・たかを　戸川猪佐武 原作　歴史劇画　大宰相〈第八巻　大平正芳の決断〉
さいとう・たかを　戸川猪佐武 原作　歴史劇画　大宰相〈第九巻　鈴木善幸の苦悩〉
さいとう・たかを　戸川猪佐武 原作　歴史劇画　大宰相〈第十巻　中曽根康弘の野望〉
佐藤　優　人生の役に立つ聖書の名言
佐藤　優　戦時下の外交官〈ナチス・ドイツの崩壊を目撃した吉野文六〉
佐藤　優　人生のサバイバル力
斉藤詠一　到達不能極
斉藤詠一　クメールの瞳
佐々木　実　竹中平蔵　市場と権力「改革」に憑かれた経済学者の肖像
斎藤千輪　神楽坂つきみ茶屋〈禁断の盃《さかずき》と絶品江戸レシピ〉
斎藤千輪　神楽坂つきみ茶屋2〈突然のピンチと喜寿の祝い膳〉
斎藤千輪　神楽坂つきみ茶屋3〈想い人に捧げる鍋料理〉
斎藤千輪　神楽坂つきみ茶屋4〈頂上決戦の七夕料理〉
作画…蔡志忠　訳…和田武司　監修…野末陳平　マンガ 孔子の思想
作画…蔡志忠　訳…和田武司　監修…野末陳平　マンガ 老荘の思想

作画…蔡志忠　訳…和田武司　監修…野末陳平　マンガ 孫子・韓非子の思想
佐野広実　わたしが消える
紗倉まな　春、死なん
司馬遼太郎　新装版 播磨灘物語 全四冊
司馬遼太郎　新装版 箱根の坂(上)(中)(下)
司馬遼太郎　新装版 アームストロング砲
司馬遼太郎　新装版 歳　月(上)(下)
司馬遼太郎　新装版 おれは権現
司馬遼太郎　新装版 大　坂　侍
司馬遼太郎　新装版 北斗の人(上)(下)
司馬遼太郎　新装版 軍　師　二　人
司馬遼太郎　新装版 真説宮本武蔵
司馬遼太郎　新装版 最後の伊賀者
司馬遼太郎　新装版 俄(上)(下)
司馬遼太郎　新装版 尻啖え孫市(上)(下)
司馬遼太郎　新装版 王城の護衛者
司馬遼太郎　新装版 妖　怪(上)(下)
司馬遼太郎　新装版 風の武士(上)(下)
司馬遼太郎　戦　雲　の　夢〈レジェンド歴史時代小説〉

司馬遼太郎　海音寺潮五郎　新装版 日本歴史を点検する
司馬遼太郎　井上ひさし　新装版 国家・宗教・日本人
司馬遼太郎　陳舜臣　金達寿　新装版 歴史の交差路にて〈日本・中国・朝鮮〉
柴田錬三郎　お江戸日本橋(上)(下)
柴田錬三郎　貧乏同心御用帳
柴田錬三郎　新装版 岡っ引どぶ〈柴錬捕物帖〉
柴田錬三郎　新装版 顎十郎罷り通る(上)(下)
島田荘司　御手洗潔の挨拶
島田荘司　御手洗潔のダンス
島田荘司　水晶のピラミッド
島田荘司　眩（めまい）暈
島田荘司　ア　ト　ポ　ス
島田荘司　異　邦　の　騎　士〈改訂完全版〉
島田荘司　御手洗潔のメロディ
島田荘司　P　の　密　室
島田荘司　ネジ式ザゼツキー
島田荘司　都市のトパーズ2007
島田荘司　21世紀本格宣言
島田荘司　帝都衛星軌道

島田荘司　UFO大通り
島田荘司　リベルタスの寓話
島田荘司　透明人間の納屋
島田荘司　〈改訂完全版〉占星術殺人事件
島田荘司　〈改訂完全版〉斜め屋敷の犯罪
島田荘司　星《せい》籠《ろ》の海 (上)(下)
島田荘司　屋上
島田荘司　名探偵傑作短篇集 御手洗潔篇
島田荘司　〈改訂完全版〉火刑都市
島田荘司　〈改訂完全版〉暗闇坂の人喰いの木
清水義範　蕎《そ》麦《ば》ときしめん
清水義範　国語入試問題必勝法〈新装版〉
椎名誠　にっぽん・海風魚旅〈怪し火さすらい編〉
椎名誠　大漁旗ぶるぶる乱風編〈にっぽん・海風魚旅4〉
椎名誠　南シナ海ドラゴン編〈にっぽん・海風魚旅5〉
椎名誠　風のまつり
椎名誠　ナマコ
椎名誠　埠頭三角暗闇市場
真保裕一　取引
真保裕一　震源
真保裕一　盗聴
真保裕一　朽ちた樹々の枝の下で
真保裕一　奪取 (上)(下)
真保裕一　防壁
真保裕一　密告
真保裕一　黄金の島 (上)(下)
真保裕一　発火点
真保裕一　夢の工房
真保裕一　灰色の北壁
真保裕一　覇王の番人 (上)(下)
真保裕一　デパートへ行こう！
真保裕一　アマルフィ〈外交官シリーズ〉
真保裕一　天使の報酬〈外交官シリーズ〉
真保裕一　アンダルシア〈外交官シリーズ〉
真保裕一　ダイスをころがせ！(上)(下)
真保裕一　天魔ゆく空 (上)(下)
真保裕一　ローカル線で行こう！
真保裕一　遊園地に行こう！
真保裕一　オリンピックへ行こう！
真保裕一　連鎖〈新装版〉
真保裕一　暗闇のアリア
真保裕一　ダーク・ブルー
篠田節子　弥勒
篠田節子　転生
篠田節子　竜と流木
重松清　定年ゴジラ
重松清　半パン・デイズ
重松清　流星ワゴン
重松清　ニッポンの単身赴任
重松清　愛妻日記
重松清　青春夜明け前
重松清　カシオペアの丘で (上)(下)
重松清　永遠《とわ》を旅する者〈ロストオデッセイ 千年の夢〉
重松清　かあちゃん
重松清　十字架
重松清　峠うどん物語 (上)(下)
重松清　希望ヶ丘の人びと (上)(下)

重松　清　赤ヘル1975
重松　清　なぎさの媚薬(上)(下)
重松　清　さすらい猫ノアの伝説
重松　清　ルビィ
重松　清　どんまい
重松　清　旧友再会
新野剛志　美しい家
新野剛志　明日の色
殊能将之　ハサミ男
殊能将之　鏡の中は日曜日
殊能将之　殊能将之 未発表短篇集
首藤瓜於　事故係生稲昇太の多感
首藤瓜於　脳男 新装版
首藤瓜於　ブックキーパー 脳男(上)(下)
島本理生　シルエット
島本理生　リトル・バイ・リトル
島本理生　生まれる森
島本理生　七緒のために
島本理生　夜はおしまい
小路幸也　高く遠く空へ歌ううた
小路幸也　空へ向かう花
小路幸也 原案 平松恵美子 山田洋次　家族はつらいよ
小路幸也 原作・脚本 山田洋次 脚本 平松恵美子　家族はつらいよ2
島田律子　私はもう逃げない〈自閉症の弟から教えられたこと〉
辛酸なめ子　女修行
柴崎友香　ドリーマーズ
柴崎友香　パノララ
翔田　寛　誘拐児
白石一文　この胸に深々と突き刺さる矢を抜け(上)(下)
小説現代編 石田衣良他著　10分間の官能小説集
小説現代編 勝目梓他著　10分間の官能小説集2
小説現代編 乾くるみ他著　10分間の官能小説集3
柴村　仁　プシュケの涙
塩田武士　盤上のアルファ
塩田武士　盤上に散る
塩田武士　女神のタクト
塩田武士　ともにがんばりましょう
塩田武士　罪の声
塩田武士　氷の仮面
塩田武士　歪んだ波紋
芝村凉也　孤《こ》闘《とう》の寂《せき》〈素浪人半四郎百鬼夜行(六)〉
芝村凉也　追憶の翰《かん》〈素浪人半四郎百鬼夜行(拾遺)〉
真藤順丈　畦と銃
真藤順丈　宝島(上)(下)
柴崎竜人　三軒茶屋星座館1〈冬のオリオン〉
柴崎竜人　三軒茶屋星座館2〈夏のキグナス〉
柴崎竜人　三軒茶屋星座館3〈春のカリスト〉
柴崎竜人　三軒茶屋星座館4〈秋のアンドロメダ〉
周木　律　眼球堂の殺人〈～The Book～〉
周木　律　双孔堂の殺人〈～Double Torus～〉
周木　律　五覚堂の殺人〈～Burning Ship～〉
周木　律　伽藍堂の殺人〈～Banach-Tarski Paradox～〉
周木　律　教会堂の殺人〈～Game Theory～〉
周木　律　鏡面堂の殺人〈～Theory of Relativity～〉
周木　律　大聖堂の殺人〈～The Books～〉
下村敦史　闇に香る嘘
下村敦史　生還者

下村敦史　叛《はん》徒《と》
下村敦史　失踪者
下村敦史　緑の窓口〈樹木トラブル解決します〉
九把刀　阿井幸作／泉京鹿 訳　あの頃、君を追いかけた
神護かずみ　ノワールをまとう女
四戸俊成　芹沢政信　神在月のこども
篠原悠希　霊獣紀〈獲麟《かくりん》の書(上)〉
篠原悠希　霊獣紀〈獲麟《かくりん》の書(下)〉
篠原悠希　霊獣紀〈蛟龍《こうりゅう》の書(上)〉
篠原悠希　霊獣紀〈蛟龍《こうりゅう》の書(下)〉
篠原美季　古都妖異譚〈玉手箱～シール オブ ザ ゴッデス～〉
潮谷験　スイッチ〈悪意の実験〉
潮谷験　時空犯
潮谷験　エンドロール
島口大樹　鳥がぼくらは祈り、
杉本苑子　孤愁の岸(上)(下)
鈴木光司　神々のプロムナード
鈴木英治　大江戸監察医
鈴木英治　望みの薬種〈大江戸監察医〉

杉本章子　お狂言師歌吉うきよ暦
杉本章子　大奥二人道成寺〈お狂言師歌吉うきよ暦〉
ジョン・スタインベック　齊藤昇 訳　ハツカネズミと人間
諏訪哲史　アサッテの人
菅野雪虫　天山の巫女《みこ》ソニン(1)　黄金の燕
菅野雪虫　天山の巫女《みこ》ソニン(2)　海の孔雀
菅野雪虫　天山の巫女《みこ》ソニン(3)　朱鳥《あけがらす》の星
菅野雪虫　天山の巫女《みこ》ソニン(4)　夢の白鷺
菅野雪虫　天山の巫女《みこ》ソニン(5)　大地の翼
菅野雪虫　天山の巫女《みこ》ソニン　巨山《コザン》外伝〈予言の娘〉
菅野雪虫　天山の巫女《みこ》ソニン　江南《カンナム》外伝〈海竜の子〉
鈴木みき　日帰り登山のススメ〈あした、山へ行こう！〉
砂原浩太朗　いのちがけ〈加賀百万石の礎〉
砂原浩太朗　高瀬庄左衛門御留書
砂原浩太朗　黛家の兄弟
ラトナ・サリ・デヴィ・スカルノ　選ばれる女におなりなさい〈デヴィ夫人の婚活論〉
瀬戸内寂聴　新寂庵説法　愛なくば
瀬戸内寂聴　人が好き［私の履歴書］
瀬戸内寂聴　白道

瀬戸内寂聴　寂聴相談室 人生道しるべ
瀬戸内寂聴　瀬戸内寂聴の源氏物語
瀬戸内寂聴　愛する能力
瀬戸内寂聴　藤壺
瀬戸内寂聴　生きることは愛すること
瀬戸内寂聴　寂聴と読む源氏物語
瀬戸内寂聴　月の輪草子
瀬戸内寂聴　新装版 寂庵説法
瀬戸内寂聴　死に支度
瀬戸内寂聴　新装版 蜜と毒
瀬戸内寂聴　新装版 花《か》怨《えん》
瀬戸内寂聴　新装版 祇園女御《ぎおんにょうご》(上)(下)
瀬戸内寂聴　新装版 かの子撩乱
瀬戸内寂聴　新装版 京まんだら(上)(下)
瀬戸内寂聴　いのち
瀬戸内寂聴　花のいのち
瀬戸内寂聴　ブルーダイヤモンド〈新装版〉
瀬戸内寂聴　97歳の悩み相談
瀬戸内寂聴　すらすら読める源氏物語(上)(中)(下)

瀬戸内寂聴・訳　源氏物語　巻《まき》一《いち》
瀬戸内寂聴・訳　源氏物語　巻《まき》二《に》
瀬戸内寂聴・訳　源氏物語　巻《まき》三《さん》
瀬戸内寂聴・訳　源氏物語　巻《まき》四《し》
瀬戸内寂聴・訳　源氏物語　巻《まき》五《ご》
瀬戸内寂聴・訳　源氏物語　巻《まき》六《ろく》
瀬戸内寂聴・訳　源氏物語　巻《まき》七《しち》
瀬戸内寂聴・訳　源氏物語　巻《まき》八《はち》
瀬戸内寂聴・訳　源氏物語　巻《まき》九《く》
瀬戸内寂聴・訳　源氏物語　巻《まき》十《じゅう》
先崎　学　先崎　学の実況！　盤外戦
妹尾河童　少年H　(上)(下)
瀬尾まいこ　幸福な食卓
関原健夫　がん六回　人生全快
瀬川晶司　泣き虫しょったんの奇跡　完全版〈サラリーマンから将棋のプロへ〉
仙川　環《たまき》　幸福の劇薬〈医者探偵・宇賀神晃〉
仙川　環　偽装診療〈医者探偵・宇賀神晃〉
瀬木比呂志　黒い巨塔〈最高裁判所〉
瀬那和章　今日も君は、約束の旅に出る
瀬那和章　パンダより恋が苦手な私たち
瀬那和章　パンダより恋が苦手な私たち2
蘇部健一　六枚のとんかつ
蘇部健一　六とん2
蘇部健一　届かぬ想い
曽根圭介　沈底魚
曽根圭介　藁《わら》にもすがる獣たち
田辺聖子　ひねくれ一茶
田辺聖子　愛の幻滅　(上)(下)
田辺聖子　うたかた
田辺聖子　春情蛸の足
田辺聖子　蝶花嬉遊図
田辺聖子　言い寄る
田辺聖子　私的生活
田辺聖子　苺をつぶしながら
田辺聖子　不機嫌な恋人
田辺聖子　女の日時計
谷川俊太郎訳　和田誠絵　マザー・グース　全四冊
立花　隆　中核VS革マル　(上)(下)
立花　隆　日本共産党の研究　全三冊
立花　隆　青春漂流
高杉　良　労働貴族
高杉　良　広報室沈黙す　(上)(下)
高杉　良　炎の経営者　(上)(下)
高杉　良　小説　日本興業銀行　全五冊
高杉　良　社長の器
高杉　良　その人事に異議あり〈女性広報主任のジレンマ〉
高杉　良　人事権！
高杉　良　小説消費者金融〈クレジット社会の罠〉
高杉　良　〈小説〉新巨大証券　(上)(下)
高杉　良　局長罷免—小説通産省
高杉　良　首魁《しゅかい》の宴《うたげ》〈政官財腐敗の構図〉
高杉　良　指名解雇
高杉　良　燃ゆるとき
高杉　良　銀行大合併〈短編小説全集(上)〉
高杉　良　エリートの反乱〈短編小説全集(中)〉
高杉　良　金融腐蝕列島　(上)(下)
高杉　良　勇気凜々

高杉　良　混沌《こんとん》　新・金融腐蝕列島　(上)(下)
高杉　良　乱気流　(上)(下)
高杉　良　小説　会社再建
高杉　良　新装版　懲戒解雇
高杉　良　新装版　大逆転！〈小説　三菱・第一銀行合併事件〉
高杉　良　新装版　バンダルの塔
高杉　良　第四権力〈巨大メディアの罪〉
高杉　良　巨大外資銀行
高杉　良　最強の経営者〈アサヒビールを再生させた男〉
高杉　良　リベンジ〈巨大外資銀行〉
高杉　良　新装版　会社蘇生
竹本健治　新装版　匣《はこ》の中の失楽
竹本健治　囲碁殺人事件
竹本健治　将棋殺人事件
竹本健治　トランプ殺人事件
竹本健治　狂い壁狂い窓
竹本健治　涙《るい》香《こう》迷《めい》宮《きゅう》
竹本健治　新装版　ウロボロスの偽書　(上)(下)
竹本健治　ウロボロスの基礎論　(上)(下)
竹本健治　ウロボロスの純正音律　(上)(下)
高橋源一郎　日本文学盛衰史
高橋源一郎　5と3/4時間目の授業
高橋克彦　写楽殺人事件
高橋克彦　総門谷
高橋克彦　炎《ほむら》立つ　壱　北の埋み火
高橋克彦　炎立つ　弐　燃える北天
高橋克彦　炎立つ　参　空への炎
高橋克彦　炎立つ　四　冥き稲妻
高橋克彦　炎立つ　伍　光彩楽土〈全五巻〉
高橋克彦　火怨〈北の耀星アテルイ〉(上)(下)
高橋克彦　水壁〈アテルイを継ぐ男〉
高橋克彦　天を衝く(1)～(3)
高橋克彦　風の陣　一　立志篇
高橋克彦　風の陣　二　大望篇
高橋克彦　風の陣　三　天命篇
高橋克彦　風の陣　四　風雲篇
高橋克彦　風の陣　五　裂心篇
高樹のぶ子　オライオン飛行
田中芳樹　創竜伝1〈超能力四兄弟《ドラゴン》〉
田中芳樹　創竜伝2〈摩天楼の四兄弟《ドラゴン》〉
田中芳樹　創竜伝3〈逆襲の四兄弟《ドラゴン》〉
田中芳樹　創竜伝4〈四兄弟《ドラゴン》脱出行〉
田中芳樹　創竜伝5〈蜃気楼都市《ミラージュ・シティ》〉
田中芳樹　創竜伝6〈染血の夢《ブラッディ・ドリーム》〉
田中芳樹　創竜伝7〈黄土のドラゴン〉
田中芳樹　創竜伝8〈仙境のドラゴン〉
田中芳樹　創竜伝9〈妖世紀のドラゴン〉
田中芳樹　創竜伝10〈大英帝国最後の日〉
田中芳樹　創竜伝11〈銀月王伝奇〉
田中芳樹　創竜伝12〈竜王風雲録〉
田中芳樹　創竜伝13〈噴火列島〉
田中芳樹　創竜伝14〈月への門〉
田中芳樹　創竜伝15〈旅立つ日まで〉
田中芳樹　魔天楼〈薬師寺涼子の怪奇事件簿〉
田中芳樹　東京ナイトメア〈薬師寺涼子の怪奇事件簿〉
田中芳樹　巴《パ》里《リ》・妖都変〈薬師寺涼子の怪奇事件簿〉
田中芳樹　クレオパトラの葬送〈薬師寺涼子の怪奇事件簿〉

田中芳樹　黒蜘蛛島《ブラックスパイダー・アイランド》〈薬師寺涼子の怪奇事件簿〉
田中芳樹　夜　光　曲〈薬師寺涼子の怪奇事件簿〉
田中芳樹　魔境の女王陛下〈薬師寺涼子の怪奇事件簿〉
田中芳樹　海から何かがやってくる〈薬師寺涼子の怪奇事件簿〉
田中芳樹　白魔《びゃくま》のクリスマス〈薬師寺涼子の怪奇事件簿〉
田中芳樹　タイタニア1〈疾風篇〉
田中芳樹　タイタニア2〈暴風篇〉
田中芳樹　タイタニア3〈旋風篇〉
田中芳樹　タイタニア4〈烈風篇〉
田中芳樹　タイタニア5〈凄風篇〉
田中芳樹　ラインの虜囚
田中芳樹　新・水滸後伝(上)(下)
田中芳樹　幸田露伴 原作　運　命〈二人の皇帝〉
田中芳樹　土屋　守　「イギリス病」のすすめ
田中芳樹《ほか》文　皇名月 画・文　中国帝王図
田中芳樹　赤城　毅　中欧怪奇紀行
田中芳樹 編訳　岳　飛　伝(一)〈青雲篇〉
田中芳樹 編訳　岳　飛　伝(二)〈烽火篇〉
田中芳樹 編訳　岳　飛　伝(三)〈風塵篇〉
田中芳樹 編訳　岳　飛　伝(四)〈悲曲篇〉
田中芳樹 編訳　岳　飛　伝(五)〈凱歌篇〉
高田文夫　TOKYO芸能帖〈1981年のビートたけし〉
髙村　薫　李　歐《りおう》
髙村　薫　マークスの山(上)(下)
髙村　薫　照　柿(上)(下)
多和田葉子　犬　婿　入　り
多和田葉子　尼僧とキューピッドの弓
多和田葉子　献　灯　使
多和田葉子　地球にちりばめられて
多和田葉子　星に仄めかされて
高田崇史　QED〈百人一首の呪〉
高田崇史　QED〈六歌仙の暗号〉
高田崇史　QED〈ベイカー街の問題〉
高田崇史　QED〈東照宮の怨〉
高田崇史　QED〈式の密室〉
高田崇史　QED〈竹取伝説〉
高田崇史　QED〈龍馬暗殺〉
高田崇史　QED ~ventus~〈鎌倉の闇〉
高田崇史　QED〈鬼の城伝説〉
高田崇史　QED ~ventus~〈熊野の残照〉
高田崇史　QED〈神器封殺〉
高田崇史　QED ~ventus~〈御霊将門〉
高田崇史　QED ~flumen~〈九段坂の春〉
高田崇史　QED〈諏訪の神霊〉
高田崇史　QED〈出雲神伝説〉
高田崇史　QED〈伊勢の曙光《あけぼの》〉
高田崇史　QED ~flumen~〈ホームズの真実〉
高田崇史　毒　草　師〈QED Another Story〉
高田崇史　QED ~flumen~〈月夜見〉
高田崇史　QED ~ortus~〈白山の頻闇〉
高田崇史　QED〈憂曇華《うどんげ》の時〉
高田崇史　QED〈源氏の神霊〉
高田崇史　試験に出るパズル〈千葉千波の事件日記〉
高田崇史　試験に敗けない密室〈千葉千波の事件日記〉
高田崇史　試験に出ないパズル〈千葉千波の事件日記〉
高田崇史　パズル自由自在〈千葉千波の事件日記〉
高田崇史　麿の酩酊事件簿〈花に舞〉

講談社文庫　目録

高田崇史　麿の酩酊事件簿〈月に酔〉
高田崇史　クリスマス緊急指令〈～きよしこの夜、事件は起こる！～〉
高田崇史　カンナ　飛鳥の光臨
高田崇史　カンナ　天草の神兵
高田崇史　カンナ　吉野の暗闘
高田崇史　カンナ　奥州の覇者
高田崇史　カンナ　戸隠の殺皆
高田崇史　カンナ　鎌倉の血陣
高田崇史　カンナ　天満の葬列
高田崇史　カンナ　出雲の顕在
高田崇史　カンナ　京都の霊前
高田崇史　軍神の血脈〈楠木正成秘伝〉
高田崇史　神の時空《とき》　鎌倉の地龍
高田崇史　神の時空　倭《やまと》の水霊
高田崇史　神の時空　貴船の沢鬼
高田崇史　神の時空　三輪《みわ》の山祇《やまつみ》
高田崇史　神の時空　嚴島《いつくしま》の烈風
高田崇史　神の時空　伏見稲荷の轟雷
高田崇史　神の時空　五色不動の猛火
高田崇史　神の時空　京の天命
高田崇史　神の時空　前紀〈女神の功罪〉
高田崇史　鬼棲む国、出雲〈古事記異聞〉
高田崇史　オロチの郷、奥出雲〈古事記異聞〉
高田崇史　京の怨霊、元出雲〈古事記異聞〉
高田崇史　鬼統べる国、大和出雲〈古事記異聞〉
高田崇史　源平の怨霊〈小余綾《こゆるぎ》俊輔の最終講義〉
高田崇史　試験に出ないQED異聞〈高田崇史短編集〉
高田崇史ほか　読んで旅する鎌倉時代
団鬼六　悦楽王〈鬼プロ繁盛記〉
高野和明　13階段
高野和明　グレイヴディッガー
高野和明　6時間後に君は死ぬ
大道珠貴　ショッキングピンク
高木徹　ドキュメント戦争広告代理店〈情報操作とボスニア紛争〉
田中啓文　件《くだん》〈もの言う牛〉
田中啓文　誰が千姫を殺したか〈蛇身探偵豊臣秀頼〉
高嶋哲夫　メルトダウン
高嶋哲夫　命の遺伝子
高嶋哲夫　首都感染
高野秀行　西南シルクロードは密林に消える
高野秀行　アジア未知動物紀行 ベトナム・奄美・アフガニスタン
高野秀行　イスラム飲酒紀行
高野秀行　移民の宴〈日本に移り住んだ外国人の不思議な食生活〉
高野秀行　角幡唯介　地図のない場所で眠りたい
田牧大和　花合せ〈濱次お役者双六〉
田牧大和　質草破り〈濱次お役者双六 二ます目〉
田牧大和　翔ぶ梅〈濱次お役者双六 三ます目〉
田牧大和　半可心中〈濱次お役者双六〉
田牧大和　長屋狂言〈濱次お役者双六〉
田牧大和　錠前破り、銀太
田牧大和　錠前破り、銀太　紅蜆《べにしじみ》
田牧大和　錠前破り、銀太　首魁《しゅかい》
田牧大和　大福三つ巴〈宝来堂うまいもん番付〉
田中慎弥　完全犯罪の恋
高野史緒　カラマーゾフの妹
高野史緒　翼竜館の宝石商人
高野史緒　大天使はミモザの香り

瀧本哲史　僕は君たちに武器を配りたい〈エッセンシャル版〉
竹吉優輔　襲　名　犯
高田大介　図書館の魔女　第一巻
高田大介　図書館の魔女　第二巻
高田大介　図書館の魔女　第三巻
高田大介　図書館の魔女　第四巻
高田大介　図書館の魔女　烏《からす》の伝言《つてごと》(上)(下)
大門剛明　完　全　無　罪
大門剛明　死　刑　評　決〈「完全無罪」シリーズ〉
橘　もも　原作 沖田×華　脚本 安達奈緒子　小説　透明なゆりかご(上)(下)
橘　もも　原作 ヤマシタトモコ　脚本 相沢友子　さんかく窓の外側は夜〈映画版ノベライズ〉
橘　もも　脚本 三木　聡　大怪獣のあとしまつ〈映画ノベライズ〉
滝口悠生　高　架　線
髙山文彦　ふ　た　り〈皇后美智子と石牟礼道子〉
高橋弘希　日曜日の人々《サンデー・ピープル》
武田綾乃　青い春を数えて
武田綾乃　愛されなくても別に
谷口雅美　殿、恐れながらブラックでござる
谷口雅美　殿、恐れながらリモートでござる
武川佑　虎　の　牙
武内　涼　謀聖　尼子経久伝〈青雲の章〉
武内　涼　謀聖　尼子経久伝〈風雲の章〉
武内　涼　謀聖　尼子経久伝〈瑞雲の章〉
武内　涼　謀聖　尼子経久伝〈雷雲の章〉
立松和平　すらすら読める奥の細道
高梨ゆき子　大学病院の奈落
珠川こおり　檸　檬　先　生
陳　舜　臣　中国五千年(上)(下)
陳　舜　臣　中国の歴史　全七冊
陳　舜　臣　小説十八史略　全六冊
千早　茜　森　の　家
千野隆司　大　店　の　暖簾《のれん》〈下り酒一番〉
千野隆司　分　家　の　始　末〈下り酒一番(二)〉
千野隆司　献　上　の　祝　酒〈下り酒一番(三)〉
千野隆司　大《おお》酒《ざけ》の　合　戦〈下り酒一番(四)〉
千野隆司　銘　酒　の　真　贋〈下り酒一番(五)〉
千野隆司　追　跡
知野《ちの》みさき　江　戸　は　浅　草
知野みさき　江戸は浅草2〈盗人探し〉
知野みさき　江戸は浅草3〈桃と桜〉
知野みさき　江戸は浅草4〈冬青《そよご》灯籠《どうろう》〉
知野みさき　江戸は浅草5〈春の捕物〉
崔《チェ》　実《シル》　ジニのパズル
崔　実　pray《プレイ》 human《ヒューマン》
筒井康隆　創作の極意と掟
筒井康隆　読書の極意と掟
筒井康隆 ほか12名　名探偵登場！
都筑道夫　なめくじに聞いてみろ〈新装版〉
辻村深月　冷たい校舎の時は止まる(上)(下)
辻村深月　子どもたちは夜と遊ぶ(上)(下)
辻村深月　凍りのくじら
辻村深月　ぼくのメジャースプーン
辻村深月　スロウハイツの神様(上)(下)
辻村深月　名前探しの放課後(上)(下)
辻村深月　ロードムービー
辻村深月　ゼロ、ハチ、ゼロ、ナナ。
辻村深月　V.　T.　R.
辻村深月　光待つ場所へ
辻村深月　ネオカル日和

辻村深月　島はぼくらと
辻村深月　家族シアター
辻村深月　図書室で暮らしたい
辻村深月　噛みあわない会話と、ある過去について
新川直司 漫画　辻村深月 原作　コミック 冷たい校舎の時は止まる(上)(下)
津村記久子　ポトスライムの舟
津村記久子　カソウスキの行方
津村記久子　やりたいことは二度寝だけ
津村記久子　二度寝とは、遠くにありて想うもの
恒川光太郎　竜が最後に帰る場所
月村了衛　神《み》子《こ》上《がみ》典《てん》膳《ぜん》
月村了衛　悪の五輪
辻堂魁　落《ゆう》暉《ひ》に燃ゆる〈大岡裁き再吟味〉
辻堂魁　山桜花〈大岡裁き再吟味〉
フランソワ・デュボワ　太極拳が教えてくれた人生の宝物〈中国・武当山90日間修行の記〉
手塚マキと歌舞伎町ホスト80人 from Smappa! Group　ホスト万葉集〈文庫スペシャル〉
土居良一　海翁伝
鳥羽亮　金貸し権兵衛〈鶴亀横丁の風来坊〉
鳥羽亮　提《ちょう》灯《ちん》斬り〈鶴亀横丁の風来坊〉
鳥羽亮　お京危うし〈鶴亀横丁の風来坊〉
鳥羽亮　狙われた横丁〈鶴亀横丁の風来坊〉
東郷隆 上田信 絵　【絵解き】雑兵足軽たちの戦い〈歴史・時代小説ファン必携〉
堂場瞬一　八月からの手紙
堂場瞬一　壊れる心〈警視庁犯罪被害者支援課〉
堂場瞬一　邪心〈警視庁犯罪被害者支援課2〉
堂場瞬一　二度泣いた少女〈警視庁犯罪被害者支援課3〉
堂場瞬一　身代わりの空(上)(下)〈警視庁犯罪被害者支援課4〉
堂場瞬一　影の守護者〈警視庁犯罪被害者支援課5〉
堂場瞬一　不信の鎖〈警視庁犯罪被害者支援課6〉
堂場瞬一　空白の家族〈警視庁犯罪被害者支援課7〉
堂場瞬一　チェンジ〈警視庁犯罪被害者支援課8〉
堂場瞬一　誤《あやま》ちの絆〈警視庁総合支援課〉
堂場瞬一　最後の光〈警視庁総合支援課2〉
堂場瞬一　傷
堂場瞬一　埋れた牙
堂場瞬一　Killers(上)(下)
堂場瞬一　虹のふもと
堂場瞬一　ネタ元
堂場瞬一　ピットフォール
堂場瞬一　ラットトラップ
堂場瞬一　焦土の刑事
堂場瞬一　動乱の刑事
堂場瞬一　沃野の刑事
土橋章宏　超高速！参勤交代
土橋章宏　超高速！参勤交代 リターンズ
戸谷洋志　Jポップで考える哲学〈自分を問い直すための15曲〉
富樫倫太郎　信長の二十四時間
富樫倫太郎　スカーフェイス〈警視庁特別捜査第三係・淵神律子〉
富樫倫太郎　スカーフェイスII デッドリミット〈警視庁特別捜査第三係・淵神律子〉
富樫倫太郎　スカーフェイスIII ブラッドライン〈警視庁特別捜査第三係・淵神律子〉
富樫倫太郎　スカーフェイスIV デストラップ〈警視庁特別捜査第三係・淵神律子〉
豊田巧　警視庁鉄道捜査班〈鉄血の警視〉
豊田巧　警視庁鉄道捜査班〈鉄路の牢獄〉
砥《と》上《がみ》裕《ひろ》將《まさ》　線は、僕を描《えが》く
夏樹静子　新装版 二人の夫をもつ女
中井英夫　新装版 虚無への供物(上)(下)
中村敦夫　狙われた羊

中島らも　僕にはわからない
中島らも　今夜、すべてのバーで〈新装版〉
鳴海　章　フェイスブレイカー
鳴海　章　謀略航路
鳴海　章　全能兵器AiCO《アイコ》
中嶋博行　新装版　検察捜査
中村天風　運命を拓く〈天風瞑想録〉
中村天風　叡智のひびき〈天風哲人　箴言註釈《しんげんちゅうしゃく》〉
中村天風　真理のひびき〈天風哲人　新箴言註釈《しんげんちゅうしゃく》〉
中山康樹　ジョン・レノンから始まるロック名盤
梨屋アリエ　でりばりぃAge
梨屋アリエ　ピアニッシシモ
中島京子　妻が椎茸だったころ
中島京子ほか　黒い結婚　白い結婚
奈須きのこ　空の境界(上)(中)(下)
中村彰彦　乱世の名将　治世の名臣
長野まゆみ　簞笥のなか
長野まゆみ　レモンタルト
長野まゆみ　チマチマ記
長野まゆみ　冥途あり
長野まゆみ　45°〈ここだけの話〉
長嶋　有　夕子ちゃんの近道
長嶋　有　佐渡の三人
長嶋　有　もう生まれたくない
永嶋恵美　擬態
永井　均 内田かずひろ 絵　子どものための哲学対話
なかにし礼　戦場のニーナ
なかにし礼　生きる力〈心でがんに克《か》つ〉
なかにし礼　夜の歌(上)(下)
中村文則　最後の命
中村文則　悪と仮面のルール
中田整一 編/解説　真珠湾攻撃総隊長の回想〈淵田美津雄自叙伝〉
中田整一　四月七日の桜〈戦艦「大和」と伊藤整一の最期〉
中村江里子　女四世代、ひとつ屋根の下
中野美代子　カスティリオーネの庭
中野孝次　すらすら読める方丈記
中野孝次　すらすら読める徒然草
中山七里　贖罪の奏鳴曲《ソナタ》
中山七里　追憶の夜想曲《ノクターン》
中山七里　恩讐の鎮魂曲《レクイエム》
中山七里　悪徳の輪舞曲《ロンド》
中山七里　復讐の協奏曲《コンチェルト》
長島有里枝　背中の記憶
長浦　京　赤刃《セキジン》
長浦　京　リボルバー・リリー
長浦　京　マーダーズ
中脇初枝　世界の果てのこどもたち
中脇初枝　神の島のこどもたち
中村ふみ　天空の翼　地上の星
中村ふみ　砂の城　風の姫
中村ふみ　月の都　海の果て
中村ふみ　雪の王　光の剣
中村ふみ　永遠《とわ》の旅人　天地の理《ことわり》
中村ふみ　大地の宝玉　黒翼《こくよく》の夢
中村ふみ　異邦の使者　南天の神々
夏原エヰジ　Cocoon〈修羅の目覚め〉
夏原エヰジ　Cocoon2〈蠱惑の焰〉

夏原エヰジ　Cocoon3〈幽世の祈り〉
夏原エヰジ　Cocoon4〈宿縁の大樹〉
夏原エヰジ　Cocoon5〈瑠璃の浄土〉
夏原エヰジ　連理の宝〈Cocoon外伝〉
夏原エヰジ　Cocoon〈京都・不死篇―蠢《しゅん》―〉
夏原エヰジ　Cocoon〈京都・不死篇2―疼《とう》―〉
夏原エヰジ　Cocoon〈京都・不死篇3―愁《しゅう》―〉
夏原エヰジ　Cocoon〈京都・不死篇4―嗄《か》―〉
夏原エヰジ　Cocoon〈京都・不死篇5―巡《めぐる》―〉
長岡弘樹　夏の終わりの時間割
ナガノ　ちいかわノート
西村京太郎　華麗なる誘拐
西村京太郎　寝台特急《メモリー・トレイン》「日本海」殺人事件
西村京太郎　十津川警部　帰郷・会津若松
西村京太郎　特急「あずさ」《アリバイ・トレイン》殺人事件
西村京太郎　十津川警部の怒り
西村京太郎　宗谷本線殺人事件
西村京太郎　奥能登に吹く殺意の風
西村京太郎　特急「北斗1号」《スーサイド・トレイン》殺人事件
西村京太郎　十津川警部　湖北の幻想
西村京太郎　九州特急「ソニックにちりん」殺人事件
西村京太郎　東京・松島殺人ルート
西村京太郎　新装版　殺しの双曲線
西村京太郎　新装版　名探偵に乾杯
西村京太郎　南伊豆殺人事件
西村京太郎　十津川警部　青い国から来た殺人者
西村京太郎　新装版　天使の傷痕
西村京太郎　新装版　D機関情報
西村京太郎　十津川警部　猫と死体はタンゴ鉄道に乗って
西村京太郎　韓国新幹線を追え
西村京太郎　北リアス線の天使
西村京太郎　十津川警部　長野新幹線の奇妙な犯罪
西村京太郎　上野駅殺人事件
西村京太郎　京都駅殺人事件
西村京太郎　沖縄から愛をこめて
西村京太郎　十津川警部「幻覚」
西村京太郎　函館駅殺人事件
西村京太郎　内房線の猫たち〈異説里見八犬伝〉
西村京太郎　東京駅殺人事件
西村京太郎　長崎駅《ナガサキ・レディ》殺人事件
西村京太郎　十津川警部　愛と絶望の台湾新幹線
西村京太郎　西鹿児島駅殺人事件
西村京太郎　札幌駅殺人事件
西村京太郎　十津川警部　山手線の恋人
西村京太郎　仙台駅殺人事件
西村京太郎　七人の証人〈新装版〉
西村京太郎　十津川警部　西国駅3番ホームの怪談
西村京太郎　午後の脅迫者〈新装版〉
西村京太郎　びわ湖環状線に死す
西村京太郎　ゼロ計画《プラン》を阻止せよ〈左文字進探偵事務所〉
西村京太郎　つばさ111号の殺人
仁木悦子　猫は知っていた〈新装版〉
新田次郎　新装版　聖職の碑《いしぶみ》
日本文芸家協会編　愛染夢灯籠〈時代小説傑作選〉
日本推理作家協会編　犯人たちの部屋〈ミステリー傑作選〉
日本推理作家協会編　隠された鍵〈ミステリー傑作選〉
日本推理作家協会編　Play《プレイ》推理遊戯〈ミステリー傑作選〉

日本推理作家協会編　Doubt《ダウト》 きりのない疑惑〈ミステリー傑作選〉
日本推理作家協会編　Bluff《ブラフ》 騙し合いの夜〈ミステリー傑作選〉
日本推理作家協会編　ベスト8ミステリーズ2015
日本推理作家協会編　ベスト6ミステリーズ2016
日本推理作家協会編　ベスト8ミステリーズ2017
日本推理作家協会編　2019ザ・ベストミステリーズ
日本推理作家協会編　2020ザ・ベストミステリーズ
二階堂黎人　ラン迷宮〈二階堂蘭子探偵集〉
二階堂黎人　増加博士の事件簿
二階堂黎人　巨大幽霊マンモス事件
新美敬子　猫のハローワーク
新美敬子　猫のハローワーク2
新美敬子　世界のまどねこ
西澤保彦　新装版 七回死んだ男
西澤保彦　人格転移の殺人
西澤保彦　夢魔の牢獄
西村　健　ビンゴ
西村　健　地の底のヤマ(上)(下)
西村　健　光陰の刃《やいば》(上)(下)
西村　健　目撃
楡　周平　修羅の宴(上)(下)
楡　周平　バルス
楡　周平　サリエルの命題
西尾維新　クビキリサイクル〈青色サヴァンと戯言遣い〉
西尾維新　クビシメロマンチスト〈人間失格・零崎人識〉
西尾維新　クビツリハイスクール〈戯言遣いの弟子〉
西尾維新　サイコロジカル(上)〈兎吊木垓輔の戯言殺し〉/(下)〈曳かれ者の小唄〉
西尾維新　ヒトクイマジカル〈殺戮奇術の匂宮兄妹〉
西尾維新　ネコソギラジカル(上)〈十三階段〉
西尾維新　ネコソギラジカル(中)〈赤き征裁vs.橙なる種〉
西尾維新　ネコソギラジカル(下)〈青色サヴァンと戯言遣い〉
西尾維新　ダブルダウン勘繰郎 トリプルプレイ助悪郎《スケアクロウ》
西尾維新　零崎双識の人間試験
西尾維新　零崎軋識《ぜろざききししき》の人間ノック
西尾維新　零崎曲識の人間人間
西尾維新　零崎人識の人間関係 匂宮出夢との関係
西尾維新　零崎人識の人間関係 無桐伊織との関係
西尾維新　零崎人識の人間関係 零崎双識との関係
西尾維新　零崎人識の人間関係 戯言遣いとの関係
西尾維新　xxxHOLiC アナザーホリック ランドルト環《かん》エアロゾル
西尾維新　難民探偵
西尾維新　少女不十分
西尾維新　本題〈西尾維新対談集〉
西尾維新　掟上今日子《おきてがみきょうこ》の備忘録
西尾維新　掟上今日子の推薦文
西尾維新　掟上今日子の挑戦状
西尾維新　掟上今日子の遺言書
西尾維新　掟上今日子の退職願
西尾維新　掟上今日子の婚姻届
西尾維新　掟上今日子の家計簿
西尾維新　掟上今日子の旅行記
西尾維新　新本格魔法少女りすか
西尾維新　新本格魔法少女りすか2
西尾維新　新本格魔法少女りすか3
西尾維新　新本格魔法少女りすか4
西尾維新　人類最強の初恋
西尾維新　人類最強の純愛

講談社文庫　目録

西尾維新　人類最強のときめき
西尾維新　人類最強の sweetheart
西尾維新　りぽぐら！
西尾維新　悲鳴伝
西尾維新　悲痛伝
西尾維新　悲惨伝
西尾維新　悲報伝
西尾維新　悲業伝
西尾維新　悲録伝
西村賢太　どうで死ぬ身の一踊り
西村賢太　夢魔去りぬ
西村賢太　藤澤清造追影
西村賢太　瓦礫の死角
西川善文　ザ・ラストバンカー〈西川善文回顧録〉
西川　司　向日葵《ひまわり》のかっちゃん
西　加奈子　舞台
丹羽宇一郎　民主化する中国〈習近平がいま本当に考えていること〉
似鳥　鶏　推理大戦
貫井徳郎　新装版 修羅の終わり(上)(下)
貫井徳郎　妖奇切断譜
額賀　澪　完パケ！
A・ネルソン　「ネルソンさん、あなたは人を殺しましたか?」
法月綸太郎　法月綸太郎の冒険
法月綸太郎　新装版 密閉教室
法月綸太郎　怪盗グリフィン、絶体絶命
法月綸太郎　怪盗グリフィン対ラトウィッジ機関
法月綸太郎　キングを探せ
法月綸太郎　名探偵傑作短篇集 法月綸太郎篇
法月綸太郎　新装版 頼子のために
法月綸太郎　誰《たそ》彼《がれ》〈新装版〉
法月綸太郎　法月綸太郎の消息
法月綸太郎　雪密室〈新装版〉
乃南アサ　不発弾
乃南アサ　地のはてから(上)(下)
乃南アサ　チーム・オベリベリ(上)(下)
野沢　尚　破線のマリス
野沢　尚　深紅
野村克也／宮本慎也　師弟
乗代《のりしろ》雄介《ゆうすけ》　十《じゅう》七《しち》八《はち》より
乗代雄介　本物の読書家
乗代雄介　最高の任務
橋本　治　九十八歳になった私
原田泰治　わたしの信州
原田泰治／原田武雄　泰治が歩く〈原田泰治の物語〉
林　真理子　みんなの秘密
林　真理子　ミスキャスト
林　真理子　ミルキー
林　真理子　新装版 星に願いを
林　真理子　野心と美貌〈中年心得帳〉
林　真理子　正妻〈慶喜と美賀子〉(上)(下)
林　真理子　大《お》原《はら》御《ご》幸《こう》〈帯に生きた家族の物語〉
林　真理子　さくら、さくら〈おとなが恋して〈新装版〉〉
林　真理子／見城　徹　過剰な二人
原田宗典　スメル男〈新装版〉
帚木蓬生　日御子(上)(下)
帚木蓬生　襲来(上)(下)
坂東眞砂子　欲情

講談社文庫　目録

畑村洋太郎　失敗学のすすめ
畑村洋太郎　失敗学実践講義〈文庫増補版〉
はやみねかおる　都会《まち》のトム&ソーヤ(1)
はやみねかおる　都会《まち》のトム&ソーヤ(2)〈乱！　RUN！　ラン！〉
はやみねかおる　都会《まち》のトム&ソーヤ(3)〈いつになったら作戦《ミッション》終了？〉
はやみねかおる　都会《まち》のトム&ソーヤ(4)〈四重奏《カルテット》〉
はやみねかおる　都会《まち》のトム&ソーヤ(5)〈IN《イン》塀戸《VADE》〉(上)(下)
はやみねかおる　都会《まち》のトム&ソーヤ(6)〈ぼくの家へおいで〉
はやみねかおる　都会《まち》のトム&ソーヤ(7)《怪人は夢に舞う〈理論編〉》
はやみねかおる　都会《まち》のトム&ソーヤ(8)《怪人は夢に舞う〈実践編〉》
はやみねかおる　都会《まち》のトム&ソーヤ(9)〈前夜祭　内人《ないと》side〉
はやみねかおる　都会《まち》のトム&ソーヤ(10)〈前夜祭　創也《そうや》side〉
原　武史　滝山コミューン一九七四
濱　嘉之　警視庁情報官〈シークレット・オフィサー〉
濱　嘉之　警視庁情報官　ハニートラップ
濱　嘉之　警視庁情報官　トリックスター
濱　嘉之　警視庁情報官　ブラックドナー
濱　嘉之　警視庁情報官　サイバージハード
濱　嘉之　警視庁情報官　ゴーストマネー
濱　嘉之　警視庁情報官　ノースブリザード
濱　嘉之　ヒトイチ　警視庁人事一課監察係
濱　嘉之　ヒトイチ　画像解析〈警視庁人事一課監察係〉
濱　嘉之　ヒトイチ　内部告発〈警視庁人事一課監察係〉
濱　嘉之　新装版　院内刑事《デカ》
濱　嘉之　新装版　院内刑事〈ブラック・メディスン〉
濱　嘉之　院内刑事〈フェイク・レセプト〉
濱　嘉之　院内刑事　ザ・パンデミック
濱　嘉之　院内刑事　シャドウ・ペイシェンツ
濱　嘉之　プライド　警官の宿命
馳　星周　ラフ・アンド・タフ
畠中　恵　アイスクリン強し
畠中　恵　若様組まいる
畠中　恵　若様とロマン
葉室　麟　風渡る
葉室　麟　風の軍師〈黒田官兵衛〉
葉室　麟　星火瞬く
葉室　麟　陽《かげ》炎《ろう》の門
葉室　麟　紫匂う
葉室　麟　山月庵茶会記
葉室　麟　津軽双花
長谷川　卓　獄《がく》〈上・白銀《しろがね》渡り〉〈下・湖底の黄金〉神《じん》
長谷川　卓　獄神伝《がくじんでん》　鬼哭《きこく》(上)(下)
長谷川　卓　獄神列伝　逆渡《さかわた》り
長谷川　卓　獄《がく》神《じん》伝《でん》　血路
長谷川　卓　獄《がく》神《じん》伝《でん》　死地
長谷川　卓　獄神伝　風花(上)(下)
原田マハ　夏を喪くす
原田マハ　風のマジム
原田マハ　あなたは、誰かの大切な人
畑野智美　海の見える街
畑野智美　南部芸能事務所 season5　コンビ
早見和真　東京ドーン
はあちゅう　半径5メートルの野望
はあちゅう　通りすがりのあなた
早坂　吝《やぶさか》　○○○○○○○○殺人事件
早坂　吝　虹の歯ブラシ〈上木《かみき》らいち発散〉
早坂　吝　誰も僕を裁けない

講談社文庫　目録

早坂　吝　双《そう》蛇《じゃ》密室
浜口倫太郎　22年目の告白〈―私が殺人犯です―〉
浜口倫太郎　廃校先生
浜口倫太郎　AI崩壊
原田伊織　明治維新という過ち〈日本を滅ぼした吉田松陰と長州テロリスト〉
原田伊織　列強の侵略を防いだ幕臣たち〈続・明治維新という過ち〉
原田伊織　〈明治維新という過ち・完結編〉虚像の西郷隆盛　虚構の明治150年
原田伊織　三流の維新　一流の江戸〈明治は「徳川近代」の模倣に過ぎない〉
葉《は》真《ま》中《なか》　顕《あき》　ブラック・ドッグ
原　雄一　宿命〈國松警察庁長官を狙撃した男・捜査完結〉
濱野京子　with you《ウィズユー》
橋爪駿輝　スクロール
パリュスあや子　隣人X
平岩弓枝　花嫁の日
平岩弓枝　はやぶさ新八御用旅(一)〈東海道五十三次〉
平岩弓枝　はやぶさ新八御用旅(二)〈中仙道六十九次〉
平岩弓枝　はやぶさ新八御用旅(三)〈日光例幣使道の殺人〉
平岩弓枝　はやぶさ新八御用旅(四)〈北前船の事件〉
平岩弓枝　はやぶさ新八御用旅(五)〈諏訪の妖狐〉
平岩弓枝　はやぶさ新八御用旅(六)〈紅花染め秘帳〉
平岩弓枝　新装版 はやぶさ新八御用帳(一)〈大奥の恋人〉
平岩弓枝　新装版 はやぶさ新八御用帳(二)〈江戸の海賊〉
平岩弓枝　新装版 はやぶさ新八御用帳(三)〈又右衛門の女房〉
平岩弓枝　新装版 はやぶさ新八御用帳(四)〈鬼勘の娘〉
平岩弓枝　新装版 はやぶさ新八御用帳(五)〈御守殿おたき〉
平岩弓枝　新装版 はやぶさ新八御用帳(六)〈春月の雛〉
平岩弓枝　新装版 はやぶさ新八御用帳(七)〈寒椿の寺〉
平岩弓枝　新装版 はやぶさ新八御用帳(八)〈春怨　根津権現〉
平岩弓枝　新装版 はやぶさ新八御用帳(九)〈王子稲荷の女〉
平岩弓枝　新装版 はやぶさ新八御用帳(十)〈幽霊屋敷の女〉
東野圭吾　放課後
東野圭吾　卒業
東野圭吾　学生街の殺人
東野圭吾　魔球
東野圭吾　十字屋敷のピエロ
東野圭吾　眠りの森
東野圭吾　宿命
東野圭吾　変身
東野圭吾　仮面山荘殺人事件
東野圭吾　天使の耳
東野圭吾　ある閉ざされた雪の山荘で
東野圭吾　同級生
東野圭吾　名探偵の呪縛
東野圭吾　むかし僕が死んだ家
東野圭吾　虹を操る少年
東野圭吾　パラレルワールド・ラブストーリー
東野圭吾　天空の蜂
東野圭吾　名探偵の掟
東野圭吾　悪意
東野圭吾　嘘をもうひとつだけ
東野圭吾　赤い指
東野圭吾　流星の絆
東野圭吾　新装版 浪花少年探偵団
東野圭吾　新装版 しのぶセンセにサヨナラ
東野圭吾　新参者
東野圭吾　麒麟の翼
東野圭吾　パラドックス13

東野圭吾　祈りの幕が下りる時
東野圭吾　危険なビーナス
東野圭吾　時《トキ》生《オ》〈新装版〉
東野圭吾　希望の糸
東野圭吾　どちらかが彼女を殺した〈新装版〉
東野圭吾　私が彼を殺した〈新装版〉
東野圭吾作家生活25周年祭り実行委員会　東野圭吾公式ガイド〈読者1万人が選んだ東野作品人気ランキング発表〉
東野圭吾作家生活35周年実行委員会 編　東野圭吾公式ガイド〈作家生活35周年ver.〉
平野啓一郎　高瀬川
平野啓一郎　ドーン
平野啓一郎　空白を満たしなさい (上)(下)
百田尚樹　永遠の0《ゼロ》
百田尚樹　輝く夜
百田尚樹　風の中のマリア
百田尚樹　影法師
百田尚樹　ボックス！(上)(下)
百田尚樹　海賊とよばれた男 (上)(下)
平田オリザ　幕が上がる
東　直子　さようなら窓
蛭田亜紗子　凜
樋口卓治　ボクの妻と結婚してください。
樋口卓治　続・ボクの妻と結婚してください。
樋口卓治　喋る男
平山夢明　〈大江戸怪談どたんばたん(土壇場譚)〉魂《たま》豆《どう》腐《ふ》
平山夢明 宇佐美まこと ほか　超怖い物件
東川篤哉　純喫茶「一服堂」の四季
東山彰良　流《りゅう》
東山彰良　女の子のことばかり考えていたら、1年が経っていた。
平田研也　小さな恋のうた
日野　草　ウエディング・マン
平岡陽明　僕が死ぬまでにしたいこと
ビートたけし　浅草キッド
ひろさちや　すらすら読める歎異抄《たんにしょう》
藤沢周平　新装版 春秋の檻〈獄医立花登手控え(一)〉
藤沢周平　新装版 風雪の檻〈獄医立花登手控え(二)〉
藤沢周平　新装版 愛憎の檻〈獄医立花登手控え(三)〉
藤沢周平　新装版 人間の檻〈獄医立花登手控え(四)〉
藤沢周平　新装版 闇の歯車
藤沢周平　新装版 市塵 (上)(下)
藤沢周平　新装版 決闘の辻
藤沢周平　新装版 雪明かり
藤沢周平　義民が駆ける〈レジェンド歴史時代小説〉
藤沢周平　喜多川歌麿女絵草紙
藤沢周平　闇の梯子
藤沢周平　長門守の陰謀
古井由吉　この道
藤田宜永　樹下の想い
藤田宜永　女系の総督
藤田宜永　女系の教科書
藤田宜永　血の弔旗
藤田宜永　大雪物語
藤　水名子　紅嵐記 (上)(中)(下)
藤原伊織　テロリストのパラソル
藤本ひとみ　新・三銃士 少年編・青年編〈ダルタニャンとミラディ〉
藤本ひとみ　皇妃エリザベート
藤本ひとみ　失楽園のイヴ
藤本ひとみ　密室を開ける手

2023年12月15日現在

「司馬遼太郎記念館」への招待

司馬遼太郎記念館は自宅と隣接地に建てられた安藤忠雄氏設計の建物で構成されている。広さは、約2300平方メートル。2001年11月に開館した。

数々の作品が生まれた自宅の書斎、四季の変化を見せる雑木林風の自宅の庭、高さ11メートル、地下1階から地上2階までの三層吹き抜けの壁面に、資料本や自著本など2万余冊が収納されている大書架、……などから一人の作家の精神を感じ取っていただく構成になっている。展示中心の見る記念館というより、感じる記念館ということを意図した。この空間で、わずかでもいい、ゆとりの時間をもっていただき、来館者ご自身が思い思いにしばし考える時間をもっていただきたい、という願いを込めている。（館長　上村洋行）

利用案内

所在地　大阪府東大阪市下小阪3丁目11番18号　〒577-0803
TEL　06-6726-3860（友の会）
HP　http://www.shibazaidan.or.jp
開館時間　10:00～17:00（入館受付は16:30まで）
休館日　毎週月曜日（祝日・振替休日の場合は翌日が休館）
特別資料整理期間（9/1～10）、年末・年始（12/28～1/4）
※その他臨時に休館することがあります。

入館料

	一般	団体
大人	500円	400円
高・中学生	300円	240円
小学生	200円	160円

※団体は20名以上
※障害者手帳を持参の方は無料

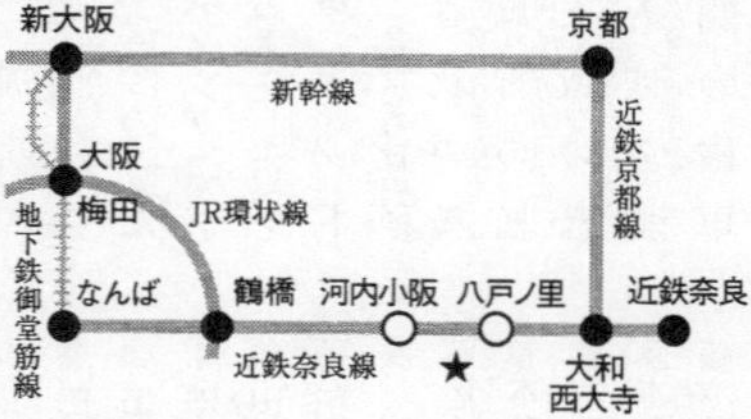

アクセス　近鉄奈良線「河内小阪駅」下車、徒歩12分。「八戸ノ里駅」下車、徒歩8分。
Ⓟ5台　大型バスは近くに無料一時駐車場あり。但し事前にご連絡ください。

記念館友の会　ご案内

友の会は司馬作品を愛し、記念館を支えてくださる会員の皆さんとのコミュニケーションの場です。会員になると、会誌「遼」（年4回発行）をお届けします。また、講演会、交流会、ツアーなど、館の行事に会員価格で参加できるなどの特典があります。

年会費　一般会員3000円　サポート会員1万円　企業サポート会員5万円
お申し込み、お問い合わせは友の会事務局まで
TEL 06-6726-3860　FAX 06-6726-3856